亡灵

韩松

上海文艺出版社

一个人
如果与过往的记忆和解
就过了

——慈诚

目 录

病人的暴动

1. 复活之日 --001
2. 生锈的火焰 --004
3. 夺命剑 --008
4. 死亡还是生存 --014
5. 愤怒之海 --020
6. 暴风女神 --026
7. 幽灵公主 --032
8. 彼岸岛 --037
9. 被侵犯的白衣 --045
10. 恐怖的遗产 --049
11. 肉体的欲求 --055
12. 暴力挽歌 --061
13. 战斗的士兵 --066
14. 花之特攻队 --070
15. 真空地带 --077

16. 青叶繁茂 --085
17. 吾为君亡 --090
18. 杀或是被杀 --098

医生的反击

1. 野兽青春 --105
2. 恶童 --108
3. 地狱的飨宴 --112
4. 肉体之门 --119
5. 死魂曲 --126
6. 与父亲一起生活 --131
7. 荒魂 --139
8. 尸忆 --145
9. 傀儡之城 --148
10. 短暂和平 --155
11. 背叛的季节 --157
12. 不速之客 --163
13. 梦魇 --166

14. 寄生前夜--168

15. 循环自杀--174

16. 魔界转生--181

17. 咒怨--185

18. 潘多拉--190

女性的结局

1. 母亲--196

2. 半人类--199

3. 天使的恍惚--204

4. 最后的暴行--209

5. 血腥与狂喜--213

6. 没有出口的海--217

7. 藏尸楼--222

8. 濡湿的夏娃--229

尾声　海那边--234

病人的暴动

1. 复活之日

你的口鼻被水封住。求生本能使你竭力防止水被吸入。当第一口水冲到气道,咽喉发生反射性收缩而关闭,使尽全身解数阻挡更多水灌注。但两三分钟后,血氧降低,喉头放松,大量水流咕嘟咕嘟一涌而进。你立即虚弱无力。血中充满二氧化碳,肺部和呼吸道中都是水。湿透的身体迅速变重,头下脚上沉没。你想,这就是死……寿命结束。痛苦,恐怖,悔恨,难过,留恋,复杂的情感纷然蹿出。忽然眼前跳起一颗赤色星宿,浮荡在猩红水中。星面上影影绰绰,簇聚着夜叉一样的东西,好像来迎接你……你想逃开。四周漆黑下来。更大的惧意包围而至。但很快连情绪也没有了。意识从大脑中流走……最后一刻,却脱离水体,仿佛从世界另一头穿出。

你被一个渔网般的东西捞起。是在船上,对吧?但不见海。只有紫黑色的烟气在翻腾。你抬头,见一妇人,身穿白衣,面如釉玉,体似瓷瓶,于雾霾中,舒展长臂,把你从网中抖落于地。你死而复生,情不自禁,挣扎站起,想拥抱她。她却躲开。你见对方脸熟,便试用记得的女人名字招呼。

她凛声道:"喂,你在说什么呀?"

你狼狈说:"你是谁?观世音吗?"

女人似乎觉得可笑,声音仿佛从遥远彼岸传来:"观世音是什么?"

你想,又一个失忆者……尽管如此,你有兄妹重逢感,备加亲切。

"还不错,你活过来了。"她说。

"多谢救我。"

"也不能见死不救。"

"出了什么事?"

"你不知道吗?"

你才记起,大海无际,天翻地覆,恶浪万顷,航船破裂……你随一只仓鼠,从甲板上跳下海。你又看看救你的白衣女人,她颈下挂着一个金属红十字架,近胸处露出绿色粗布制服,面容略显憔悴,却有英武感。你意识到,她是一名医生,而且是一名军医,你则是一个病人。你记起更多——溥天之下,莫非医院。医生们组成作战部队。世界已由药时代走向药战争。你身陷第二次世界大战。战争的主角是医院,武器是人工病毒。你乘坐的船叫"和平方舟"号,是盟军部署在前沿阵地的医疗船。战争打得难分难解,死伤枕藉。已经牺牲了包括白求恩在内的许多人。女人救你,要冒生命危险。你不知所措,再度致谢。

"记住了,这是你的复活之日。"她嘱咐。

"复活?"这听着困扰。你为自己没死成,感到庆幸而不安。

"你叫什么?多大?"医生门诊般问。

"杨伟。四十。"你想了一想,才说。

"怎么看着像十四。"女人道,"我还比你大两岁呢。你是小弟弟。"

你窘迫万状。这么说来,原来是姐弟而非兄妹。看她长相,比"四十二"年轻至少十岁,体格娇俏,五官分明,嘴角有坚毅的纹线,不是近视眼,目光有软玉的温润,又带荆棘的犀利。你见那张把你捞起的渔网,十分奇怪,它正在一点点消失。

"得为你做个检查,看看有无溺亡后遗症。"她说。

这话听着怪异。你又看周围,一派陌生。你只得随她走。你们钻进不明来历的烟雾。道路曲折起伏,地面斑斑血迹,可见动物内脏残片。集装箱一样的白色建筑,积木般摞成山丘,箱体上凿出一排排圆形小窗,涂着红十字。你们来到一个像是治疗室的房间,空无一人,陈设凌乱。她让你躺上检查床,测了血压体温,又用听诊器听。"输点液吧。"她说了这话,却忽然神色有异,一把拽起你,为你披上一张床单,说:"快走!"你毛骨悚然,跟她往深处跑去。烟雾像毛毯一样把身体裹紧。到底发生了什么?敌人发起总攻了吗?你不知说什么好,再次道:

"谢谢你救我啊。"

"也不是白救你。"

"要我做什么呢?"

"帮忙搬氧气瓶。"

"看来病房的情况比较严重呐。我知道,从战场上抢救下来的伤病员需要输氧,才能活命。"

"小伟,现在要为自己着想。医院已经发布火警。火会吸光空气中的氧气。没了氧,人就会死。你不怕死吗?"

原来失火了啊,难怪这么大的烟……你感动地想,她叫我小伟呢!是的,医院是整个世界的基础,它若被烧,则全完了。"好。大家齐心协力救医院。"你鼓起勇气说。

女人却道:"不,只有屌丝才想到救医院。有本事救医院的人都先救自己了。"

你复打量女人。虽过不惑之年,却保养良好,胸脯饱满,颈项笔直,咽喉下方密布紧凑的棕色肌肉,大腿丰润结实,像春意盎然的桃树,表情刚直不阿,给人以信任感。你再次确认,她并非你头脑中幻象,而正是如假包换令你活下来的救命恩人,姐姐一样的女性。但她似乎有别于你见过的其他医生。你便随女人去搬运氧气瓶。

2. 生锈的火焰

你们来到病房后面,看到一座颇高耸的白色建筑,造型颇似祭坛,正喷出熊熊大火。火焰像一株盛开的十字,却斑驳陈旧,粗粝紊乱,仿佛长满铁锈,从时间的地层中吃力爬出。现场弥漫着一股特殊的臭味。原来是火葬场。你心忖,这便是要毁灭医院的烈焰吗?可跟奥林匹克体育场圣火媲美。这地方你曾经来过,它就悬浮在医院船的船桥上方,像灯塔一样照亮世界。

有一男孩,童身老相,鼠嘴獐目,也穿白大褂和绿军服。你记得此人名叫疳唑,是从早衰症患者中选拔出来,专业管理火葬场的,亦称"丧葬艺术家"。疳唑曾说,唯有火葬场可救医院。你见到熟人,心情激动,便开口喊他。对方没应声。

女人向你介绍:"这是韦伯,消防员韦伯。"

韦伯森然瞧你:"还活着啊?你的病友呢?"

你脸色陡变:"噢,应该都死了。"是的,医疗船沉没了。无人能活下来。疳唑也死了吗,才被韦伯替代?

韦伯道:"灵魂欲求安宁,还不如梦想乐园……你准备怎样死?"

你沉默。女人见状,便作解释:"火葬场是医患必争战略要地。生死事大,大家都在思考如何去死的问题。"

你诧道:"医患?"你想,不是同盟国与轴心国之战吗?

韦伯说:"你不知道病人暴动了吗?攻击医院的,并非别人,正是他们。病人就是最危险的敌人……他们投身政治,可不是为了造福人生。"

航船倾覆,病人皆亡,怎么可能攻击医院呢?难道也像你一样获救了?或许这不仅仅是你的复活之日……你想到又要与病人相处,不禁悲上心头,又意识到自己也是病人身份,看了一眼锈迹斑斑的奇形大火,就畏惧地要跑开。女人拉住你:"病人正冲击火葬场,打算用自燃方式,引爆焚尸炉,把医院烧掉。你跑什么?"

你沮丧停住脚步。鱼鳞状的滔滔烟云中,似乎飘卷着黄纸条一样的骷髅碎片,却仿佛重新凝聚成人形,纷攘降临。雷霆隐然作响。医院变了样,不是你熟悉的。

韦伯解释："有个病人，叫爱因斯坦，是暴动的幕后主使。他说不知道有什么理想可以用科学方法来证明。你如果见着他，便立即告诉我。一定要把他抓获。"

你回想起来，还在病房时，就听说过爱因斯坦这个名字。此人不简单，是"病人中的病人"。你正要开口讲点什么，便听女人道："现在情况如何？"

韦伯说："刚刚闯进来几个，已被消防队员逮住，烧掉了。防火，是医院头等大事。消防局取代了医保办，成了全院最核心的部门。我临危受命担任局长。"

果然，火葬场到处挂满灭火器和消防水龙，钢架上刷有黄底红字标语："提高检查消除火灾隐患能力，提高组织扑救初起火灾能力，提高组织人员疏散逃生能力，提高消防宣传教育培训能力。"

韦伯长着高高的鼻子，凹陷的大眼，尖尖的耳朵，头发稀疏，全身皱褶密布。他大喊大叫，指挥消防队员工作。又有病人冲进来。烟云中怪叫连连。不一会儿，自燃纵火者被五花大绑，投入焚尸炉，烧制成终极艺术品。你觉得，一切在重复，但有了新气象。

韦伯凝视升腾的蘑菇云，说："世界的本来面目，就是一把火。灵魂不经过寂寞和清苦之火的煅烧，炼不出任何有价值的东西。"他率领消防队员，忙于对付病人，没工夫招待你和女人吃茶。你觉得自己处境堪忧。不过你身披床单，一时看不出是医生还是病人。

女人没能在火葬场找到氧气瓶，就带你离开。浓烟挟裹着大地颤抖，似飓风海啸，亦如火山地震。你恶汗漉漉，身体虚脱，又回头看看火焰的海市蜃楼，心里回旋着韦伯的话：世界的本来面目是一把火。

女人体谅地对你说:"小伟,你可能对医院的现状感到不解。但不管发生什么,只能面对。有人说乱世不会再来,这大错特错。它压根儿没有过去。平时觉得上医院如家常便饭,跟进电影院似的,交了钱,拿了药,吃爆米花一般,正边嚼边看享受着,哗啦一声,大厦将倾。药都是最好的,但医院垮了,怎么办呢?就连医生,也得救自己。以前只救病人,太虚骄了。"

"明白。"你不同意医生说的上医院如进电影院,却觉得女人很有理性。她们大脑比男人小,考虑问题却紧凑精密,切中要害。你对她产生依赖,就好像她是上天送你的一件礼物。若不是她相救,你即便没被淹死,也只怕在火葬场化成灰了。但不解之处在于,医生不是大权在握掌控全局吗?在药时代,他们是世界的统治者,三头六臂,无所不能,怎么会对付不了病人呢?病人什么时候变得比医生厉害了?只怕不仅是虚骄。还有什么,是医生如今也搞不定的。这才令人惮惧。

女人带你来到一个像是财务室的地方。这里有不少穿白大褂的人,在门前排起长队。女人直接引你进去。柜台后面坐着像是出纳员的两个女人,三十六七岁,面部有不洁感。你却记不得在哪里见过。你冲她们打招呼,但不被理睬。三个女子只是会心一笑,耳语几句。这场面你似曾相识,但也回想不起来。引你来的女军医塞了些钱给出纳员,又从她们手中接过一张盖章的单子。然后她领你来到仓库,申领氧气瓶。有昏昏欲睡的安全员把守,只略看一眼,就放你们进去。仓库中药品和医疗器械堆积如山。你帮女人把氧气瓶拖走,来到太平间。

3. 夺命剑

阴暗的室内已放好十几只氧气瓶。你看到这些累叠的黑乎乎鱼雷般物件,觉出悖论:没有氧气,就不会有火,病人如何焚毁医院呢?火葬场将自行熄灭。一想到焚烧死人的火焰也会寂寞消停,你又惊魂不定。这样看来,无论如何也难逃此劫。你怎么办?

现在,太平间成了你与女人单独相处的私密处所。你道:"氧气瓶不是医院的公有财产吗?被我们偷藏起来,病人缺了它,就该有更多人死啊。"你以为这样说,是站在救死扶伤立场,可博医生好感,让她继续照顾你。

女人却不以为然:"小伟,你怎么还在想别人死不死!病人可不是什么低端人群,凶得很哟。还在病房时,就开始自相残杀,为争夺床位、药物和食品打得头破血流。这你不是见过吗?"

你回忆起更多往事。是的,你确曾亲眼目睹。场面惨烈异常。你自己也差点被杀。病人本性如此,他们从来不是什么好东西。冰冻三尺非一日之寒,危机果然早已存在。暴力天然积蓄在医院,只是一度被化学药物控制住。但病人从内斗,转而攻击医生,却是变了性质,好像紧箍被除去。究竟怎么发生的?既然如此,她为什么还要救你?

其实你对医生,一直心情复杂。你仰视他们,视之为生命操盘手。你在他们面前,感到卑下,没有自信。你不是自愿来医院的。此地并未给你带来愉悦。它仅仅令你认识到自己的身心存在重大缺陷,亟需改良修正。你还记得,最早做外科检查时,你被剥下衣服,一丝不挂,首先感到耻辱——对自己的样子感到耻辱,对暴露的私处感到耻辱,对医生和护士怎么看你感到耻辱,并为自己有病而与正常人不同感到耻辱。但医务人员对赤条条的你视若无睹,你像一只光溜溜的衣架,挂在那里,一无所依,他们就在你边上谈笑风生。你发现病友们的感受也相同。一个痔疮患者抱怨,医生经常来看视他的患处,但从不告诉他在看什么、发现了什么。他总是赤身裸体,检查完了也不给穿衣。有一次,护士不打招呼就刮光了他肛门周围的毛发。他感到自己是一件物体而不是人。一个做了引产手术的病友说,她被护士抓起,腿被拉开,人被固定在产床腿架上,绑带就像手铐一样。她的腿跷在半空。一名中年男医生就这么高高在上,耸立在她身体上方,把注意力集中在她两腿中间。他用一种无动于衷的声音向护士发出指令,让人想起在电视上看到的航天发射中心指挥员的腔调,即便月球这时从天上掉下来,这声音也不会有丝毫颤抖。病人也对过度检查和过度治疗感到不满,胆大的会向医生提出请求。但只有少数敢于反抗,最多也仅是拒绝遵从医嘱,把护士发放的药物扔掉不吃。这终被认为是愚蠢,自讨苦吃。

你也听说过杀医案,但那毕竟是个别的,是医患矛盾的极端表现。谁不想做一名"好"病人呢?病人之间互相憎恶,争风吃醋,却不敢挑战医生权威,公开指责他们做得不对。大家害怕遭到医生的讥嘲:"喂,你学过医吗?"或者,"那么,你还是另请高明吧"。更可能会获得报应——神对渎神者的惩戒,那意味着死,在医院,你随时会死。病人与医生并非普通人之间的关系。当整个世界被医学化后,医生便巩固了他们的至高地位。然而如今竟然发生了患者的大规模集体暴动,他们似乎是在释放压抑已久的怒火,要推翻白衣天使的统治,撕毁早已签订的医患契约。乍看上去,这怎么也难以置信。

女人见你发呆,有些焦躁地说:"作为医生,看到这个十分痛心,也非常矛盾。但你没有参与暴动,不用害怕。"

你惴惴问:"你真的是医生吗?"你觉出她身上有强烈的陌生感,就好像来自另一世界。她是谁?为何要救你?

女人显得不悦:"看我不像吗?……病人暴动的目的就是要自己做医生,觉得换了他们坐镇诊室,就解决看病难看病贵了。这么说吧,他们根本不相信医生。他们一心想要成为自己所患疾病的专家,以为这样一来,就打碎医患二元论了。但医生岂是这么容易就被取代,且不说医学院十年寒窗之苦,以及疾病成因的复杂性……病人无知,所以无畏。但怎么说呢,小伟……唉,讲到取氧气瓶,这不是偷。都做了账。"

你想,做账,属于数学范畴。这曾是你的擅长。昔日在病房时,你为病友们上数学课,引导他们成为合格战士,好参加二战。数学是医学武器的基础。你不正是暴动的病人中一员吗……你忐忑问:"我们两个,需要这么多氧气瓶吗?"

"谁也不知道接下来会发生什么。医院进入到应急状态。再说还有春潮和秋雨一份呢。"

"谁是春潮秋雨?"

"财务室那两位。"

"万古教授了解这些吗?"

"万古教授?"女人把食指放在你鼻子下面试了试。你自知失言。万古教授是你的主治医生。但他在哪里？为什么不是他来救你？

搬运氧气瓶，很快累了。你入院前是个歌词写手，很少干体力活，现在又缺氧，觉得生不如死。你清楚氧气有多么重要。你自小体弱多病，久在医院浸淫。你比其他病人多一些好奇心，自学过医学知识。你知道希波克拉底说过，人是"专性需气生物"。这话蕴含生命奥秘。还在十八世纪末，科学研究就发现，维系生物存在的关键是氧气（而非全部空气）。呼吸，是人活着的标志。每呼吸一次，便把十的二十二次方个氧原子摄入体内，进入共价结构。没有氧气，细胞就活不了（人竟然是由细胞构成的）。当血液流经肺腑，吸收了氧气，立即由死气沉沉的暗红色转化为生机勃勃的鲜红色；当它经过漫长旅程，将氧气带给身体远端的组织后，又变作冷冰冰的蓝色。你感到震惊，不明白生命为何会设计成这样，就好像造物主早早把一切安排好了。

氧气却不是诸世界的标配，可以说是宇宙中的稀缺品，在这颗星球上，它也是仅仅二十多亿年前，才出现的。而人类发现氧气，不过两百来年。氧气创造了千姿百态的生物界，又为众生的死亡埋下伏笔。它集生与死于一体，或者说，它制约着生，不让人活得肆意。你清楚缺氧的后果：首先是对大脑造成伤害，这个人体核心引擎的活动需要大量氧气作连续支持。如果供氧中断，神经细胞会在十五至三十分钟内遭到无法挽回的损坏。一小时内，重要脑部组织便不可避免梗死。在此期间病人即便被救活，也将出现语言与视觉障碍、瘫痪、感觉丧失、平衡异常等状况。

事实上，造成死亡——不管哪种意义上——的最终原因，便是

"丧失氧气"。死亡可能源于不同的疾病和症状,但每一次死亡隐含的生理因素都是身体中氧气循环被破坏,其结果完全一样——细胞得不到氧气供应与物质交换,死神便赢了。活人变成不忍目睹的尸体。难怪要把死亡称作"气绝"。有气为人,无气为尸。缺氧,是悬在病人头顶上方的一把夺命利剑。你看看从自己干瘪身体上叉出来的枯萎手脚,想到它们需要在氧分子的帮助下才能运行,不禁心生厌恶。你的人生进程正在被一种外在物撕裂,你对世界的想当然假设也由此变得虚伪,你在痛苦中丧失了自我的身份认同。你感到自卑,又觉得医生才是自然法则的掌控者,病人的反叛终将一事无成。

因此,医院存在的唯一目的,不就可以简化为如何阻止那把可怕的凶剑落下来、斩断病人的气管吗?医生的使命便是与之交战。所以女军医带你搬运氧气瓶大概也是出于本能吧。相关医疗技术在不断进步。呼吸机和人工肺得到广泛应用,大脑即使死去,心跳和血液循环还能靠机器维持。你还听说过,有病人体内植入了氧分子自助分解装置和供氧续力支架,还有病人经过基因重建和器官加强,被改造为耐缺氧生物。但你似乎不曾获得这种机会。不过你自我宽慰:即便那样,最终又能支撑多久呢?在生即死的套路中,利剑终归要劈斩而下,呼吸停止是每个人注定的结局,还没有过例外,人到头来都要变成亡灵。

女人身为医生,一定知道这人生的有持和无奈,她却没有要你立即吸氧,而只让你平身躺下,把脑袋搬到她腿上枕着,仿佛这样可以让你喘气舒坦些。这分明已不是寻常医患关系。你骇怕怔住。此情此景,你之前似曾经历。的确很不一般。女人一遍遍抚摸你的头颅,像在熨平自己起伏的内心。你感到,她在为医院的状况焦急。毕竟这是她常年工作之地,她的存在与它紧密关联,这方面甚至超过病人。她也不适应变化吧。由于刚刚做了搬运工作,她身上肌肉一块块向内收紧,顾长的大腿硬邦邦的,像两支上膛的炮弹。她体腔中各种液体一股股突突流动,精巧有力的骨骼紊乱地盘根错节长在一起。作为真核细胞生物,她也缺氧了吗?她的线粒体能量代谢是否也出现了障碍?你不能多想,只觉得她是医生,有专业判断力,看样子不精打细算到最后一刻,就尽量不吸氧,必须节约这有限的资源。如此也好。不过别被其他病人发现。你在医院还认识另一些女人。她们可不要在当儿露面,看到你像只流浪狗睡在女军医的腿上。

想到这里,你试图爬起。女人却用一只手就把你轻松压住:"做甚?别动。如果不是我把你捞出来,你早完蛋了。小伟,既然把自己交给了医院,就不能忘恩负义。这却是病人最难做到的一件事情。"她有千钧之力,令你想到每天刻苦锻炼身体的女航天员,她们亦是军人。很奇怪有这种感觉。你乘坐的"和平方舟"难道是艘宇宙飞船?太空中是没有氧的。

你们便这么怪相地僵持,保持住尸体般的姿势。你不敢提出吸氧,却想,作为替换手段,能不能与女人互相治疗呢?这需要进入对方身体,形成肉在肉中的格局,借助她的体液循环来完成呼吸。由是或能救你,把凶剑挡开。不知从何时起,此习性支配了你。嗜毒一般,你之前与多名女人做过互相治疗。她们在危急时刻用身体助你度过难关。这或许是一种替代性治疗技术。你觉得自己不是普通病人……你从女军医两腿间嗅到一股消毒药水味儿。这让你躁动。你想试一试，又怕她不愿意，她不是你的老相识。你犹豫了……

"喂，你好些吗？"女人见病人没声息，就拍拍你的脸颊。你想到半辈子里与自己有过治疗缘分的女性，愧怍有加。你无法保护她们，却要她们来搭救。多亏女人，你才没死。但你从来没能与她们建立起稳固和长期的超出医患的合作关系。

你看看身边完好无损的氧气瓶，眼泪止不住喷出，把女人大腿打湿。这让你更自责。她似乎也不愿见这样一个尴尬情况，便把你拉起，重新投入搬运，在繁重的体力劳动中把痛楚和烦恼忘却。雾霾愈浓，空气若要爆燃。还好似乎无毒。另外氧气虽然稀薄，却没有完全流逝。景象只是越来越不透明。仍然无法确认身在何处。船上还是陆地？如女人所说，恰逢乱世，一切都是它带来的。这与战争造成的危局相似而有别。医生能治疗疾病，面对动乱却捉襟见肘。这大概便是医学的局限吧。你应该包容一些，而不是愤世嫉俗。紧要的，是尽快习惯这医院，或医院变化后的新情况。病人毕竟是无法脱离医院的。

4. 死亡还是生存

你们经过胸外科，见医生正把手术刀收起，就像藏匿私人物品。你从未见过如此多的手术刀，琳琅满目，明艳璀璨，似文物商店的高仿品，有的镶了黄金、白银和钻石，有的用骨头精雕细刻。医生们争先恐后把刀子置入手提行李箱，如同表演魔术，大约是为了今后可以变卖它们，来换取在乱世中生存所需的基本物资。接下来，又看到神经内科、呼吸内科和消化内科的医生也着急收拾东西,准备逃走。他们的口鼻被黑压压的氧气面罩遮覆,但仍听得到瀑布一样的喘息声,让你想到星球大战中溃败的银河帝国士兵。你觉得仿佛身处电影摄制棚。

"看样子,病人的主力要打来了。"女人警告,似乎要让你更小心一些。

"医患关系究竟是怎么破裂的?为什么没有提早预防?"你明知故问。面对死神,医患本应是同一战壕的亲密战友。谁出卖了谁呢?你又想,医院内部乱成这样,便没法跟入侵的外敌作战了,第二次世界大战或要输掉,历史进程将发生逆转。这才是关系人类前途命运的大事。为什么大家都不提?

"这一天迟早要来。医生研究了一辈子病人,也没有弄清楚他们脑子里到底想什么。有很多问题是医学解答不了的。但以前并不这么认为,觉得绘出基因图谱就大功告成了。"女人悔恨似的说。

是的,正是如此。你回忆到,在药时代,医学万能,是对抗病痛和死亡的终极武器。医生创立了基因组学和细胞工程,发现了其后的数学实质。你作为病人中的学习积极分子,受万古教授指派,给病友上数学课,普及有关知识。疾病、患者和治疗,都归结为数,成为算法。如此便能搞定一切。你和病友们一起,寻找名叫爱因斯坦的特殊病人,试图凭靠他脑子中的一个公式,协助医生完成医学的创新升级,以此打败轴心国,赢取二战胜利,让世界归于和平一统。这就是医学的广义范畴。那时,医生高层对病人是信任的。

没想到,如今却是这个爱因斯坦牵头,挑起反叛医院的暴动。医生真的看错了吗?医院在养虎作患吗?你进而意识到,只怕自己才是动乱的支持者,或共谋者。这你也忘记了。你愈加恐怯。女军医大概还不清楚你曾经做过什么。否则就不是现在这样了。你便掩饰似的,做出喘不上气的样子,作儿童状屈身蹲下,求乞般对她说:"我感觉很不好呢……"

"病又犯了吗?"女人虽对病人抱有成见,却流露出职业化的不忍。医生似乎永远活在自相矛盾中。在她眼里,病人都是需要照拂的魔鬼孩子。

"是,很痛……"你夸张地搓揉咽喉部位,四肢不停抽搐,就好像犯错的学生受到过度体罚。

她仍没给你吸氧,而是解下身上背的医药箱,取出针药,为你静脉注射。"利多卡因。最后两支。噢,脉搏怎么这样细,找不到啊。来,靠近一些。"

你闻到她温热的呼吸,在焦灼中亢奋,心想,终于要用药了,这才像医院呐。便听话地攥拳过去,太过激动,一下触着她胸部。那儿像个汽车的防撞充气囊袋,透出绵软的弹性和坚硬的凉意,与大腿又不同。她没有反应,任凭你捣。你脸红了。针头扎入的一瞬,你悄然抬头,偷窥她白大褂下的绿军服。那一带已被你的手部弄得肮湿,漂亮的红十字也沾了污渍。

她怀着像是与生俱来的同情心,边救你边说:"小伟,你也不必太过自责。如今谁的感觉好了?没有。医生也没有。一些日子以来,大家如临深渊,如履薄冰,却要强打精神,勉力支撑。我们很珍视白衣天使的光荣与梦想,可是它正在破灭。今后没有人会从事这个职业。医生患上了抑郁症。不要以为只有病人才会得病……昨夜,我梦到了死,梦到脖子被一个尖东西刺入,喘不过气,血往外喷……这种噩梦,并不仅是病人才会做。作为医生,我第一次感到恐惧……我梦到的就会成真。本不该对你说这些。医院的确十分危险。不光是病人捣乱,它自身还出了问题。医生也撑不住了。可我还冒险救你。唉。这是为什么呢?难道是因为我还记得自己的职责?记得入院时的宣誓?没有忘记初心?我仿佛看到,病房里那些危重患者,在抢救失败的情况下,从我的简短拥抱和几句安慰中获得安慰,有了勇气,可以坦然去死。即便像我这样的资深医生,在见到病人遭受痛苦时,也会当众垂泪。小伟,你要珍惜哟。"

你不知她话中真假,有无夸大,疑心这是陈词滥调。她对施救的每一个病人都会习惯性这么说。你觉得她其实并不十分清楚为什么要救你。这里面或许有更复杂的原因。你也不明白,医生为什么要把自己描述成弱势群体。就好像耶稣基督,他明明有无边神力,却任凭敌人把自己钉死,眼睁睁看着要救的人站在面前,也无动于衷,只是发出无谓的嘶鸣。你担心女军医被压力打垮,这将是你的灭顶之灾。你紧张注视针筒中的液体被压入血管,谄媚道:"虽然我还不知道你的名字,但你真是林巧稚式的好医生哪。我会写一封表扬信,寄到院长办公室。请放心吧,也没啥可怕。我也一直在思考死的问题。在医院,死个人算什么。医院不就是用来死人的嘛。这我懂。只是死法有所不同。"你反过来安慰和鼓励女军医。如果是男医生,你可能就不会这么说。

女人寡味一笑:"小伟,你真这样想吗?我其实也不是模范医生。如此对待病人,只是一种长期形成的职业反应。在目前的大环境下,又有多大用呢?我只怕再也回不去病房了。我救你,是最后一次行使医生的职责。有的事,今后你会明白。好吧。也许,会活下去;也许,会同死。这也算个机遇吧。至少不那么孤单。医患终于共命运了。"她像完成一次真正的治疗,把针管从你体内抽出,吁了口气,又姐姐一样拍拍你的手臂。

你大汗淋漓,像结束一场交媾,留恋地按住针眼,哀鸣:"但我好像死不了哦。"这方面,你似乎跟别的病人不同。你屡屡赴死,却死里逃生。一个连死都死不了的人,对于医院来讲,好像没有太大用处。

她瞪你一眼,甩了一句:"什么话。在医院,没有人死不了。除了亡灵。"

注射了利多卡因,痛苦暂得缓解。你们又去找氧气瓶。但就这么一会儿,仓库中的氧气瓶就被各路医生取光了。女人一句也不抱怨,带你至抢救室。这里的医护人员已逃走。你们来到昏睡的病人的床头。女人说,这些患者在暴动中受了伤,被收治在此。这体现了医院的仁爱精神。她默默看了三分钟,让你把氧气管从病人鼻腔中拔除。你感到意外,但没吱声,就照办了,心想,这样不用做账盖章了,春潮和秋雨会失业吗?你看看病人床头的牌子,上写"爱丁顿"的名字。你就记住了。女人什么也没解释,只和你一起,把氧气瓶搬离。

你们路遇医院院报《老年健康报》主编。他带领一群人,也拖着氧气瓶,气喘吁吁赶路。他要求你和女人把氧气瓶交出来。你们不敢违逆。主编把一份报纸馈赠你们,作为报偿。你见头版有社论,写着院长正带领全体医务人员,深化改革,兴利除弊,实现医院的伟大复兴,激动人心的新时代正在来临。主编的人马走后,女人把报纸扔进垃圾筒，带你折返病房，再度从病人床头取走氧气瓶。你们回到停尸房，累得够呛，搂着瓶子，倒地便睡。医院既已如此，女人也不在意睡相，两条大腿像青蛙，缠挂到你腰间。你想把它们搬掉，又不敢肆意妄为，便一动不动承受，渐渐心安理得，竟然有些意惬。

　　你盼望她再为你注射，却见她睡得死沉，发出鼾声。你无法入眠，便回想自己的经历，试图从中梳理头绪，来释解时下的莫名处境。你记得，入院前，你是一个小有成就的歌词作者。你的偶像是鲍勃·迪伦。但在你生活的社会中，一个人再有天赋，也不被允许去做鲍勃·迪伦。你也从来不曾赋予音乐以改变和颠覆世界的权力。你谨小慎微过了半辈子，不敢得罪人，不敢说错话，不敢写错字。你的作品全部符合公开演出的审核标准。但你仍被判定为有病，强制送进医院。从此你的生命与医院牢牢拴在一起，是医院救了你。这是多久前的事呢？记不清楚了。只在印象中，彼时医院，雄壮强盛，如日中天。医生气宇轩昂，不可一世。病人唯唯诺诺，奴颜婢骨。在住院部，你历经考验，受尽折磨，痛不欲生。你不敢反抗，只能逃跑。你好不容易逃出病房，上了医院船，跨越大洋，要到海那边寻求先进的治疗术。未料风云突变，二战爆发，大海成战场，船无法抵达彼岸，管理病房的人工智能崩溃了。你被万古教授任命为红牌突击队队长，要带领病人打一场人民战争，从轴心国制造的病毒之海中突围。但你的联系人紫液死了……医院船被吹翻，沉入海中。你无计可施，便跳入海，欲一死了之……然后你意外地被女军医救起。你无法确认到底发生了什么，也不明白究竟身在何处。离奇的是你还活着——或感觉自己还活着。

5. 愤怒之海

你终于像虫子一样夹裹在女人大腿间睡着了。你醒来时,医生已然不见。那么多氧气瓶,也消失了,只剩一只,像是为你而留。你等了一阵,她没回来。你疑神疑鬼,觉得女军医终究还是幻觉。你看看周围沉默而暗笑的尸体,孤独而伤心地哭了。然后你知道泪水并不管用,又怕病人打来,便背负唯一的氧气瓶,离开太平间。黑雾中似乎增添了敌意的异质,有许多大颗粒赤色悬浮物,放肆侵入鼻道,令呼吸更加厄难。似乎是火葬场飘降的余烬,正火山灰一样把这个世界蔽覆。周围还有一些裂断的人影,飘着游着,倒地不起。不时响起濒死的号叫,犹若鬼哭。你不敢大意,立即吸氧。关键时刻,从病人身上窃取来的氧气瓶发挥了作用。你用爱丁顿的死亡保住了自己的生存。你感激女军医,为了救你,她一定承受了巨大压力。你必定不是寻常病人。每到危难之际,总有女人伸出援手。若无她们的英明决断,你没法撑到现在。主导人生的,似乎要紧的是性别,而非药物。绝难想象人类如果只有一种性别,那会是如何的孤立无援。假如医生都是男人,又将如何呢?你由此仿佛明白了进化的目的。还在亿万年前,它就为今天这一刻做好了准备。但这究竟是一种什么机缘呢?

你忽然记起一件事:医院里的女人不是全体消失了吗?在那场战争中,基因工程炸弹毁灭了所有雌性生物。这是末日性的大杀器,比核武器更厉害。你一惊,冷汗渗出。救你的女人究竟是谁?她到底从何而来?你越想越惊心悼胆,不禁对附着在自己几十公斤血肉之躯上的这条生命产生疑问。你就是用它来吸取氧气,加入这浓雾迷障人鬼难分的世界的。但它靠不住。这东西不请自来,难以卸载,却又可以像烟头一样随手掐灭。但或许生命本身奇怪在先。因此有了医院,把对"活着"抱有执念的形形色色人物汇聚一处,却不顾他们个体的差异、利益的对立和命运的冲突。接下来怎么办?

《老年健康报》主编又现身了。你的氧气瓶复被夺走。你大哭失声,举步维艰,渐行不动。这时雾气中出现了一组熠闪的黑白光斑。勉强走近才看清,是一排液晶屏,似监控器。从前人工智能把持医院时,就是靠这个掌握病人一举一动的。那时病人还把怨愤埋在心底,不敢公开反叛。屏幕上现出一名医生头像——你以前见过,这不是美洛主任嘛。医生拧得如同扳手的目光紧随你转动,好像时刻准备提防你可能做出的侵犯行为。

你不顾一切喊:"救救我!我不是暴乱分子。我受医院委托,恢复病人自治……我要向万古教授汇报工作。"

美洛主任肃然说:"万古教授不是死了吗?有什么向我汇报吧。"

万古教授死了?听到这个消息,你不由哀恸,像未能蒙混过关的小偷,羞臊道:"我坠海了,差点死掉。现在,我喘不过气……"

"海?"这个关键词像是引起了美洛主任的注意,他警惕地审视面色紫绀的病人,略作思索,从电视里往外爬。不,是打印出来。他从平面影像,变成立体的人,一个有骨肉会活动的东西,白大褂下坠出绿军裤,一阵飘旋跃舞,飞到病人跟前,把你吓得退步。

美洛主任宽厚地说:"不要怕。你是危机爆发以来,第一个对自身处境作出描述的患者。你是我们的希望所在啊。"

你畏葸地看着医生："是的,是的,我从来就是忠心耿耿的病人,一直老老实实待在医院,绝对不会背叛医生哟。"

从影像变成实体的美洛主任按了按胸前红十字上的电钮。他身后一间治疗室的门打开来。你们进去。这里也雾气蒸腾。地面乱七八糟扔弃着三维打印血管和生化手指。室中央有一个圆形的水池,脑浆一般,蠕动不止,红浪翻腾,若有怨怒,水面漂浮着淡黄的像是脂肪的肮脏泡沫,千百条蛇蝎似的黑色管线从黏液中伸出,大多已破损断裂,勾连着岸上一只只生锈的铁皮柜。

"看看嘛,这就是你掉进去的海啊。"美洛主任像在跟你开玩笑。

"海?它无边无际,船怎么也驶不到彼岸。"你如临大敌看着池子。

"因为一直在这里面打转嘛,怎么出得去呢。"医生很舒畅地解释。

"你说什么呀。"你惧意丛生,觉得整个世界颠倒了。太阳陨落,星辰破碎。天地反转,人鬼莫辨。那蠕动的黑红色液体就在你眼前不停摇曳,像一头怒气冲冲的怪兽。女军医就是从中把你救出来的吗?你又瞄一眼美洛主任,试图确认他真的是人。

"看着像水吧,其实是一种高分子液态医用材料。你坐的船,是电子神经构造的一个想象空间。"美洛主任伸出右手,轻描淡写指指你的脑袋,"病人呐,你经历的,就是你自己的神经放电。瞧,它有水力学特征,在人工皮层上,制作出病态的红色海洋。这相当于一个观念。所谓的无边无际,只是你的主观意识在摇摆。如果真的是水,你早就肺水肿死啦。专业来讲,亡灵之池是在一个药液基底上建的模。由于它的反馈,病人产生了世界感。"

亡灵之池?世界感?你复看池子,它像块浸透了血渍和脓浆的纱布,但实际上由类似于熔化的金属液滴组成。一股热辣的阴冷从你脊髓里蹿升出来。你知道医院能玩出种种魔法,却也没料到是这样。美洛主任打开铁皮柜。里面果然串联着一簇簇神经状的线路,其中一些已经烧焦。医生倦怠地扫视空无一人的治疗室,说:"病人逃走了,参加了暴动。"

你懵怔住。哪一堆电子神经是你的呢?根据医生所言,似乎正是借由它们,你的大脑与"海"交汇,形成意识回路,造出水一样的"经历"和"存在"。你的看病、就医、逃亡、寻死,乃至加入第二次世界大战,全是在这儿发生的。

那么你究竟是谁?世界又是什么?你摸摸自己的身体。肌肉根根紧束,筋骨条条惶立,血管阵阵悸动,嘴唇频频乱颤。但这玩意儿不也可以像美洛主任那样,在必要时即刻打印而成吗?所谓生命或"活体",不就是一团可以根据设计来操作的黏土吗?你早就听说,现代医学技术连神也造得出来。"生命"已被"信息"替代。随便搞出点什么,跟在便笺上写一首流行歌曲差不太多。

"那么,究竟要做何事呢?"你问。

"治疗。当然是治疗。这是医院嘛。"

"我得了什么病?"

"你有很多病。最严重的,是健忘症。一切疾病的根源是遗忘。连自己是死是活都忘记了,来医院不是消遣医生嘛。"

你做了一个深呼吸:"我已经死了吗?"你想到女军医说到的"亡灵"和"溺亡后遗症"。

医生观察标本似的颇可玩味地打量病人,空洞而悚然笑了。

你殁哀道:"我曾听说,世界上发生过一场灾难,死了很多人⋯⋯"

美洛主任像是厌恶地说:"对,灾难。又有什么不是它的结果或延续呢?医生就是为灾难善后,才创造的一个职业。"

你脑子中跳出"收尸工"的概念,不禁想到,你曾随病友潜入"海"底,在腐烂的船棺和尸骨之间,寻找自己的原始版本。这便是亡灵之池本来的记忆吗?大概是你潜意识中觉察出自己死了。

眼前的医生又显得像海平线外的一个黯淡影像。他那解说动物世界般的语音潺潺传来:"很不错,是吧?说到病人的世界感,正是由亡灵之池重建的。没这玩意儿,你们连渣渣都不剩下。所以要明白,能感觉到疼痛,是多么大的幸福。这是池子给予你们的洗礼。什么是死?就是彻底遗忘,进入无梦长眠,什么都不记得了,那才最可怕⋯⋯说到复活,不等于普通的记忆再造呐。使用常规的记忆增强化合物难以做到,也无法仅仅靠控制与长期记忆有关的神经传递来达到目的。需要一种梦想医疗技术。死这种事情,可不是什么老年痴呆、抑郁症、精神分裂、血管性痴呆或与衰退有关的认知障碍啊。更为严重的是,连从前的世界都找不到了。你说灾难吗?噢,自然是发生过吧,啪,摧毁一切,肉体和大脑都丢得干干净净。所以建了亡灵之池,再造记忆。记忆形成病人。这样就由死而生⋯⋯病人有义务感知世界,才能说出自己的痛苦。越是难受的经历,越要牢记。忘记灾难,不就等于忘记一切嘛。在医院,还有比不记得痛苦更危险的吗?病人不能口述病史,讲清楚哪儿难受,医生便无法作出诊断,再好的药物也是浪费。医疗保健是人之不可剥夺的权利,我们做的一切无不是保障患者的福利。为了病人的幸福,医学科学必须关注真实世界,而不能满足于实验室数据。因此,真实世界里病人如何看病、如何正确向医生陈述病情、如何完整理解医生的建议并遵从医嘱,这些过程都要重建出来。亡灵之池一丝一毫都没有作假啊。死者便有了重回人间的机会。病人才能知道他们是谁,会惧怕什么,想要得到什么。他们就可以全心全意投入医疗实践,让自己成为医患联合体的一部分,做医生最忠实的盟友,承担起应有的历史责任……有了病人,才有医院;有了医院,医生就能为病人谋幸福。所以哪怕是亡灵,也要救活你们。这正是医院的根本使命——救活人,更救死人。明白了吗?"医生说得慷慨激昂,脸色红白交加。

你没听太懂,错愕怵然。仿佛是说救人救到底,却又有哪儿乖谬。病人的存在,是为了让医院存在,这样医生才能履行为病人谋幸福的职责。因此连死人也要救活过来。这就是你和病友们的人生吗?

美洛主任的口气又变得阴昧:"没料到,在为病人输送幸福的痛苦感、提供灾难的社会福利回报的同时,却把你们暴戾的野心唤醒了。这或许是一个可悲的医疗意外,最有经验的医生也不曾料到……病人记起自己在灾难中做过的丑事,回想到死前的难堪经历,产生惧怕、悔恨和羞恼,便对医生有了逆反之心,不愿做进一步的治疗,从亡灵之池中逃跑了。你们发动的暴乱正让医院陷入新的更大灾难。首先是经济损失。你们不是普通病人,你们是有成本的……真是要命呀。"

"的确不太妙,这要给虎视眈眈的敌人以可乘之机哟……"听到"成本"时,你已不知道如何跟医生交流。你或许应该提醒他,第二次世界大战才是最大的危险。灾难?那是纳粹制造的吧。病人不应该是医院的敌人,亡灵之池为他们付出的成本是可以兑现的。但如果二战也只是"发生"在池子中的一件事呢?你什么也说不出来,又看那水一样的波光,它不是火,却蕴含火的气韵,上蹿下跳,左冲右突,有不平之意。你体会到了怒涛汹涌间积聚的愤懑和憎怨。那正是病人对医院久蓄的不满。是的,一旦知道自己是亡灵,还能不发疯吗?这便是暴乱的真实缘起吧。

"敌人吗……"美洛主任饱经沧桑似的耸耸肩,"就医院来讲,它自打跟死亡作战,便树了强敌。病人就其本性而言,会选择站在死神一边,与医生形成对抗态势。医生说的话,他们根本听不懂。他们的想法,医生也理解不了。冲突的危险,随时随地在啊。救死扶伤是分分钟见血的恶仗,一不小心就会毁灭职业生涯甚至人身性命,这绝非夸张……由于病人叛乱,万能治病仪的研制工作也告停了。真是农夫与蛇的故事呀。"

6. 暴风女神

一个人活着,最艰难的,是无法认识自己所处的环境,以及在这环境中存在的自己。医院里一夜间涌现了许多新事物——包括万能治病仪,无不令人困骞。你的知识体系和生活阅历完全跟不上,而按照美洛主任所说,它们都是由亡灵之池"造"出来的……这时药过过了。痛苦重新袭来,使你紊乱、虚弱而孤立,犹如被冻储在一个密不透隙的容器里。一切变得苍白贫乏。你还活着,或又一次活着,却不知道哪个才是真实的你。你对不期而至的诡谲现实深感厌惧而愤懑,却无能为力。你一度进入叙事代入治疗,"医院"是一个植入你大脑的故事。而现在被告知,你其实"活"在一泓人造的"水"中,你是在这里面凝聚生长出来的。这才是你住了一辈子的病房。你真的死了吗?死过几遍了呢?死之前你是谁?现在这副身体是如何组装出来的?你的命运只是一堆电子神经的颤动?究竟谁是农夫谁是蛇?你抬起手臂嗅嗅,想闻到尸体的味道,却什么也没有。

这时美洛主任做出一个谲怪动作,似要把你推入那怒火中烧的池子。你条件反射阻挡一下。美洛主任惊叫:"怎么,你也要暴动?"你再看过去,医生已经消失不见,像一个鬼魂化为乌有。只剩电视屏幕还在抖颤,上面变化出不同医生的头像,其中有你认得的——你刚进医院时见过的华岳大夫、"假山"、"艺术家"、"小提琴"……你想把医生唤出来,问个明白,但他们只是漠然看你。你挥拳砸向屏幕。砰,砰,砰。火花闪过,一团漆黑,寂静无声。连亡灵之池也不见了。周遭涌出刺骨寒意。你觉得,冥冥中有许多眼睛在盯住你,但你看不见它们。你赶紧跑开,钻入浓雾。

现在,你仍然在医院。这个无法逃避的博大实体,就像一场梦中梦。但首先是活下去,且不管以什么形态。别的都顾不上。这时周围刮起大风,气机洶乱,烟雾化作漩涡滚翻。你慌不择路,蹿入一间病房。床上病人一动不动。不知他们是否也通过电子神经与亡灵之池绞接,而不断死去或诞生。你搜寻氧气瓶,但它们已被取光。墙角有东西倏闪,不知是镜子还是屏幕。你凑近了从反射中看到,自己童颜华发,状如恶魔。原来这才是你本人。而你记得,入院时你四十岁,虽身染恶疾,但容貌尚属整齐。果如女人所说仅十四岁?这才是真正的你?你为这幼稚老态惊悸,深为耻惧。如同丧葬艺术家,你似乎也是一名早衰症患者。你看到这个,比面对死人,还接受不了。你深知老年病人所要经历的痛苦,这比被老虎吃掉更可怕。你便伸手把白发一根根拔掉,像是要让自己变得年轻,带出黑血,溢了满脸。屏幕上也溅了血。你上气不接下气,鼻尖发蓝,容貌变丑。目视近秃的头部,你试图想象自己是一名幼年出家的僧侣,而医院是一座修行的寺庙,这才略微好受了些。

屏幕上又淡入一个人影,是那位从"海"中救出你的女军医,这世界上唯一像你亲人的人。她悄无声息回来了,站在你身后,你却无法分辨,这是否镜中影像。她妖狐般倩笑,鬼魅而威仪。她身着的制服依然光洁耀目,却空虚轻浮,像什么都没穿。她这回的模样,让你想到暴风女神,那是吹送来满盈空气的神祇,为偶像注入生命力。你一眼看到她背负的氧气瓶,稍微松了口气。此刻她和你同在一个镜框中。你想要正面看她,却不敢转头,怕她因为你的目光而消失。

你含怨地对屏幕上的人影小声问:"你去哪儿了?"

"你吸氧了吗?"

"吸了,吸了……但氧气瓶被人抢走了。"

"哎,都这时候了,怎么还如此不小心。"

"噢,我刚才遇见一个医生,像是美洛主任。他告诉我,这儿的所有事情都发生在亡灵之池中。患者的人生是造出来的,是有经济成本的……灾难带来的痛苦记忆被人工神经唤醒了。如此才能治病并活下去……这就是医院的真相吗?你为什么要救我?我不是主动从池子中逃出来的,我没打算忘掉灾难……"你哀嗟辩解,若要洗涮罪责,自证无辜清白。

"美洛主任?这人已经被暴动的病人打死了。你相信死人的话吗?"

"我没有骗你……哦,也可能不是美洛主任,而是别的某个医生,我好像见到了很多熟悉面孔……看来,我的记忆真的出了问题,没能恢复,像一团乱糟糟的淤泥……但我记得,医生是不会死的。"你其实想说的是,在医院,或许死人的话更值得相信。

女人用疑问而垂怜的目光看你,就好像你的语无伦次,果真是溺亡后遗症的表现。你则觉得,此情此境犹如蒲松龄的《聊斋志异》。但你并不记得病友中有叫这个名字的人。

她说:"不管你看到了多么不可思议的事情,都丝毫算不得惊奇。不为什么,只因为这是医院。没错,它就是为了'活下去'而准备的。至于用什么形式那不重要。这也颇不容易了。没有谁能救谁,只有自救。"

你再次试图鼓起勇气,向女人核实:"我真的死过吗?"你认为,身为医生,她应该知晓亡灵之池的事情,只是出于某种原因不愿提起。

女人道:"死与活,又有什么区别? 不过是生命的不同阶段或状态罢了。这是一个简单的医学命题。你说水和冰的区别在哪里呢?从微观物理的角度看,就是粒子的位置重新摆了摆嘛。喂,你现在能感觉到自己吧。"

"……尚可。"你浑身虚弱无力,但骨头似仍附有皮肉,血液挣扎着时而涌动,大脑仿佛也在勉强运转,吞噬氧气并制造疼痛。这便是粒子的排列组合造成的吧。所谓"转世"也就由此决定了吗？不管怎样，就算亡灵，也分明活着，或感觉自己活着。魔法般的医学科技造成的既成事实，由不得你支配。但意识又是怎么重新装进大脑的呢？难道就像女娲把灵魂吹送入泥土那样吗？吹一次需要多少钱？面前的女人仿佛真能驱使风云，但她并未免除你的痛苦、哀伤和恐惧。万能治病仪又是做什么用的？会比亡灵之池更好或者更贵吗？这座医院比你想象的还要奇诡。你再死再活一万回也认不清它的真面目。

"那就好。小伟，你看，大家都在搬运氧气瓶，储存水和食物，把值钱的东西拿走，藏在只有自己知道的地方。亡灵需要这么做吗？"女人像幼儿园老师一般循循善诱。

"大概……不需要吧。"你疑心她在把你带入更深的迷宫。

女人倒映在屏幕上的脸蛋滑了一下，这使她如同恒星上的气流吹过火海，摇荡出破碎而艳美的涟漪。亦不知镜子内外，孰真孰假。你贪婪盯着女人身携的氧气瓶，担心她再次离去。这个世界似乎没有能力令自身保持稳定。

"你没事吧。"镜中女人像是比较在意自己救活的病人。

"有事……没事。"昏厥的压迫从你的每一个毛孔里弥散出来，但你需要在女人面前强打精神，显示对她的好感。是她逆转了你的人生——把你从苦海中捞出来，打断你对灾难的痛苦回忆，阻止你加入病人的凶险暴动。除了她，你没有别人可以依靠。

女人把寒风般的目光浇到你的背脊，就像给新铸成的样品打印记，检验它是否合格。你站着昏了过去。稀薄孱弱的血红蛋白无法支持你的身体和意志。你好像做了一个梦。红黑的大水又把你淹没,要拉你回死亡。有怪物抓你。你恳求女人相救,你要活着,不做亡灵。你好似遭受父亲殴打,冲妈妈乞讨恩宠庇护。女人抱住你,却忽然伸手挖掉你的心脏。你没有躲闪,反冲她喊:"我们是一个人!我们是一个人!"

你惊醒,见屏幕里面,女人正恐爪龙般怀抱氧气瓶,歪着脑袋,张口吸吮。吸一会儿,又吃东西,还掏出一瓶酒来喝。这很像你以前碰过的那些女子,仿佛是她们转世。见你看她,她毫无惭意。"也给我一口吧。"你央告。女人便把氧气管塞入你嘴里。腥甜气息蹿入咽喉。你不知所措,涌出瘾来,要讨酒吃。女人就把手臂从后方直角绕来,将酒瓶递到你唇边。"谁让你是我的病人呢。"她说。你舔一舔,立即满头充血。是用医用酒精兑的。这儿的人果然不是凡人。你吃不消,向后一头倒在女人胸上,在女人两乳间,似有若无地瑟瑟抖动。"酒鬼,酒鬼,都是酒鬼!"她指着屏幕上摇晃的影像大笑。你应道:"全成酒鬼啦!"你想自己真的是鬼啊。但酒进入咽喉的一瞬间,你惊异发现,自己是人,不是死人。

"自然,没有酒精这玩意儿,只怕宇宙中的智慧文明会毁灭至少一半。德雷克公式也不可能成立。"你抓住时机,试图表现出一点儿幽默感,以讨女人喜欢,却忽然觉得,那个公式只怕是跟医院有关。你又看镜中渐渐合二为一的人形,突兀说:"既然你也不记得自己是谁了,我就叫你夏泉吧。那是我记得的我女儿的名字。这一口酒下去,我想起来了。我是有过家室的。作为成年男人,我也是有经验的。我女儿长得像你。她也曾在医院工作,开救护直升机的,也属于暴风女神谱系吧。这么些年过去了,她长大了。但我失去了与她的联系……"

在你的记忆中，医院拆除了病人的家庭，抽掉了国家的基石，令延续千万年的社会解体。现在看来，这仿佛是为建设亡灵之池而做的铺垫。所以那场灾难到底是什么呢？难道真的发生过这种荒诞不经之事吗？你此刻还是希望医患一家，抱团取暖，共度危难。反正死人与活人的界限也打破了。一不做二不休，你往女人坚实密织的胸肌上更紧地靠去，就像那是用来缓冲航天器着陆撞击的垫护。她专业地用纤细的身体把你托住。

7. 幽灵公主

这时你嗅到一股味道，如糜烂海鲜混合福尔马林的恶臭。她看着你从镜面上反弹的目光，流露出无奈和哀怜。你体内有了酒精，又吸了氧，血液重新沸腾，奔涌进大脑。这令你愤愤自卑。你蓦然转身，扑倒女人，双手捧起她的头，往地上撞。没想到竟对"女儿"施暴，你惊出一身冷汗，想到已叫了她"夏泉"，便手软了。她有些意外，显得恼怒，鲤鱼打挺，翻身过来，嘭的一头撞倒你，分开两腿，骑你身上，左右开弓，扇你耳光，又仰脖把酒倒进口里，涮一涮，喷向你眼目口鼻。"你这无情无义的死鬼，竟敢对医生这样！不是教你怎样做病人了吗？如何才算医患一家呢？真不知好歹呀。白救你了。"你辣得哇哇怪叫，又呜呜哭了，慌张中伸手抱她，做错事的孩子般乞求妈妈原谅……然后，你们像原始人一样交配。

你们彼此进入，连衣服也没脱。这出乎你意料，你惊喜而惧愕，好似回到往昔，也就是你与女病友白黛、朱淋互相治疗之时。但跟从前一样，被动机械，毫无乐趣。你不觉得她是异性。她的里面冰凉贫瘠。你像抓住救命稻草般抱紧女军医,闭眼轻唤:"不要走哦。"她不像人类,而似冷滑的鱼。但你曾经交往过的女人是吗?会不会也是亡灵之池中的游魂?你一直在奸尸?但就算鬼与鬼约会,也有互相救援的意思吧。你和她们一起试图走出医院的困境,或要确证医生是怎么死的,或尝试逃到海那边,或争取稳定病人数量以打败轴心国之敌……如今你与像是自己女儿的中年妇女一起,老鼠一样窃取氧气瓶,又进入交配状态,这样意外地活着,有种说不出的费劲,不也是出于相同的目的吗?你盼望两人共处的时间尽量延长,这样或多或少也能逃避怵惧和惘惑,也暂不去想自己是什么身份、何种来历、是死是活。至于和女人年龄上的差异,十四岁与四十二岁,亦可姑且搁置。

但由于缺氧,心智和力量无法集中,动作难度增大。你笨拙得连自己也极不满意。你担心白黛、朱淋或紫液现身。你已经见过春潮和秋雨了——她们像是最早带你入院的浆姐和阿泌。你动用全身生理组织来呼吸。你才渐然觉出,中年女性的身体更加刺激。她里面初时干涩,但很快有了分泌物,并咖啡般迅速加热。这使她像人类一样真实。你感到,她是可以从下到上刺穿捅破的,反倒是纸一样的少女不行。你能近距离看到草绿色军衣耀闪。这正是一位百战沙场的女将军。她手上一定沾满病人的鲜血。这不就是亡灵最喜欢的吗……

"喂,你舒服些吗?"你凶狠撞击女人,要让自己相信,已为她付出很多。你不顾身体陌生、未老先衰,倾尽全力与她交配。这样她作为医生,就可以更加关心体贴你,而不要因你是患者、儿童或死人而嫌弃。

"你倒是快点!"结果她还是不耐烦,似是嫌男伴阳气太少,无法予她以满足。你不禁想到《西游记》中的妖精。

"嗯……咱们一起干吧。"你口不择言。

"喂,不是正在干吗?"她像是对这一套不能再熟悉了。也许她一贯如此。这才是她救你的意图。

"呕,呕……"

"小伟,我明白你的意思。"她如梦境中的荐枕女神一样紧紧抱着你,像是同样很需要你。

"我不愿像老鼠那样,再转运和储存氧气瓶了。"

"还是天真的小孩子呐。那怎么继续活下去呢?"

"不是有万能治病仪吗?"

"你听谁说的?"

"美洛主任啊。"

"死人的话你也信。"不明真相的故事又绕了回来。

"我信。我不信……不是说死与活没有区别吗?万能治病仪,那是诞生于乱世的新型高级医疗设备吧。光听这如雷贯耳的名字,就知它能救好所有病人。甭管以前是亡灵还是什么,今后都能活下去。病人会感激不尽。暴动也就平息了。到那时再来修复医患关系吧。"

"你还真信。"她嘘道,"以前年轻人从医学院毕业,打破头也要来三甲医院,是因为它有一层光环。那些男医生还真以为自己是神噢,吹口气就让人活……万能治病仪?我只听说过这东西,但我不信。做医生的心得,就是不再认为世上有'万能'。"

"那么医生也会成为亡灵吗?"你咬住她的耳垂轻问一声,脑海中又浮出美洛主任和那些在电视屏幕上遗容般一闪而过的医生头像。

"医生不能做亡灵。"女人一手掐住你的尾闾,另一手伸进衣袋,取出一册漫画,是《幽灵公主》,塞到你眼前,好像要予你激励,让你精进勇猛。画面上,一个雌性灵长类,浑身毛发,引领一群雄性动物,离开湖泊,逃入山野,寻找什么,却找不到。似乎一旦找到,世界便毁灭了。因此,既要找,又要把那生物与现实隔离开来。这真难啊。你没想到她给你看这个,被黑暗的感觉攫住,却来劲了。

女军医像在解说漫画中的故事:"……都变得不可靠了。我现在学会了跟领导和同事保持距离。对他们说什么,都打问号。他们夸耀能起死回生。我知道,那是讲给病人听的。亡灵之池?就连这东西,也没人担保它能维持。男医生还会把牛吹下去……他们也想搞我,但被我拒绝。我看到了危险。所以关键时刻能来救你。他们也发现出了问题,便逃走了……嗳,多看看漫画吧,这才是医院的脚本。本来是不给病人看的。但小伟你不同。包括你说的战争和敌人,很像是漫画中描绘的。我喜欢看漫画。年轻时,有一天,我二十四小时值急诊班,半夜和凌晨做手术救了三个患者。天亮下台交完班还有六台常规手术等着,其中两台为慈善机构资助的贫穷孩子。一口气又干到晚上九点……这时仍很兴奋,回宿舍后不能即刻入睡,忽然见到床头有这本《幽灵公主》,便拿起来看,竟然看哭……小伟,你这么小,真有女儿吗?她喜欢看漫画吗?……这只在医院才有啊,跟酒有一拼,比万能治病仪管用。但医生可以忘掉痛苦,病人不允许……"

你以前只在万古教授那儿见到过漫画。女人让你看的,有一股似若熟悉的前世霉油,跟吃药打针不同。你似乎不那么难受了,窒息感好像也有舒缓。你让自己进入女人更深,把她的身体当避难所。你的痛与她的痛交尾在了一起。但为什么不早给看呢?病人如果看了漫画,还会发起暴动吗?

你说:"真苦啊。想死也无法死掉。原来以为活一生就足够了,但连这也做不到。活着太累了,但为什么还要活呢?因为有个不可捉摸的东西在把你复活……事已至此,病人离开了亡灵之池,那么能不能逃出医院呢?"你认为她能带大家走离这个生死怪圈,哪怕去到漫画上那样的荒郊野外也好。

女军医又一次无情碾碎你的幻想:"逃掉?凭靠这身廉价的病号服吗?用一层破纸般的东西包着,唐突出去,知道是什么后果吗?"

说到这里,她从男人身上咕咚翻下来。而你还没有射,憋在那里,难受而沮丧,愤怼伸出双手,要拉她回来。她敏捷闪开,像重新意识到了医生与病人间的距离。但你的十指还是触到她,在她干燥清瘦的腋下横竖探索,像要感知她体内是否有硅体,或机器接口,以核实她的真实身份,并确认刚才的交配不是人工记忆。你哀疚地想,如果你的出生和死亡都是亡灵之池中的过程,那么这世上便不再有女人了,不需要她们做母亲,也不需要她们做伴侣……你和她到底是什么关系?

夏泉迅速打掉你的手:"摸什么摸。都是些淋巴。不是打印的……小伟,你还是不死心哪。好,就去找你说的万能治病仪吧。会失望的。不过去之前,我还是带你看看别的。你刚才说已经脱离亡灵之池，那么也该认识一下真实世界了。看看到底是不是镜中镜。"

8. 彼岸岛

女人引你漫游。你们像情侣或战友一样，开始了对世界的探索。才发现医院占地不小，跟你以前住过的那座相比，规模也属宏大。至少从外表上看，它是扎扎实实存在着的，而非想象的产物。院部整体建在一匹橙色的陡峭山崖上，藤壶一样弥漫，初看有世外桃源感。烟雾中笋出一堆堆白色盒式建筑，参差重叠，螺旋盘升，大约便是病房了，形如世界文化遗产吴哥窟、金字塔和万里长城的错杂拼接。其间有离散的诸多银色金属反光，应该是各式医疗机械，漫天星辰一样。

电梯已停运。你们爬消防梯。到高处，见一个十字形红色镂空钢架，电波塔般孤零零筑于基岩，标有"三〇一"字样。不远处能见到火葬场的焰云。风刮得更凶。雾气忽然散逸开来，风化崖层剥落一片，向外看去，见空间广阔，自然和人工的构造起伏在一个巨型半球形透明穹顶下，它几乎把整座山岳笼罩住了。果然无一滴水，更没有大海。穹顶之外是一泻火红的高原，连绵铺开，一望无际，往下延展渐变为平原，又弥布沙丘、砾石，散落着环形山、峭壁和峡谷，也是锈蚀状。地平线若隐若现，浮出一线迤逶黑墙。不正是你落水时见到的红色星球景象吗？它竟然是真的。但不见夜叉鬼，它们或许躲在某个角落里吧……颇似工陵的穹顶已现裂隙。置于封闭空间中的医院似乎遭到损坏。除了火葬场的柱柱黑烟在不停喷吐，还有缕缕雾气沿裂缝渗入，夹掺浓密的赤色尘埃，被大风吹得离乱。一队队机器白蚁不知从什么地方爬出来，密密麻麻攀附于穹顶，忙碌着修补建筑物的破损结构。这幅图景果然跟漫画一样。你和女人站在这庞大的界面，就如两只小虫。你正想问这是哪里，便听她轻轻吐出一声："火星。"

你暗自心惊：火星上的医院吗？难怪不能随便出去。你很早就听说过这个名字，知道它是宇宙中一颗岩石行星，多年前由佛教徒组成的探险队发现。它的质量和重力偏低，大气中百分之九十二是二氧化碳——严重缺乏氧气！地表遍布沙漠和撞击坑，没有成形的液态水，空气稀薄寒冷，低气压，强紫外线，常刮尘暴，所有条件不适宜生物生存。但居然在这里建起了医院，制造出氧气、药品和亡灵之池，收治这么多病人。这岂不是一件离奇之事。而你也身处其中。你是怎么至此的？活着还是死后来的？这跟那支传说中的僧侣探险队有何关系？……你又看"三〇一"标志，嗅到了战争气息。你记起，在"和平方舟"号上，利奈大夫曾透露，人类早已在火星上建起战地医院。这不是神话或骗局。究竟谁跟谁打仗呢？亡灵之池与眼前的现实交错在了一起。像生跟死一样，真实与虚构的界限也模糊了。

"我们还能离开这里吗？"你问女人，想着她的军衔是什么，上尉还是少校？

"若说逃掉，越过天边那道黑墙，才能走出火星。"夏泉说。

"又能去哪里呢？"你想，佛经上说的地狱，莫非就是火星？

"海那边吧，有彼岸岛，据说是'非想非非想之地'。但谁也不知道怎么去。"

彼岸岛？非想非非想之地？你脑海中呈现一幅图画,便是横跨亿万光年的宇宙医院,它织构成所有星系的核心及旋臂。你似乎曾在那里漫游,看见无数病人在地狱般的时空中挣扎呼号,死而复生生而复死。那便是彼岸岛——更人的亡灵之池吗？

你问女人:"你没去过？"

"怎么可能。"

"为什么呢？"

"三〇一基地有条规定：只有以前去过的,才能去。但全院上下谁也不曾去。"

"你想去吗？"

女人像面对一件用于祭祀的器皿般默默盯着你。

"是因为恐惧吗？"你被看得心虚,冒失地问。

女人似乎被你说中心底隐情,脸色陡然变得难看。她复从衣兜摸出酒瓶,像那是用来自卫的武器。似乎只有酒鬼才能在这来历不明的火星医院撑下去,光靠打针吃药可是不行。但竟然是医生在带头这么做。你想,莫非夏泉像紫液一样,也是转世再造？所以才百无顾忌。游荡在医院的亡灵不仅是病人？难怪身为军医也会感到恐惧。他们与病人一起被困在了红色星球,跟死囚没有区别。她一定也无所适从。到头来,她不再相信自己效忠的,以一种离奇的方式背叛了它,走到了无法决定自己生死的病人身边。

复活本身已不足为奇,说不上它是奖赏还是惩罚。但关于复活的身体形状,自古至今,却使人困惑不解。你知道,使徒保罗曾将这个问题在《哥林多前书》第十五章中加以讨论："或有人问死人怎样复活,带着什么身体来呢？"他指明这种问题是愚蠢的。如今看来,这却也不是多大一回事。你曾从紫液那里得知，器官再造为病人提供了再生之机，就连大脑也可以移植，拥有替换型肉体的新人分分钟可以产生。紫液便是这样的作品——万古教授按照她生前的皮层模版，在计算机上进行基因编辑，打印出多细胞实体，使她在死后重返世间，有美人的脸，也有美人的身。简单来讲，只要控制了数据，就能控制生命的过程，在条件具备时，甚至可以造神。量子计算机和大脑神经学密切衔接，玩出惊天魔术。人工突触可以把大脑的能力复制到芯片上。叙事代入治疗是另一种方法，它重塑垂死病人的心智，虚构出小说般的梦幻世界，令其无忧无虑活在其中，从而逃脱病痛乃至死亡。意识上传也从实验室走向应用，把病人脑子中所有东西包括精神、思想、记忆扫描出来，转换为数据，上传至人工智能机器，以实现生命的无限延续。意识既然可以依附于一种载体如脑蛋白，那么为什么不能用另一种载体比如机器皮层来储存呢？认知处理过程完全可以通过本源培养而不是既有神经元来完成。生命是由其表达的信息模式而非其特有硬件配置决定的，再造生命就像在一张白纸上画上几笔那么容易……

不知亡灵之池采取的是哪一套方案。观感上，它颇像传说中的人工海马体，只是在规模上放大了许多倍。但百思不得其解的是，如果医院能复活死人及其肉体，那么为什么不赋予新生命以健康体魄呢？技术上这实在是举手之劳。为什么还要让大家在病房中承受苦难折磨呢？大概就是把病人当活人了。因为只有活人才感受痛苦，有了痛苦才好求医问药。医患双方方能在互存共赢中一并拥有世界感。总不能让医院的存在基础崩溃吧，哪怕是在火星上，也要追逐这座壮丽幻象。然而制造万能治病仪的目的又何在呢？

"为什么我们会在这里？飞船失事了？"你问。

"不知道……我来到时，已是这样子。"她说。

"你从哪里来？"

"这已不重要。"

"那就不要为难自己。"你仿佛又不自量力担负起了劝慰者的角色，学着电影中人物的话说，"从哪里来，到哪里去，还有我是谁，我常常在想，思考这些问题还有没有意义？但没有答案。如果大家真的已经死过，是否就无所谓了呢？既然不能去到海那边，那么还是找万能治病仪吧。至少试一试，看看它有多么神奇。"

"还在想这个哟。小伟啊，病人还是把问题考虑得太简单。"她仿佛努力去拾捡白衣天使的自信，"我是医生，死都看遍了，怕什么。是我救了你，而不是你救了我。最坏不过再死一回。跟做一个阑尾手术差不多嘛。"

你诧怪她为什么不拿交配来作比喻。但你想到，在寻找万能治病仪的过程中，就有了机会与女军医多做互相治疗，这种体验聊胜于无，或可缓解苦闷。不过你也略觉痛惜——你们之间本来还可以发展出另一层关系，更为正常和持久。但那是什么呢？总之不仅仅是父女或姐弟吧。你心中泛出一层微温的惧怯。但在火星这样的异域，事情怕是统统不能正常和持久。亡灵之池让一切关系变了。让死去的病人以活人的样子活下去，不知有何深意。大概连夏泉也未必真的知道。所以期盼中的医患关系，或许只在漫画里才能展开吧。

赤黑烟雾又漫涌上来，把医院覆蔽。穹顶外的沙漠荒原隐去，环形山、峭壁和峡谷也被遮没，就好像它们是画出来的。你又怀疑，作为世界感的一部分,宇宙中的这座小岛或许也是人造的。你跟随女人从高冈下来,仿佛回到坟茔内部。你听到了死人们秩序井然的浊臭呼吸,在每一个角落此起彼伏。医生又当着病人面喝了些酒,脸泛红霞,光彩照人,忽然对你说:"我的样子可爱不?"蛮笑着往你脖子上吹口气,少女般的戏耍中挥发出成熟妇人的严正和倦慵,让你目瞪口呆无所适从。难道她也在思忖你想过的那层诡谲关系?她难以忘怀自己刚做医生时的美好青春时光?……你又记起那个名叫紫液的人工合成人,她是从一个被敌人杀害的女烈士的尸体模版上复制出来的。你后来又一次杀死她并奸了尸。不知她是否也已再度复活,这一回要做什么样的人。

你看夏泉的眼光直了。在你眼中她不再仅仅是一具由受精卵发育来的肉体,而更是一个情感丰沛的女人。但瞬间她又变了,变得缺少任何感官可及的成分,身体中却布满渔网般的空洞,整个人是敞旷的空间,是虚空。这把你吓了一跳。数不清的微粒点缀在她已不年轻的血肉之躯里,这些电子和原子核高速旋转,它们相隔的距离至少是自身体积的十万倍。女人到头来仅仅是一个物理学影像,她的"真实形体"则是虚假的。你和她的交配不过是两堆六乘十的二十七次方个原子在摩擦。你闻到的她体表气味,感到的她肤骨温度,看到的她眼目光熠,听到的她口舌呓语,无不是这些无意识的粒子在自旋。它们源于一百三十七亿年前的一场不明原因的大爆炸。这是这个世界最让人感到狐惑的。

很久以前,这些粒子还散布在跨度数万亿公里的太空中,那里除了它们并无他物。数十亿年前,也还没有任何迹象表明这些宇宙灰烬终会组成一个人的眼睛、皮肤、骨骼或大脑中的一千亿个神经元。它们在彼此相隔遥远的多颗星宿深处幽灵般游荡。当恒星解体时,这些粒子随着炽热的气体呼啸向外飞出,占据了星系中一个小小角落。而相似的星系还有数千亿颗,分布在范围大得惊人、直径达一万万万亿公里的时空中。由于某种机会,这些粒子在行星的海洋中聚集,在闪电和火山的刺激下,形成氨基酸,为生命的诞生打下基础。在漫长岁月中,它们曾游动在某个三叶虫的壳里,或栖身在数千万亿个细菌中,一些还凝聚在某只昆虫的复眼中,与它一起见证了几亿年前的景观,还有的曾存在于恐龙蛋的蛋黄里,或随着冰河时代某头猛犸的喘气而被呼出。它们也曾化身为海冰及流云,组成雨滴或雪花。而今,它们筑就了女军医的身体,营造了她的眼睛、舌头、乳房、结肠、卵巢、阴道和脚趾,以及她的脑髓、神经和思想意识。是这些东西救了你,又与你结合。

你耳边回响起女人的话音:"……就是粒子的位置重新摆了摆。"但这一切是偶然的吗?其中的因果是什么呢?这里面就有你与女人那层神秘的关系?你相信,亡灵之池是真实的,万能治病仪也是存在的。人是虚空,疾病也是虚空。它们没有本质,却共同构成了这个眼花缭乱的世界。只要调整某些微粒在虚空中的轨迹,不就能造出一个新的岛屿来吗?这可以是一颗星星,也可以是某种医疗器械,还可以是人类的肉体和思维。医生掌握了操纵原子和编辑信息的本领,不会放弃这样的机会。但他们跟原初创造者相比又有什么不同呢?

女人像又一次知晓了你的心思,正容相告:"别想多了,那是想不通的。医学还太肤浅。我们之间也不会有更复杂深入的关系。从宇宙的另一头看过来,火星也是彼岸岛,偶然放在这里。一派朱赤,却无光明。白色和黄色的药片四处散落,再就是黑色的氧气瓶。红十字是唯一的亮色。这样的处境,不取决于任何人。不要说患者了,就连医生也无法选择活着的时间、地点、形态和方式。我们像鲁滨逊一样。这些事情超出了医技,让人无能为力。因为这个,大家互相憎怨,又只能待在一起。但这并不意味有更多的交集,精神也好,肉体也罢。医疗技术越复杂,人际关系越简单……哎,只要有酒喝,就还算好嘛,做什么都成。我可不像那些胆小鬼医生,害怕你这个死病人乱来。但酒在火星,比氧气还稀缺。存货基本用光。农场的酒窖也坏了。然后才能去说水和食物……"

你忽然歇斯底里喊道:"你表面上是个女公知,骨子里却是个吃货!"你不知这么说,是否算是消解心中的无形压力。你才想起,你见过的女人,无不在吃吃喝喝,把这当作头等大事,仿佛以此为面具,掩饰住她们的生育本能,也不再屑于谈婚论嫁。在这个世界,这些都是不必要的。但这正是她们与现实做斗争的武器。她们不像男人那样热衷于引经据典、高谈阔论,乃至打打杀杀、嗜血如命。这反使她们豪气勃发落拓不羁,获得了解放与平等。这是乱世,你不能以常情去看待她们。

你不禁想到早年看过的一部电影《异形》。也是在孤岛一般的险恶境地,类似医院的保护性载体遭到入侵,男人统统死光,唯一活下来的是孤胆女英雄,独当一面,杀掉魔怪,救了世界。这位夏泉,身材娇小,迷恋酒精,痛苦彷徨,除了救你,其他行为不可捉摸,但到了最后关头,当会是最强悍的,将力挽狂澜,帮助病人找到离开了亡灵之池也能活下去的办法。这么一想,你就宁愿跟女人待着,要她罩着你。你害怕她再走掉。你们其实不是父女或姐弟,而是庇护者与被庇护者的母子关系。你又端详一回她脖子上挂的十字架,它发出的红光烧烫了你的血液。

9. 被侵犯的白衣

你复扑过去,抱住夏泉,欲与她再交配,从组成她身体的粒子中吸取活力——活人一样的力量。这跟生育、娱乐或奸尸都不相同。但这时有人抓住你双肩,一把掀翻下来。你忍住疼痛,恼羞回头,见是一个中等身材的老头儿,白发蓬张,胡须凌乱,额头暴突,双目狭小,带着病人,骂骂咧咧,蹦蹦跳跳,舞拳踢腿,哼歌唱曲。几百名病人围着老头子,挥舞密如果林的氧气瓶,纵情欢呼。你明白,这便是医院的暴动者,逃离亡灵之池的病人,拒绝回忆或重历灾难,要把带给他们痛苦的医院掀个底朝天。你悔惭不已,又担心对夏泉不利,就用身体把女人挡住。你为自己竟有这样的勇气而吓了一跳。最后唤起的,还是父性。但这又出于自私——夏泉是你的"女儿"。

"不是要见识一下医生怎么死的吗?这可是火星上最靓丽的一道风景哟!"老头儿嘿咻着,与病人们愉悦地互扯衣角,扭来扭去,刻意显示身体很好,并无疾病,更非死人。他已脱下病号服,换上医生着装。除了不佩戴红十字,其他跟医生一模一样。有的病人手执白大褂,好像羞羞答答,暂时不好意思穿上。他们一致欢唱:"不必陈述病史啰,可以忘掉痛苦啦!"

你想,病众之前真的是束缚在了电子神经或人工皮层中吗?又是谁把他们从牢笼中释放出来的呢?你问老头儿:"你是谁?"一个名叫卢梭的病人踹你一脚:"小鬼,连爱老都不认识了吗?"卢梭脸上长满恶疮,看上去颇为吓人。他的四肢、躯干和头部还丛生着青红色的小肉瘤,正纷纷溃烂。你明白过来,爱老,就是声名显赫的爱因斯坦,病人暴动的大头目,乱世之祸的总根源。你曾经为找到这人,煞费苦心,竟未料在此时相遇。

老头儿见到你,眼睛一亮,拉风箱般喘吁,趾高气扬说:"没错,没错,我就是爱因斯坦,但他们更喜欢管我叫格瓦拉,啊呀,可不敢当哟。火星太小了啦,这儿的游击战是小儿科。坦率讲我有私心。我有个儿子,他陷入疾病的苦海,摆脱不了死人情结,我要找到他,把他拉出来,不再做亡灵。他有远大前程,要紧紧跟随我,开辟光辉未来。还好,这死孩子终于找到了,就是你呀,杨伟兄!我久在寻汝。吾儿胡不归?我给你写过好几封明信片,答应给你寄生活费,说要来探望你,绝对不会弃你不管,却没有你的一句回音。你这阵子跑哪里去了?是这害人的医院让你迷失了方向吧。真让人着急呐。"

你又大吃一惊,这才记起,的确曾经有个声音反复在你耳边说:"吾儿,归去。"你自然是有过父亲的,但他不是早死了吗,怎会在火星上重逢?刚刚脱离亡灵之池,你便有了"女儿"或"母亲",又遇到了"父亲"。大家争相拥有你。这为你出了一道选择难题。但你对老头子不像对夏泉那样,有亲切感,便畏懦奉承:"您穿这身衣服,的确威风凛凛呀,比院长还有型呢。"

自天而降被称作爱老的"杨父"威严地对你说:"吾儿,我们才是灵肉一体!别人怎么待你,都不要轻信。瞧这衣服,你也得穿。的确是从医生身上剥下来的,就像剥野兽的皮,快意且新鲜呢!医生横行霸道,作威作福,用吃药取代生活,把大家弄到这个鬼地方来,毁坏吾家吾国,让我们父子骨肉分离,实在可恶。所以才要打烂医院。病人是在替天行道。我们潜伏在这里,就是为了有一天干大事呀。病人的数量是医生的千百倍,为什么要听命于他们呢?铸就人生命运的地方,是在病人心中,而不在医生的会诊会上。我们已经走出死亡的水牢了,不会再死了。杨伟兄,你说对吗?"老头儿上气不接下气,胸部发出裂木般的嘶鸣。

你看着这奇形的男人,心想他也是亡灵,不敢回答。爱老咳出两口浓痰,又说:"不相信医生真的死了吗?带你亲眼看看吧。他们才是不折不扣的死人!扭扭捏捏做什么呢?哦,不需要数学了噢。那些公理定理全是假的,是医生拿来吓唬病人的。他们用这玩意儿制造了关押我们的牢狱。最恶心的便是数学。世上本来没有这种东西。说什么数学原理不因时间的推移而变化,也并非因人类的发现而存在,这不过是氟哌啶醇营造的幻觉,正如空间、时间和物质,统统是认识的错觉。如梦幻泡影、如露亦如电哟!医生就可以借口数字医疗来谋财害命啦。谁说我是数学家?格瓦拉绝不接受这个侮辱的称号。杨伟兄,你敢说自己是天杀的数学家吗?"

"啊……"你往后缩去,在胸前抱紧双臂,像要保护自己,左右晃动身子,把夏泉遮挡严实,不欲她被老人瞧见。夏泉却眨巴眼睛往外看,腥臭的酒气也从胃里返出来。她把你往边上拉,若要挺身保护自己的病人。

爱老抽动鼻翼,闻到酒味,一眼看到女人,淫猥笑道:"杨伟兄,别怕哟,我怎会与吾儿争抢半老徐娘呢?"卢梭就把一个女性带过来,向你介绍:"你爸爸的女朋友,冬露,医科大学双硕士,优秀的实习医生,正攻读博士学位。"冬露容貌端庄,神情肃谨,挽住爱老手臂。爱老从口袋里掏出一颗糖，舍施般喂这女人。你心想，这是你离开亡灵之池后遇到的第二个女医生。她也跟病人站到了一起，亦是医院的背叛者吗？你又难堪地去看夏泉，见她双目圆瞪，咬牙切齿。冬露应该比夏泉年轻二十岁。

老头子像食唾鬼一样擂击胸脯："谁说我们不是医生？谁说我们是医院的敌人？谁说我们搞暴动？不，这是起义，这是革命！病人才是最好的医生！病人才是医院的主人！只有病人才会把医院真正当作自己的家！医院把我们囚在水牢里，像海渚之鬼一样活着，一遍遍历经灾难，没完没了给我们打针吃药，不正是连死人也不放过、连尸体也要榨干吗！没有了病人，医生从哪里收红包呢？却未料到，痛苦反倒唤醒了病人。我们要救自己，也要救我们的孩子，更要救我们的家国！以为小打小闹搞搞医药分开的改革，就能骗住病人吗？嗬，重要的是衣服。在医院，只看衣装不看人！只要穿得像那么回事，谁能说你不是医生？就可以名正言顺高谈阔论器官移植基因解码干细胞疗法了，别以为我们不懂这套把戏。但我们一旦弄清了这骗术的机关，就要打它个稀巴烂。然后狂欢。吹啊弹啊，唱啊跳啊。好过瘾哟。听说医生刚刚召开了驱魔大会？还举行了文艺演出？别把病人真当死人。还是不要只演给院长一人看吧。让病人也上台露露脸吧。医生觉得只有自己是活人，久久霸占生命舞台，这算什么呢？跟病人商量过吗？不是说死亡面前人人平等嘛。披着白衣的伪君子不懂得病人的痛苦。他们只是在看，而我们是在体验！这二者根本不是一回事。医生就会用华丽辞藻包装生命伦理学，让病人生不如死死不如生，自己却寻欢作乐花天酒地。呸，别把病人不当人。就算亡灵也有人权么。哦，吾儿，我这一路考察发现，各个病房都在准备自己的节目。医生既然有此雅兴,病人也得配合呀。说不定我们的演技更胜一筹呢。千万别说我们是僵尸。格瓦拉虽然患有严重哮喘病,但这无法阻止他一往无前战斗到底哟。"

爱老身体中爆发出又一阵剧烈咳喘,似要把他撕裂。冬露急忙为他捶背,又从他衣袋中,掏出硫酸沙丁胺醇气雾剂,对准他口中喷了两下。老头子才没有憋死,又奖赏般取糖给女人吃。然后他继续舞动像是演出服的白衣,就如这是雄孔雀的羽饰。病众大声叫好。你心有异怖,却受到煽动,竟也有了欢喜之情,好像覆压在你身上的病痛,从此就要连根祛除。你想幸亏自己也是病人,同样走离了亡灵之池。

爱老把夏泉从你身后拉出来,推到卢梭怀中,调皮地挤挤眼:"女军医吗?年纪不小了,但长了一副可爱的娃娃脸。来火星工作不容易呢。为负责起见,还是让病人鉴定一下吧。她不一定配吾儿哦。同意吗,杨伟兄?"你愣住不知说什么好。

卢梭扯掉夏泉脖上挂的十字架,把她按倒在地,吃快餐一样奸污了。卢梭是一个因卖血而被感染的艾滋病患者。平时在病房,面对爱老,他表现温和平静,逆来顺受,但对待普通病友,却会忽然像狼一样爆发,这时谁都不敢惹他。你敢怒不敢言,却觉得这样也好,你终于卸下负担。你有了新的庇护者——"父亲"。你为爱老未亲自与夏泉交配而释怀并遗憾。这其实不错,却不完美。

10. 恐怖的遗产

爱老带领病人上路。你身披的床单被扒掉,换上一件白大褂。

你有些不习惯,问:"去做什么?"

"去看医生是怎么死的,去寻找万能治病仪。"爱老说。

"太好了,听说它能治百病。找到它,病人都痊愈啦。"

"不,要砸烂它。"

"为何要这样做?"

"因为我们没有病!万能治病仪是医院的最后一块遮羞布。亡灵被唤醒后,就知道该做什么了。"

你只好随爱老而去。夏泉当了女俘,挟裹在病众中,不停被羞辱。她得到的待遇,与冬露不同。你渐渐看不到她人了,只听见她终于发出呻吟。你有些难过,但很快不去想她了。"圣母"或"爱女",在这捉摸不定的火星上,都瞬息万变,稍纵即逝。此刻大权在握的是"父亲"。

阿房宫一样的医院建筑群摇撼不止。穹顶震动,掉下碎片,立柱坍塌,裂缝扩大。构造外墙的,是硬度几与钢铁相当的特殊玻璃,在二氧化硅中注入氧化铝,与火星不堪忍受的自然环境隔绝。但就连这也难以坚持。不断有机器白蚁失去动能,如雨纷坠。但在地窟中,病人汇成洪流,昂首阔步,迈过瓦砾,一边吸氧,一边前行。有些病人本来快死了,也从病床上蹦跶下来,加入大队,充电似的,双脚并拢,垂直上跳,跃向前方。有的披挂结肠袋,有的携带呼吸机,有的佩戴起搏器,有的乘坐电轮椅。几乎所有人身上都插满各种管子,为肉体输送血浆、营养液和消炎药,或导出腔子里的尿水、粪渣和污血。他们中不少人还恍恍惚惚,跌跌撞撞,如夜行食肉动物一般谨小慎微,好像做梦未醒。这大概是亡灵之池留下的后遗症。他们是被赋予形骸的鬼魂,还需要花时间习惯新的人生。不过这使他们更像医院的真正主人,神情间熠闪着非我莫属的光影。他们没有丝毫逃离医院的意思,哪怕它害惨了他们并即将成为废墟。以前病房中争风吃醋吵闹打斗的,也勉强形成统一战线了。这多少受着精神作用的激励。他们心态变了,如若第一次发现了活着是有意义的,据信这比药物更能抑制癌细胞生长,并分泌内啡呔,起到止痛效用。又凭借一身新衣,登堂入室,出人头地。他们亦在彼此模仿,行路姿势一模一样,不让人看出有病。他们此番活像是第一次在为了自身的存在而奋斗,也拥有了一支本族的子弟兵。他们必须摆脱从前分散而猜疑的状态,开始紧密合作。于是组成一条巨大的百足蜈蚣,这是医院从未有过的盛况。它发生在远在天边的火星上。这个红色世界的历史还太短暂,尚未建成长久管用的治疗体系。但这不是它被颠覆的唯一原因。

考虑到不少人还行走不稳,爱老便让卢梭找来运尸车和垃圾车。大家呼朋唤友爬上,叠罗汉一样坐好,大呼小叫,横冲直撞。又手举从宣传栏上撕下的模范医生照片,誓言要找到他们,亲眼看看白衣天使是怎样死的。病众冲破浓雾,拥入农场。生菜和黑麦类植物在窸窣作响,纵情歌唱。他们发现,林间有一只鸟笼,里面横七竖八躺着一群人,便蜷手缩脚围上去,对照相片,判明是医生,都喊起来。医生死了,果然翘辫子了。但怎么会呢?病人一旦走出亡灵之池,医生不死的神话便瞬间破灭了。喜悦和哀恸冲入你的心腑,你为那个名叫白黛的女病友感到欣慰而难过。她是你初入医院时结识的。她艰辛求索多年,想看一看医生是怎么死的,也没有等到这一刻。

卢梭俯身,喜出望外,又紧张谨慎,如检视猎物,头探入鸟笼,把医生的眼睛和嘴巴撬开,凑近了往里探看,又拿起照片,说:"原来是大名鼎鼎的急诊科主任呀。我们都承蒙过您的照料。宣传栏有您的事迹介绍:在急诊的方寸之地,您跑足了万里长征;病人生死一刻,您从容镇定;瞬间英明决断,挽狂澜于既倒,救大厦于将倾……圣人呀,是哪位使徒呢?您也死了。不是装死,是真的呜呼哀哉了。别以为医生不会死哟。只要剥掉白大褂,就原形毕露了,再没法表演幻术了。究竟谁是亡灵啊?这不一清二楚了嘛。"卢梭诅咒着,像报了世仇。他把医生身上的白大褂剥下,又扯掉他胸前的十字架,病人们拍手称好,又面露惧色,食粪鬼般嘶鸣,都跑开了。你腹中愀然一痛,趴伏在地,大口呕吐,说是怨怕,脸上又挂了蠢笨的喜色。你掩饰般问:"一定要让医生死吗?"你仿佛也在暗暗期冀这一天。

卢梭守住医生,吸血鬼一样干咳,往尸体上吐口水:"咯,咯,不是病人选择了恐怖,而是恐怖选择了病人。亡灵之池给我们留下的唯一遗产,便是恐怖么。大家平时在医生面前俯首称臣,逆来顺受,怕他们怕得要死。最想做的,不就是有一天从医生手里夺过手术刀吗?自己得的病,想怎么治就怎么治。这样就不会过度医疗了。再说我们本无病。死人怎么会有病?是医生宣布我们有病。疾病的定义和标准都是他们搞出来的。医院是火星上最大的恐怖组织,有个好听的名字叫'生命政治共同体'。医生操纵病人的身体,把啮齿动物弓形体强加到我们身上……"

爱老说:"还将资本的魔爪伸到四面八方,控制了生物制药、DNA测序、手术机器、医疗设备、医学技术、医学研究者、健康协会、医药报纸和期刊……如果不让病人活着,这个摊子怎么办呢?"

卢梭说:"因此就算病人死了,也要让他复活,使他继续生病,令他接着打针吃药。不想活也得活,没有比这个更恐怖的了。"

爱老说:"这正是如今的主要社会矛盾。病人是医院的掘墓人。"

卢梭感激地说:"我们要以恐怖对付恐怖。都是您教导的哟。要是没有您老人家挺身而出,病人还不知道要受苦受难到哪一天呢。"

这好像解答了你的疑问。你看爱老,见他志得意满,精神焕发。你又看卢梭,他身上的卡波西氏瘤也变得亲切了。你从他们的话中证实病人可能真的死过,反而放下心来。卢梭看你的眼光也有了异样,好像他与你的关系,比你与爱老的,还要亲密。你脸上一热,转头望去,见火葬场烈焰依然喷薄,却光色奇诡,纷卷上扬,黑气之中,赤焰之下,吐出一片接一片的金花,指头般大小,嗡嗡作声,八方飘降,犹如盂兰盆节的燃灯。你心头哗然一动。

病人从死尸上剥掉制服,笨手笨脚换穿在自己身上,又取下医生佩戴的十字架,冲着它指指点点笑个不停。爱老却对行动的成果不甚满意。看到死医生后,还要觅活医生。他把病人分成两队,一队前往火葬场,占领战略要地;另一队搜寻活医生。你之前是见过活医生的,看到他们收拾细软逃跑,与病人争抢氧气瓶,此时却觉得如同鬼影。

你才去找夏泉。她竟踪迹全无,不知是死了,还是跑了。你不禁瞠惑,你真的遇到过这个女人吗?好吧,就算她的确存在过,你也保护不了她。你并不能像她救你一样去救她。病人也很快对她失去兴趣,要找年轻些的。这是大家攻占医院的主要目的。在亡灵之池,与性有关的活动受到禁止,现在可以放开来玩了。病人早就听说,只在医生的阵营中保留着女性,这大概是特权吧。你失落而不忿地想,夏泉最终也没有向你告别,作为"父亲",你在她眼中,终究可有可无。女人性情多变,不可托付,且毕竟不是一个阶级的。你看错人了。她无力救你救到底。你要活下去,还得靠爱老。没有"父亲"的世界才是脆弱的。你却止不住回味在女人肉体里的感受,心上酸甜苦辣。

见你恍钝,爱老呵斥:"怎么,还在钻牛角尖,觉得是认贼作父吗?上回没死透吧。我们很久没见面了,有陌生感也属正常。这都是亡灵之池害的。医生定了一条规则:死人不能有家庭。这太过分了。冬露,你说说看。"

冬露像被老师点名的学生一样,满怀成就感地背书般解释:"医院以遗传风险为名,把病人身份大规模基因化,剪除血缘纽带,消灭亲属伦常,也算得上釜底抽薪了,为的是方便对亡灵实行军事化管理,让大家不能抱团结伙,只得悉听遵命,乖乖接受治疗。但是绵延千万年的父子关系怎会一夕瓦解呢?伟哥哟,你和你父亲拥有同一个灵魂。既然做了脱狱者,就要恢复原初基因关系网。它织成了悠远的血缘传袭和家族记忆,承担着相互责任和关爱义务……"

爱老笑道:"医牛的这点小伎俩,早被我识破了。吾儿,我一眼看到你,心中就漾起爱意温情。你将从我手中拿过接力棒,做病人的领路人。这样才能拾回我们丢失的国籍、文化、欲望、宗教、饮食习惯和生活风俗,我们才能昂首挺胸重新做人。因此死也要找到你啊。我知道,你曾受医生胁迫,做过戕害病人的红牌突击队队长。没关系。谁让你是吾儿呢?给你一个将功补过的机会吧。救不了别人,但怎么也得救杨伟兄呀。"

爱因斯坦口吐真言,自信满满,就像扮演大学公共课教授的独角戏演员。他和冬露紧密配合,女人似乎也很依赖他,对你另眼相看,仿佛她才是你的"母亲"。爱老嘘呵着,伸手捏你的脸蛋,似是考验儿了,或要成就你,封了你一个先遣官,令你率领病人寻找活医生。你为与夏泉分离而气馁,但你被爱老的队伍裹挟,没有自主行动的可能。你从病友的身上嗅到了死的味道,确认他们果然是鬼魂。亡灵必定要做不寻常的事情。他们一旦复活,便会卷土重来,让灾难再次降临。你本是他们中一员。这么一想就不那么歉疚了。

11. 肉体的欲求

爱老的队伍全由老年男人组成。在那艘不知去向的医院船上,也是如此。在你眼中,衰老加男性,这两个特征构成了病人。因此不会有别的性别和年龄。看来医院对亡灵做了特殊规划。不过大家用药水在脸上做了涂抹,把自己打扮成孩童乃至女性,显出天真无害的一面,互相看着温存甜蜜,降低了衰老的恐怖阈值。都是从亡灵之池出来的,受过痛苦的深度熏陶,演出起来颇为自然娴熟。谅是如此,活着的医生并不好找。他们表现得不够聪明,面对病人攻击,至少应该脱下白大褂,换上病号服,让自己混同于患者。但问题是病人也穿上了医生制服,如何分得清呢?事情就是这样蹊跷纠缠,又具备了新的内在逻辑。

有时,你们似乎看到医生的身影,在浓烟中出没。但追过去,却消失了。这就像在放幻灯。你复打量火星医院,见它依山而建,半洞窟式结构曲折复杂,又烟雾缭绕,颠沛不止。这海上浮岛亦如蜃景。病众不熟悉环境,多次迷路。你们找来找去,仍未捉到活医生。你觉得是亡灵之池在作祟,就将大家带到电视监控器前,试图把藏身在里面的医生揪出来。但屏幕死黑一片。你们只好又返回农场,见到像是从地底新长出来的医生尸首。依旧不是活医生。衣服被剥,不知谁干的。爱老不高兴了,斥责你:"杨伟兄,怎么搞的,动作太慢!竟然有人抢到我们前头了。是谁?哪个病房的?为什么不服从统一指挥?"你感到很没面子。

这时卢梭说:"我知道一个地方!"他拉着你一起,带领病人来到护士站。投影一样,陡然出现了身穿白衣、脖挂红十字的女人。大家眼前一亮,呼喊着猛扑上去,出笼兽般将目标抱住,又用不锈钢丝穿成一串。你稍安心,知道这些人是医务人员,因为病人中没有女的。但她们是护士,而非医生。这多少可以向爱老交差了吧。卢梭没把她们的着装剥除,而是仍让白衣在身,口罩也不取下,仅露乌黑水灵会说话的大眼睛,下方伸出肉色丝袜紧紧裹住的长腿,日光灯下的蚯蚓一般。你想,这没错。在你心目中,护士本就定义为"她们",是年轻女性,也不可能有别的性别和年龄。你被灼得闭上眼睛,好像她们是你思想的反射。你却不敢拿夏泉和冬露作比较。根据你的经验,医生和护士是两类人,后者更具有工具性。

爱老背着手,走来走去,打量新获得的战利品,坏笑道:"吾儿,也不错了,就当是练习吧。你以为是请客吃饭吗?拿镜子照照自己吧。你又干过什么?不会只有胆量搞黄脸婆吧。"你羞得满脸通红。你想说,夏泉可不是那样。她勇敢地救过你。这时你才觉得,你的"女儿"长得跟一个名叫惠特妮·休斯顿的女演员相似。

"我们要找医生!我们要找医生!我们要穿他们的白衣裳!我

们要看他们的烂死相!他们不是不会死吗,怎么也逃之夭夭了?我们要把万能治病仪弄到手,砸它个稀巴烂!"卢梭不情愿地吼叫,病人们也跟着嘶喊,一个个跳过去,撩开护士的制服,摸她们胸口和大腿,这时他们的病痛仿佛抛进大海了。又恶狠狠审问女人:"快说,医生在哪里?"

"不知道呀。多半在忙着抢救病人吧,他们不是成天做这个吗,救死扶伤是医生的天职。"护士们哆嗦着回答,像面对狼群的羔羊似的挤成一堆。她们从未见过如此不听话的病人,他们通过换衣游戏,反客为主了。不,或许医护人员才是医院请来的客人。以前错位了,现在才拨乱反正。

"白衣天使,难道是命中注定才能做的吗?横竖也是死,不如冲出病房,做一回医生再去死。我们不止活一辈子,什么不能做呢?"爱老像大赢的赌徒似的,用指头逐个弹击女人颜面。冬露陪伴在他身边。这女子高头大马,比爱老长出半身,戴副宽边黑框眼镜,学富五车的模样,清高的神情中,抹着淡淡忧郁,不停嚼着糖果,好像要以此缓解紧张,她看护士的眼光,藐视而迷惘。你偷偷瞅冬露,又想夏泉,觉得不公平。

卢梭把流脓的脸颊贴到护士眼前,历数她们助医为虐的罪行,威胁说要抽出她们的脊髓做移植。护士哭了。但病人只是吓唬她们,纵声大笑,实际做的是掀开白衣,强奸她们。人人急不可耐。看来夏泉果然未能满足病众的公共需要。这让你觉得有愧。大家模仿爱老与冬露的姿势,那是标准。但其实身体还是不好,患了气管炎和肋膜炎的病人咳个不止,像有刀子刺在肺部。不过就算这样也不能停息。谁有片刻犹豫,谁的位置就被别人抢去。

爱老塞给你一名护士。你却临阵怯场。你想到住院时,护士给你扎针,扎了一次没扎进,又扎二次三次,说:"就疼一下,就疼一下。"你手术后,护士为你端便盆,擦呕吐物,柔言细语加以安抚。你觉得,她们是你的姐姐,又憧憬娶她们为妻。

卢梭把胯下的护士扔到一边,走到你跟前,温存地抚摸你的鼻翼、嘴唇和耳垂,媚笑说:"不要心理负担太重哟。这是病人的成人仪式。它说明我们尚有人性,可不是组装起来的冷冰冰的生物分子噢。我们要感谢医务工作者的栽培。他们怎么对待我们,我们就怎么回报他们。"你从卢梭的目光中看到了肉体的欲求,便赶紧离他而去。

接下来,爱老让你押着护士,利用她们带路,去找活医生。病众高呼:"我们本无病!我们有信念!我们有气力!"在侵犯女人后,仿佛真的脱胎换骨,不再鬼模鬼样。他们身上的腥气和嘴里的臭味,似乎减淡了。

一路上不停有病人中风或心梗死去。他们的脸相狰狞而扭曲,看不出是人,应是死时经历了极大痛苦,这是重病带来的,至此亦未能免除。活着的皆装作不见这苦楚,立即剥下同伴尸身上白衣,自己再多套一件,然后在死者身上签字:死医生。

大家来到下一病区,也没见到活医生,只有五花八门的医疗器械,却不是万能治病仪,而是电动吸引器、自动洗胃机、动态心电图机、心脏除颤器、心电监护仪、多功能抢救床、麻醉机、麻醉监护仪、X光机、B超机、多普勒成像仪、脑电图机、脑血流图机、肺功能仪、超声波诊断机、正电子发射断层成像扫描仪、单光子发射计算机化断层显像扫描器、功能性磁共振成像扫描机……以及高频电刀、显微镜、乙状结肠镜、紫外线分光光度计、细胞自动筛选器、碱基序列剪切钳等。病人见此,如遇高墙,畏缩犹豫,停滞不进。

爱老让冬露给大家上课。女人一把取下眼镜,用医药棉花狠狠擦拭一番,指着医疗机械,一字一句说:"仔细看看吧,这都是医生敲诈和奴役病人的工具!他们把病人全交给了冰冷的机器。医学的故事不再是人与人的故事,而成了人与机器的故事。医生成了操纵机器的冷漠工程师。所以怎么可能见到他们的好脸色呢?医生认为病人的大脑就是记忆硬盘或文件归档器。疾病是信息或通讯故障。这一切建立在 DNA 分子机器上。所以只有机器才能读取机器、治疗机器。人体就是由无数微小而可替换的部件组成的⋯⋯其实也不是治疗,而只是调整体验。医生利用计算机 X 射线轴向分层造影,分析病人的脑部结构,断定你们先天有性虐待趋向;医生通过皮层扫描,监控你们的思维运动,说你们发自本能喜欢撒谎;医生借助大脑指纹识别技术盗取你们的神经隐私,开发精神病生意;医生根据基因本质主义和神经发生决定论,不仅再造病人的肉体,还重塑你们的精神,这样大家就感觉不到疼痛啦。医生把他们认为正确的规范、价值观和判断,内化在神经药物里面,连伦理标准也设计到了药物的分子构成中,病人服下后,就不再是原先那个自然人了,你们对世界的看法也就改变了。通过编辑 DNA,病人的生命被牢牢攥在医生手里,你们活不知道怎么活、死不知道怎么死⋯⋯这时医生便笑吟吟说,这些疗法虽然昂贵,却激活了诸位新的生命形式,产生了新的生物价值。这就是传说中的变态病房呀。所以,对于病人来说,什么是'我'呢?你们都是被创造出来的,早就不是你们自己了!"

冬露果然熟悉内幕,把医院的老底揭穿。病人初听茫然,很快醒悟过来,就哭了,转即又笑。你瞧着那些坚实的机器,心想它们也不过是一堆堆原子电子,却曾经长期接管了你的精神和肉体。你难以置信,心生厌恶。冬露的这些话,夏泉大概是说不出来的。冬露对医院的背叛,才最彻底,她完美做到了反戈一击。而她正据此争取博士学位。这将由爱老授予。

卢梭大声说:"都说病人暴力,但谁见过有什么暴力比这更厉害?医生用机器把我们剥夺得一干二净。他们还总有一套说辞。在医院,贫困引起的饥饿被当作营养不良来医治,卖血得上艾滋病也被归咎于病人自己的高危行为。这些机器正是罪证。"

爱老总结道:"什么是医患关系?那就是霸权主义关系!医生这个特殊阶级,利用手中权力,把世界上所有问题转化为医学问题,这样他们就可以名正言顺通过医学暴力来施行统治了。这是人类有史以来最专制的统治,以前谁也不敢反抗它。但没有了衣服在身,又得不到机器助力,医生就什么也不是了。病人的时代来临了!"

病人这才敢上前,将机器悉数捣毁,如此绝了自己的后路。忽然发生了怪骇事情,机器的碎片像捞起你的渔网一样,自动融化并消失了。你大骇,只好带领病人,蝗虫般扫过医院,试图尽快找到活医生。这时见到另一拨人在从死医生身上剥除白大褂。打头的不正是《老年健康报》主编吗。你就上前询问。

主编谄媚道:"我早知道医院有今天,就决定来帮助病人。"

你烦惑不解:"你到底是医生,还是病人?"

主编赶紧说:"我当然是病人。我要做合格病人!"说着把剥下的衣服恭敬献你。

你收下礼品,只得说:"原来,我们是一路人。"

主编急忙道:"是的,是的!我恨透了医院。我知道医生的那套把戏。我要向冬露小姐学习,她才是正义和智慧的女神!我要把这些披着白衣的恶魔的见不得人的丑事告诉病人。嗨,这真是宇宙中最变态的职业。他们是一群骗子,在海那边被人识破,混不下去,就来到火星继续行骗。我却不能把看到的,写成文章发表在报纸上。我成天说违心话,夜夜做噩梦。再这么下去,我也会变态。我得了重病啊。幸亏遇见你们。"

爱老走过来,宽宏大度说:"既往不咎。只要认同亡灵的路线,都可以加入我们。"

主编感激涕零:"这大恩大德怎么报啊。"又把从病人那里抢来的氧气瓶交还病人。

你着急询问:"活医生在哪里?"

主编拍拍胸:"我带你们去找。"

12. 暴力挽歌

主编引领病人往医院高处走。你们爬上悬崖。主编说:"快看!"于是见到了活医生,白大褂外面套着奇装异服,在滚滚烟雾中,山羊一样往穹顶攀援。

"咯,这是要去哪里?"卢梭捉住一个问。

"噢,大楼快塌了。"医生惊恨地看着病人,似乎不相信这些人是逃出来的亡灵。才看出医生穿的是航天服。难怪之前没能认出。

你想,夏泉说这是火星,果然是真的。

"所以,要跑到外面去吗?把病人和护士丢下不管了。聪明。"卢梭伸出覆盖着一层鹅口疮乳白色菌状肿的舌头,去舔医生的脸。医生哇哇叫。

"出不去了。穹顶上安装了拦阻器,本是为防备病人逃跑的。眼科主任、牙科主任和保健内科主任率先开溜,被电死了。"医生唉声叹气,求饶一般,指着天棚上挂着的几具烧焦的尸体,"也许你们有办法把医院修补起来。"

"笑话!医院不是医生的私有财产吗,病人怎么可以触碰!"卢梭挤出讥讽的笑意,"但我们绝不学你们做逃兵。"

你打量医生,见果然为活体,却衰弱病态,垂头丧气。对比照片,认出是肛肠科主任。卢梭绕医生走了两圈,卸下他的航天服、白大褂和军衣,露出瘦骨嶙峋的上身,说:"咯,我来向诸位介绍这位模范大夫的光辉事迹吧。宣传栏上的文章讲:他步履缓慢,却坚定不移;他目光温和,却有穿透力。他释放着父爱的深沉、母爱的慈祥。一名医生能赢得百姓如此的爱戴,那是因为在他心里,有着对生命最虔诚的尊重和敬畏⋯⋯多么动听呀,这又是哪位使徒呢?不曾想到,圣人也会抛下病人,自己逃跑。"医生汗流浃背,无地自容。

爱老亲自组织审问。肛肠科主任交代,医生中的幸存者分为多个派别,重新纠集成团伙,占据不同病区,负隅顽抗,实际上是准备逃跑。为争夺氧气瓶,医生与医生之间也爆发了打斗。医生的确大量死亡,却另有原因。他说:"是一种突如其来的凶险传染病。我们抵御不了。可能是宇宙飞船早年带到火星的释放全氟碳化物的人造细菌发生了变异,从环境改造者变成了致命杀手。"

爱老做出惊奇的样子:"有这事?我怎么不知道?你们也想进亡灵之池去享受吗?不过,医生被细菌杀死,正是咎由自取。看看吧,白衣天使养尊处优,成天待在无菌室里,通过计算机、传感器和电视屏幕会诊,从来不跟病人接触,自身免疫系统难免退化,自然抵御不了细菌侵袭。病人却在肮脏险恶的环境里百炼成钢了。"

冬露热切补充:"没错。据我调查,应该是一种专门攻击医生DNA的细菌……在体质人类学上,医生已不同于病人。他们运用生物工程技术改造自己,要做到在遗传层面高于病人。这是一种优生主义。只有我拒绝了。"

主编附和:"医生想要在医患关系中保持绝对优势。他们自认不是一般人,甚至不是人。"

卢梭说:"咯,真的不是人。他们是魔鬼嘛,却把自己扮成天神。但没想到,自食其果。"

你心中一个谜团得到解答。你一直耽惑于,为什么病人的暴动能打败医生。正常情况下,这绝无可能。现在知道,医生的遗传基因经过改造,已与一般人不同,受到特殊细菌的定向攻击,无法抵御,感染疾病,纷纷死去,这才给了病人以机会。医生吃这苦头,乃是因为他们人工干预进化,搞过了头。作为医生,本该心存敬畏,韬光养晦,谨言慎行,孰料却极尽张扬,跋扈恣睢,不加节制。于是有了今天。病人取得胜利,乃是柔弱胜刚强。因此即便不是爱老,也终有另外一人,来发动这场反叛。

肛肠科主任有气无力道:"等弄到万能治病仪,医生的病就能治了。"

卢梭嬉笑着打了医生一下:"万能治病仪原来是为医生准备的

呀。你们脱掉白大褂,还剩下什么呢。"

你低声问:"万能治病仪到底在哪里?"

肛肠科主任脸上闪出惧意:"院长知道。我们在等院长来。"

冬露道:"不要等院长了。加入我们吧,跟病人一起,才能找到万能治病仪。"

卢梭说:"咯,病人有免疫力,病人是健康的,病人是医生……等找到万能治病仪,就砸了它。"他力士举石一般,显摆夺来的白衣,像节日盛装。

医生吓得往后缩去。他因为没了制服罩身,毫无防御力。爱老谐笑耳语你一番。原来,不仅脱掉他们的衣服。你一时怔住,却不敢违命,只得硬着头皮,让病人把肛肠科主任绑住,投入减压室。这本是为研究太空病而设立的实验空间。医生知道要发生什么,杀猪般嚎叫,立即表示愿做病人,万能治病仪也不要了。爱老说:"并无他意,只是要验证医生与病人有何不同。这一直是个悬念。"你还在迟疑,卢梭已急切按下按钮。"瞧瞧知识贵族的即兴表演吧!"他兴奋喊道。

室内空气被抽掉,但不是一下抽尽,而是一点点流走,发出嗞嗞声。肛肠科主任开始出汗并扭动头颈。然后出现了痉挛。他的呼吸变得急促,然后减慢。他失去知觉。他的肚皮忽然爆裂开来,流出绿黑的一节节肠子。原来医生这么脏啊,平时被白大褂遮住看不见。这比死更值得展示。但这时医生仍没死透,又抽搐几下。病人们围观,刚开始害怕,有的甚至不敢睁大眼看,却很快如痴如醉,又手舞足蹈,就如原始部落的猎手们观赏一头被捕来屠宰的鹿。卢梭忍不住手淫,又按倒一个病人,骑在背上,撕开白衣,由后插入。其他病人则轮奸护士。现场混乱而热烈。

你咽喉中有异物感,仿佛自己被关在里面,该死的,是你而非医生,转而却觉出诗情画意,仿佛春游,其乐融融。终于亲见医生是怎么死的了,这回不再是幻觉。这操弄生命的魔术师,就这么轻易死了,像从衣褶里掸去一粒微尘。虽说或已分岔进化为不同物种,但死时跟病人没有两样。不是神,不是妖,也不是外星人、生化人或机器人。他们升级了自己,却尚未摆脱肉身。

在你眼中,医生曾经是主导和控制他人躯体及精神的神秘术士,每天迫使患者面对苦难现实并表现出挑战疼痛和死亡的勇气,要求病人在亡灵之池中进行自我救赎,而他们借此升级成为红十字加持的牧师,医学也化作通往奇迹的神圣天梯。在威风凛凛的白大褂面前,无人敢说三道四,冒渎圣灵。此时看到,他们连自己也救不了。你才明白为什么爱老一定要找到活医生。这是要彻底打碎病人心中残存的幻影,那正是亡灵之池烙下的痕迹。

你想,爱老到底非同寻常,他破除了盛行的迷信。是啊,病人本是世间秽物,是宇宙中的垃圾,看看他们的肉体,就恶心欲呕,亲人也唯恐避之不及,医生却视为盘中餐,把摆弄这包腥臭脓血,当作毕生最大嗜好,这正是变态反常,却受到崇敬和追捧。说到衰老死亡,此乃自然界规律,是物种选择和淘汰的机制,属于天道,造物主绝不会轻易放弃,医生却锲而不舍改变它,令活人长寿,让死者复生,就如制造永动机。除了疯狂的人类,别的生物不会去做。爱老看清楚了,一切疯狂和反常的终将灭亡。医生的结局,早早由自己的行为预定了。他们竟然复活亡灵,这已突破自然法则的底线。因此,亡灵一旦重生,要做的不就是这种事吗?难道早先没有想到吗?可别怪病人哟。病人看死,跟医生看死,全然不同。

处决肛肠科主任后,卢梭又干掉几名临床医生,解剖了他们的尸体,并叫来别的病人协助,但有人仍然不敢,似乎还不习惯。他们以前都是被医生解剖,还没有解剖过医生。要完全清除亡灵记忆,还需要时间。最终也没有发现医患有何实质性差异。

冬露对每一起死亡,详细观察,提取资料,做了记录。这些经验和知识,难以从查房中获得,她成了最大获益者,喜不自禁。医生之死满足并鼓舞了病人。像是终于证实一个事实,大家松了口气,仿佛第一次获得了医疗自信,石榴籽一样,团结得更加紧密,目的性更为明确,便一鼓作气,去搜寻更多活医生。不仅剥下衣服,还要看他们的死样,见证亡灵现象并不是病人身上独有的。只需要一点点暴力,就炼成催化剂与黏合剂,让大家步调一致,朝着一个方向前进。自打住进医院,做这事的欲念便积聚了。医院以它内在不灭的死本能,塑造了对立而统一的医患共同体,他们在斗争中取得和谐。

13. 战斗的士兵

一路上,你跟冬露走在一起。你很想与她交流一下,说:"这好像战争又回来了呀。"

她欢欣道:"是的,你也发现了吗?不愧是爱因斯坦的儿子呀。战争从来没有过去。但这也经历了一个认识过程。火星医院是一座军医院。我们搞的是军事医学科学。"

"听上去是那么回事。"

"我的博士论文,就是要写这个呀。"她兴致勃勃取出一颗糖扔进嘴里,"伟哥,我给你讲,战争才是医学的本质。治疗即战役。医学模型与战争模型是一模一样的。病人会轻信自己的身体,不知道它就是最凶险的敌人。这多么可怕呀。在医院,只有敌我二分,无非杀戮争胜。病房是战壕,看病即战斗。你听听我们从学医伊始就使用的那些术语:'防御'、'进攻',还有'入侵'、'潜伏',以及'抗击'、'杀死',等等。只有你死我活,并无和平共处。病人总说医生冷酷无情,可这才是医生的本来面目。在医生看来,病人被魔鬼附体。那脏东西伪装为微生物。它们可不是善类。只有在显微镜下,狰狞面目才会显现。它们藏在衣服的皱褶中,穿过口腔,进入血液,发起突袭。医生的另一称号,就是'驱魔使者'。"

"真是血淋淋的一幕呀。"你觉得这女人有一种赤裸裸的威压,但她在应对生活的现实方面,却似乎显得笨拙。

"只有国防工业能与医药工业相提并论。"她居高临下睨视你,振振有词,口若悬河,"说到人类的那点儿历史嘛,就是一部战争史,也便是一部医学史。医患都是战斗中的士兵。卡尔·冯·克劳塞维茨说,战争是政治的延伸。实际上它是身体的延伸。医学所做的一切,是为了保卫组成身体的那堆肉眼看不见的原子分子……伟哥,你瞧瞧那些最厉害的考古发现,并不是找到了法老墓、印加遗址和甲骨文,而是发现了古苏美尔人怎样防止军中传染病、古埃及人怎样清理兵卒颅骨碎片、古罗马人怎样发明止血带给将士止血、古印度人怎样为伤员截肢……文艺复兴最了不起的贡献,是它用火药复兴了军队外科。否则人类早死光了,哪里还有什么地理大发现,有什么资产阶级革命、工业革命和社会主义革命,有我们今天激情似火的生活……第一次世界大战让细菌学诊断进入前线医院,第二次世界大战使抗生素的时代来临……医生们都期盼着第三次世界大战呢。"

"眼下所见,就是三战吗?"你卑谦而讨好地说。你似乎明白了——在战争中,一方杀了人,对方就要杀回来。一方如果很狠,另一方就会更狠。没有一直无辜的受害者,彼此加害变本加厉才构成了医学史,循环无穷。你已经经历了二战,然后会有三战、四战、五战……不正是这样吗?

她夸赞:"真聪明,到底是他的好儿子哟。"

你有些不好意思:"我死死活活,都看到了……救人即杀人,杀人即救人。医患是冤家聚头,病房乃恐惧渊薮。进入医院,便走上死的悬崖。死了一回不够,还要死二回三回四回,以至无穷。我懂了。否则,亡灵之池从哪里去找材料呢?病人一见医生便怕得直打哆嗦,医生面对病人也时刻提心吊胆。结果这对难兄难弟也转化成了敌人。恐惧有一个平衡点,打破它,就是谋杀、暴动、革命、战争。只要在医院,这些就会反复发生。"

她道:"这就是为什么做医生会让人上瘾。医学是不讲客观真理和中立政治的。我以前着迷的就是这个。"

你不解地问:"但你为什么又不做医生了呢?"

她有些惊怔,似乎你提了一个不该提的问题:"我只是发现医生并不是想象中的好士兵。他们志大才疏,虚伪懦弱。"

"何以见得?"

"只要在医院待上一个月,你就会发现一些怪秘而普遍的事情。比如,精神病科医生给病人吃抗抑郁药,自己却任何时候都不会服用,因为他们知道这玩意儿与安慰剂相比,充其量只能让人略微好受一些;心脏科医师自己不吃他汀类药物,因为他们相信这对降低心脏病发作或中风的意义微不足道,却会产生很大副作用;前列腺专家自己不做前列腺特异抗原检查,因为他们清楚这根本不可能提供确诊癌症的标准数值,其实跟扔硬币赌运气差不多;外科医生就算腰疼得受不了,也坚决不做腰椎间盘手术,他们知道失败率太高;还有骨关节中心医生抵制 X 光检查,睡眠科医生拒绝吃安眠药……这些就是我作为实习医生亲眼看到的,真的很让人泄气。"

"越是把人生奉献给它的,便越是对它充满怀疑。算不得什么吧。病人早就见惯不惊。"你心想,冬露像夏泉一样,也看到了医院的悖论和问题。但冬露更像个完美主义者。不过,医生是否原本就是由病人变身而来的呢?

"我跟着万古教授做研究,发现百分之七十的学术成果是不公布的。"冬露又说,"医生的论文反映了医疗的负面和弊端,发布出去就会对医院不利。比如,我们曾把一百名冠状动脉严重硬化的患者分成两组,一组手术,另一组不手术每天锻炼身体,一年以后,手术组的康复率百分之七十,而非手术组的康复率是百分之八十八。这些数据是不允许透露的,因为心脏手术可以给外科医生带来高额收入。腰间椎盘突出之类的顽症也是可以凭靠自身努力慢慢恢复的,因为背脊有着惊人的自愈力,免疫系统的细胞会将从椎间盘脱位的物质视为异物,通过酵素加以溶解。但医生绝对不会把这个事实告诉病人,而只是说此种疾病永远不可能逆转,最好就是手术。"

"所以你离开了这个战场。"你有些惋惜。

"我发现医生根本打不赢这场战争,因为他们太假。病人才是真的猛士!只有加入到英勇而真实的病人中来,我才能完成博士论文。你父亲帮助我打开了视野。我第一次看到,医生和病人不是一路人。站在病床边和躺在病床上,看待死的角度完全不同。以前做医生时,我习惯发号施令,随随便便做出攸关病人生死的决定,觉得自己跟神一样。待到置身病人中,我才体会到另一番滋味,终于明白了病人身上的痛和医生眼中的痛是两回事。医生的那点临床知识是纸老虎。他们口口声声要打第三次世界大战,只是嘴仗罢了。没有比医生更怕死的。我痛恨曾经的自己。事实上,我已患上严重疾病。你父亲亲自为我治疗。"

"噢,他会做这个吗?"

"恕我直言,他不是一个好医生。我学会了被误诊,习惯了被直呼其名,容忍了被嘲笑被无视。但正是这些,使我懂得了为什么病人看医生会觉得受挫,而他们越挫越勇!我也明白了你父亲发起的这场革命的真正目的——那是要以战止战,要为医院带来永续的和平。你父亲是一个伟大的和平主义者。病人的组织是火星上最大的保卫和平联盟。这成了我如今探索的命题。我要做一个名副其实的战士,把对和平的向往写进论文!伟哥,我好感激你父亲哟。他是我的人生和学术的导师。"

14. 花之特攻队

爱老向病人作动员:"……说到医院的前途,只能由病人掌握。何谓病人?就是已然出生入死之人。医生追求的不过是电冰箱、汽车和房子。他们自诩无所不能,紧要关头却鸵鸟一样把头埋进沙子。这就是太懂生命了,把活下去这种事情,盘算得太过精明。所以他们才是怕死鬼,他们才最该死。亡灵怕什么呢?连医生也不用怕。没死的患者受到病房规矩约束,但这管不住死过的病人。不过我们还是要从医院的旧人中留下一些为我所用。好奇心的存在,自有它的道理……"你心想,这指的是冬露、主编和护士吧。

爱老下令向医生盘踞的纵深发起攻击。病人高唱:"使节临戎,守令御寇。武夫健壮,拱听指挥……"意气风发,左冲右突,既笑且闹,就好像来到迪士尼世界。他们被药物压制住的欢乐天性受到激发。

"我们在火星上的什么地方?"你问《老年健康报》主编。这人因为带领病人找到活医生,成了有功之臣。

"好像是西半球的塔尔西斯高原,具体说来,在作为制高点的盾构火山帕弗尼斯山上。"主编使劲想了想说。

"为什么要把医院建设在这里呢?"

"不清楚。像在翘首以盼什么哟。"

"所以说,究竟是在等待什么呢?"

"不清楚。圣迹灾难,皆有可能。"

"火星上除了医院,还有别的吗?"

"没有出去过,不知道还有什么。"

"难道没有对外部环境做观察吗?"

"不让观察。据说外面也是医院。"

"为什么在火星上建这么多医院?"

"……或许,亡灵实在太多了吧。"

"我们真的被 场灾难杀死了吗?"

"此事讳莫如深,不让医患讨论。"

"爱因斯坦、卢梭和韦伯,历史上确有其人?"

"说不清楚。"

"我又是谁?"

"医院档案中应有记载,那是亡灵的脚本。但我也未见过。"

"真的用先进的医疗技术复活了死人?"

"堪称第一次把死与活缝合在一起噢。"

"才第一次吗?为何这样?"

"因为这是三〇一基地嘛。"

"听着颇似洛斯阿拉莫斯。"

"那是研制细菌战武器的。三〇一也搞这玩意儿。火星,在希腊语里,也叫战神之星。"

"我听说了,战争还在继续。但这是为了和平。"你愈发心惊肉跳。战争成了一个无底洞。但包括爱老在内的病人均没提起第二次世界大战或第三次世界大战。他们不是战斗中的士兵吗?

"战争嘛……"主编支吾,"能来这里的医生都擅战。军人嘛。院长是位少将。医生的孩子跟邻居家孩子打架,就说,我是三〇一的!别人便吓傻了。医生家属坐通勤班车,对司机也很横,要开到哪里就开到哪里。病人送礼都送不过来。"

"就是这帮家伙夜以继日折磨病人吧。你也这样吗?"你不知道,到底是该感激医生,还是要憎恨他们。毕竟是他们让你复活了,然而不仅未能免除你的灾厄,还令你身陷更大痛苦。你却不知道自己生前是谁,也无法决定不来这个世界。

"不,我只是一个无名小卒。我天天编报纸,当院委会的传声筒,从来没有自己的主张。现在才找到了做人的感觉。我要向大家学习做模范病人。"主编热情地紧紧拉着你的手。你感觉冷飕飕,心想他或许也是一个死人。

但坚如磐石的三〇一基地首先自我崩解了。这意味着宏大的治疗计划失败了吗?你无法确定,病人发起的暴动真能带来和平。像医院建在帕弗尼斯山上一样,这后面有着连病人也不知道的目的。你欲提醒爱老,危险比预料的严重。你亦犹疑,病人能否拿下火星上其他医院(如果真有的话)。那儿的病人是否也暴动了?真正的决战会不会在病人与病人之间展开,围剿医生仅是一场前哨战?……但你不敢说。你还没能摸清亡灵的行事规则。他们如医院一样,也不稳定。

病人来到消毒间。门从内锁闭。你让大家喊话:"你们被包围了。赶紧交出白大褂。否则别怪我们不客气。"病众手臂和手臂锢钳,高高低低竖起长长身子,像头长了许多骨节的大怪兽,嘿唷嘿唷,合力撞门。他们玩得高兴,门就被撞开了。才看到,只剩一小撮活医生,躲在同伴尸体后面,蛆一样蠕动。

这回病众不再迟疑,跟着卢梭,上前羞辱并殴打他们,刚开始打一下,退一步,然后群起而上,乱拳纷飞,又剥下白大褂,给自己穿上,鼓鼓囊囊,如胖大象,互相打量,指指点点,拍手称笑。"瞧,像不像医生呀?""像噢。""不是像,就是呀。""那就给大家治病吧。""不是没病吗?""但现在我们是医生了噢!""是的,是的,需要治个病来做证明……""你有病,你有病!""必须治,必须治!"病人们撒疯般嬉笑追逐,把玩乐推向高潮,又颇严肃庄重。

忽然又有活医生现身。他们知道藏匿不住,就干脆冲出来。以整形美容外科大夫为主体,纠合了皮肤科和耳鼻喉科余部,排成方阵,动作齐整,身板僵挺,面无表情,迎向病人。"干什么,干什么。"他们发出濒亡者的颤抖低音,"难道不痛了吗?快快回病房,等医生来治!不吃药没法活。"

爱老爽朗大笑:"瞧,这帮家伙自身难保,还说我们要死呢。也不知我们早已死了,还用得着吃什么药呢?如今谁不能做医生呀。"病人齐唱:"谁不能?谁不能?"冲医生说:"脱衣服,脱衣服!"又拍打四肢:"穿衣服,穿衣服!"但前排病人停下来。他们看到,医生手执武器——高尔夫球杆。病人之前死得浅,忘记了曾见过这东西,以为是比手术刀更厉害的医疗器械,顿时慌乱,未及交手,就发声喊,转身逃掉。

"喂,花之特攻队呢?"爱老沉着镇定发出指示。"我们在这儿,我们在这儿,一直跟随着呢。"冬露满怀豪情率领护士们上来,肩上扛着箱包。"该你们冲阵陷阵了!"爱老下令。由女性组成的花之特攻队替换了打前锋的男病人。她们不仅最清楚医生的底细,且具有别样的威慑力。女人们动作划一地打开箱包,把干货抛撒在地:花圈、鲜花、水果、针线、健身器、轮椅、洗洁用具、便盆、轮椅、盗版书、出口转内销服装、化妆品、骨灰盒、棺材、假发、鞭炮、棉被、望远镜、指南针、手电筒、笔记本、贺年卡、水果刀、切菜刀、佛珠、观音像、指甲钳、旧电视机、二手收音机……

病人们见此,才慢慢回味过来,喊道:"哦呀!"医生则看呆,扔下高尔夫球杆,去拾捡它们。果然不是合格的士兵。冬露雄赳赳一招手,男病人重新上前,抛出尼龙网把医生套住,又拾起高尔夫球杆打去,当场死伤不少。整形美容外科主任被活捉。

医生颤声道:"我辞职,让你们来做这主任。"

冬露嗤之以鼻："骗子。晚了。现在谁稀罕。"

医生说："误会，误会。我们本不想跟病人为敌，而要跟院长办公室对决。我们跟病人是一条战线。院委会和秘书班才是我们共同的敌人。他们既压迫病人，也欺负医生。不行贿的话，连军衔也晋升不了。所以没法打第三次世界大战。我们受够了。"

主编阴笑："我知道你是院长手下最唯命是从的，天天溜须拍马、卖力表现，想做院长助理，是吧。"

卢梭剥掉整形美容外科主任的衣服，用高尔夫球杆抽他。"打他阴囊。"一个病人说，"有一次就是这家伙给我下刀的，因为我送的钱不够，他就把我的屁眼儿缝了起来。"另一病人挥动球杆："还是打他脑袋吧。有次他用猴子给我做CT扫描，猴子昏了过去，他竟让我给猴子做人工呼吸！"又一病人道："是啊，为了让猴子心情愉快，便于进行实验，他还让我帮猴子手淫。"

医生痛哭："不要打。我是功勋大夫呢。去宣传栏看看吧！我一生淡泊名利，播撒智慧，勤奋耕耘，追求卓越……我挽救了千百人的性命，把美丽与活力带给病人……没有我，你们今天怎能容光焕发重整旗鼓……"

卢梭继续揍他："你还要说自己是无私无畏的使徒吗？"

主编踩上一脚："我再揭发一下吧。整形美容只是幌子。医生都是疯子。这位做梦也想造出完美新种族，为此抛妻别子来到火星，把这冷僻地方当作绝好试验场，因为在别处不方便做违反伦理道德的事。我听说，他杀死了三对双胞胎病人，解剖了他们的尸体，以确定遗传基因的控制机理。他把毒素注射到病人体内，还把他们扔进冰罐，然后记录死亡细节，包括昏迷的过程，乃至临终前喉头的颤动和下意识的呻吟……好吧,我说完了。这才是火星医院的真相。"

却有一个病人小声叫唤:"哎哟,好疼……已经跟他预约了肝脏移植手术。"卢梭听见,便揍这人:"你真有病吗?我给你治治。"那家伙吓得不敢再说。他大概还徘徊在前世的记忆中,没能跟上形势的发展吧。

你恐栗心忤,整形美容外科还移植肝脏吗?你觉得哪儿不对,重新向梦境坠去,仿佛又要落回亡灵之池。对接下来会发生什么,你不敢去想。大家都看你,催促你也动手。你就打了医生一下。病人才争先恐后,把医生打死,证实自己有此能力。弱的衰的,胆小的怯懦的,都动手了。这也是表演给爱老、冬露和护士看的,显示自己已经不是亡灵。大家又一鼓作气,占领更多治疗室和手术室。这时发现了四维打印机,巨人般排排矗立。病人便将其捣毁,高兴地说:"这下拔掉了根子,我们再不会被复制了!亡灵做到今日,就到头了!"仿佛终于解脱了生与死之苦。

然后向院长办公室发起攻击。变态反应科的残余医生负责此处防守。只有他们,似乎还记得自己的军人本色,不顾伤病,利用死去的医生尸体筑成简易工事,布置了电击器和铁丝网。你率病人冲锋几次,竟无法突破。你郁闷地说:"这些医生不一样,他们更像亡灵!"爱老生气道:"吾儿,如何这样文艺呢?歌词写多了吧。医生把生死缝合在一起,现在我们要来个大拆线。杨伟兄,你得学会这招哟。我们已经乘上了驶向和平的直通车。"

花之特攻队呱呱拍手:"格瓦拉,格瓦拉!"冬露率领护士们又一次上前,从箱包中取出"拆线"工具:髓腔绞刀、骨刀、骨钻、骨撬、复位钳、弯棒钳、支点钳、穿刺器、钢丝剪、弯曲扳手、峨眉凿、隧道锉……几名年轻护士身携火种，引燃医生藏匿的氧气瓶，以身殉爆，炸掉病区。血肉横飞中，医院穹顶摇摇欲坠。更多白蚁机器在浓烟中移动过去修补。你心潮澎湃而无动于衷看着，如见梦幻泡影电光石火，医院的本相一点一滴显露出来。

跟随花之特攻队冲锋，病众终于突破前沿防线，山呼海啸拥入院长办公室，发现又是一处洞天。它被改造成了一个内部餐厅，装修气派豪华。墙上挂满奖状、勋章和饰物，还有一幅浓墨重彩的洛克菲勒半身油画像，沿着墙壁堆放着比砖头还厚的外文医学图书。

一场生日宴会正在举行。血淋淋的手术台充当饭桌，摆满酒菜，有油炸蟋蟀、蚂蚱和蚯蚓，均是医院农场的出产，没想到此时还能被医生享用，主食则是一具人尸，已被吃得不成形。未见院长，只有三〇一基地的教导员，以寿星身份坐在主座，周遭陪吃的，是几名护士及医院总经济师、总会计师和总务部主任。看到病人打来，除了教导员，其余人一溜烟钻到桌下。教导员稳坐如钟，竟无惧色，笑道："也是来给我祝寿的吗？请坐！"爱老就带领大家围着手术台坐下。

15. 真空地带

教导员是一个肤色晶红、两鬓斑白、眼圈浮肿、文质彬彬的医生，他摆摆双手，对他的客人说："我年届花甲，这是寿喜宴。此时举办，恰到好处。我一辈子只热爱医学，心中从来没有其他。我的专业是乳腺外科。但我在程序性细胞死亡研究上取得的成就更大。

不过作为教导员,我做得最多的,是医院的灵魂工作。你们来得正好,听听院委会赠我的祝寿辞吧?"

你正诧异在这座只有男性患者的医院中,什么人能接受乳腺外科治疗,就见教导员掏出一笺红纸,念道:"您用毕生辛苦经营,主导并见证了一个学科的诞生和发展。您为病人服务的践行从未停歇。您把思想、热情、忧患、良知和对事业的执着,贯穿进了生命本质。在这伟大的日子里,让我们歌咏生育,祝您生日快乐!"

教导员显然喜欢人多,他兴致盎然,请大家喝酒,说:"喝酒,才能交心。医患是一家。"

爱老也笑道:"是呀。以前,医患真还没有一起喝过酒呢。"他饮了一杯,道:"茅台吧。"

教导员振奋而豪迈地说:"十五年茅台。医院的收藏也不多了。难得你们来,真是赶巧。"

卢梭拿起酒瓶左看右看:"使徒的生活够奢侈呀。"看他的表情,这辈子还没有喝过茅台。

冬露说:"有一种理论,讲的是与医疗并驾齐驱的酒神式活力论。不是交心,而是征服。"

爱老眯着一只眼,透过酒杯看过去:"瞧瞧,我们是亡灵吗?亡灵能喝酒吗?这顶大帽子,病人可戴不起哟。"

教导员快意地说:"对不住,有的事情,以前没有写入医嘱。现在终于坐在一张桌子上,可以给大家交代了。"

大家面面相觑:"好啊,好啊。愿闻其详。"

教导员像艺术家一样,用长长的瘦手抚弄胸前的红色十字架,看了看手术台上的尸体,谆然道:

"讲到火星医院,它的来历可不一般。得好好说叨,免得你们再忘。说起我们做医生的,那可是一群理想主义者和浪漫主义者。医学才是世界上最伟大的科学。噢,也不是科学,它比科学诞生更早,比科学更复杂,比科学更奇妙。你们都听说过诺贝尔奖吧?它在颁发时,要把生理学或医学奖放在最先,摆在物理学奖、化学奖、文学奖、经济学奖及和平奖的前面。这个位置不是随便排的。另外为什么不单叫医学奖呢?因为它顶天立地,高耸入云,时尚尖端,同时深接地气,世俗草根,与人间的生老病死德行操守不离须臾。生理学,囊括了生命奥秘;医学,不仅事关疾病,还横跨政治、经济、社会和人文。所以医学是世界上最大的学问。

"这学问是怎么建立的呢?那得感谢伟人呀。他便是耶稣基督,人类最早的医学家。他为了解除众生的罪孽和苦痛,便施展神迹,治愈麻风病人、聋子、哑巴、瘫子,让死去的人复活。我们今天做的,无非是仿效这位医祖。我们的目标,是遵照耶稣的指引,创造一个没有病痛没有伤害没有死亡没有罪恶的世界。经过不懈努力,就要达到了。这便是重建伊甸园的新时代呀。

"在红十字的照耀下,我们建立起福利基金、保险业、慈善组织和卫生管理部门。我们推广遗传筛查、生殖技术、器官移植、异种移植、有机体基因改造、个体编码微型芯片药物和干细胞再生器官。我们研制出新一代精神药物,用来设计病人的情绪、感情、欲望和智慧。我们把医学的管辖范围延伸到事故、疾病、灾害之外,覆盖了更广的领域:控制死亡、管理生殖、评估风险、完善精神、创新企业、改良社会、加强军队、巩固政权……

"总结起来,我们要做的便是,让诸位的身体及心灵的每一种潜能——力量耐力也好,道德智慧也好,乃至寿命本身,都通过高科技的介入得到增强,使大家的生物性获得最大化的完善,这样就成为圣人啦。

"生物控制只是创造神迹的手段,最终要打造一个生存无限延长、生命无比干净的光明清朗世界。医学做的,不仅是疾病一旦出现就治愈它,而更要掌握身心的生命全周期全过程。说的便是最优化技术呀。有人或要问:为什么要对生命力进行再设计?不,不是你们想象的,医生要拿红包。医生都是有信仰的人。医生从拯救病人灵肉的过程中,获得莫大快乐和幸福。

"诸位,你们生来便是待救的。在医生眼中,病人都是罪人。你们一生过着不检点的生活,可以说罪有应得。既有基因带来的原罪,也有环境导致的本罪。医祖耶稣告诉我们,癌症是邪恶念头的使者,肝炎是嫉恨愤怒的结果,心血管病是不道德饮食的回馈,艾滋病是社会问题的惩罚……"

卢梭听到艾滋病,恼羞成怒,跳了起来,对教导员说:"你们一方面隐瞒艾滋病人的真实数字,另一方面却夸大艾滋病的危险程度。这是为了方便对病人进行政治控制呀!"主编有些害怕,钻到桌下。你想到自己的罪愆终究坐实,反倒释然。你记得自己被强制送进医院时,果然如同囚犯,在医生面前低三下四,陈述病恶,坦白从宽,抗拒从严。你直到被确诊为携带家族性高血脂易感基因,负罪感才稍有减轻,这将你与那些由于不健康生活方式导致高血脂的病人区分开来。同时你却又滋生新的罪感,即你本人承担着管理此种遗传风险的责任,你应该一出生就来医院求治,而不是等到万事成空的中年,由宾馆女服务员遣送入院。你为此自责,诚惶诚恐。你又对父母抱有怨念。他们即便知道孩子有先天疾患,也毫无羞耻把你生下来。这不正是原罪吗。你似乎产生了对医院的认同,也增进了对医生的理解。

病众互相看看,转而自惭,便又喝酒。爱老说:"这话,我不爱听。"冬露说:"现在不再是医生说了算。"教导员却不介意,继续讲下去:

"什么是治疗?治疗便是改造。医院跟劳教营的共同点,都是改造罪人,塑造新人。病人就好比羊群中走失的羊,犯了错误,步上歧路。医生不辞辛苦把你们找寻回来,是多大的功德!这个世界上,大多数人没有学过医,因此他们不懂得什么是有罪的人生,甘于在腐臭的水凼里自我糜烂。所以才有了医生来治病救人。

"我们的社会基础已经很好了。它若要保持正常运转,就要求所有成员履行责任。如果他们无法承担自己的角色,偏离了社会的期望,便由两样东西来纠偏:一是法律,一是医学。疾病是摆脱社会的偏离行为,其要害是信仰丧失。医院把偏离规范的个人与其他人隔离开来,用治疗来纠偏,再把恢复健康的人送回社会。这也便是传播福音。

"但是,如今医生的处境,比之从前的胼力时代,可以说更为艰辛,因为有罪之人的数量,比那时增加了不知多少倍。医生的工作常受非难。我们不得不绞尽脑汁,设计出更好的治疗手段,比如把医学还原到分子层面,这样就能让任何一个生命要素摆脱它同细胞、器官、有机体或物种的联系,得到解放,自由流通,与其他自然要素组合,为消火罪恶和造就新人,奠定物质和精神基础,重写人类谱系,创作出一曲理想主义的颂歌。

"这是一场认识论和本体论的革命,更新了犯罪学的主题和内容。以胚胎干预为例吧,它不仅仅是手术的胜利,还重组了社会关系,让一个人从一出生就是圣婴,从源头消除了罪恶的土壤。教育也成了一个纯粹的医疗问题。屡禁不绝的虐童行为终结了。医学进步打造出新的经济基础和上层建筑,从根本上纠正众生的脱轨行为。哪里还会有什么卖血感染艾滋病?

"生命技术重新定义了人之为何。纠缠人类的那些罪恶——剥削、压迫、贪腐、战争、动荡、贫富差距、劳资矛盾,都扫进了历史垃圾箱。谁说医学把社会因素引起的健康问题统统归为个体的生理和心理问题,从而掩盖了疾病的社会、经济与政治原因呢?这是恶意诋毁。临床医学要解决的,正是资本主义生产关系的弊病——这才是所有疾病的根源啊。只有通过把根植于社会关系中的苦难界定为疾病,才能彻底消除绝对贫困、边缘化和不平等。

"当所有人属于同一个生物社会团体、拥有同样的生物公民身份、接受同一个医疗共同体的管理时,全面发展、自由生活、公平正义、和谐友爱、美美与共这些理想就实现了。如果还需要忏悔,请直接走进治疗室吧。仍然治不好,便投入亡灵之池,直接获得新生。从肉身加强,到灵魂升级,梦寐以求的大同社会就在眼前,耶稣描述的美妙天国的钥匙已经交到我们手中……

"很快便医无可医了,该治的病人都治好了。于是产生了新问题:医学的发展停滞了,医生变得无所事事。这是新时代潜伏的危机。一个地方太舒适太熟悉,便会让人失去创新动力。要不断推动医学进步,就必须去到一个困难而陌生的环境。于是有人提出,在真空地带建设新医院吧,也就是把医院扩展到浩茫太空,那里是待开发的处女地哟。

"把德雷克公式引入医学后发现,宇宙中分布着恒河之沙一样众多的生命。生命必须跟生命沟通。只有健康的生命才能彼此沟通。新一代医生扎根太空,才会像白求恩那样,做一个高尚的人,一个纯粹的人,一个脱离了低级趣味的人,也就是一个只知待命出诊的军医,而不是沉迷于家庭琐事的丈夫、父亲和儿子。

"因此,我们的新任务,便是去到这样一个真空地带。它没有空气,充满辐射。是的,太空很难,太空很危险,但太空激动人心!我们要解救各大星系罪孽深重的病人。这就是宇宙的医学大同社会,亦即完美无缺的红十字乐园。有更好的酒喝哟……怀着伟大的理想,朝着崭新的目标,踏上神圣的征程,建起火星三〇一基地。这是离我们最近的拥有外星生命元素的星球。要在这儿打造第一个宇宙生命基因库,创造前所未有的新文明。

"多么光明磊落的事业呀,可不是搞什么一锤子买卖的风险投资。这才有了你们。再以此为跳板,往太阳系其他星球,往银河系与河外星系进军、进军!这个病快快的宇宙便得救了,三千大千世界的生灵便永生了。诸位得敬我一杯!"

教导员说到兴浓,脸上每一个皱纹渗出红晕,双手抖索着攥紧胸前的十字架,做出尖尖的宇宙飞船图形。病人勉强举起酒杯,说:"原来是新文明呀。"你想问,那么灾难又是如何发生的呢?却不敢开口。又思忖,这么好的酒,夏泉却不在,未免遗憾。你想与她探讨,犯罪与疾病,究竟是什么关系,酒在宇宙的医学大同社会中扮演何种角色。

却见爱老沉下脸:"不喝了。俭朴的生活才是我的向往。"

卢梭说:"哈,如此美好的计划,怎么还是毁了呢?医学大同社会建不成了,却给了我们砸烂医院的机会。"

冬露说:"医院就没有举办研讨会反思一下,为何成了今天这样?医生难道不承担责任吗?都推给病人呀。"

教导员语塞:"……这得找院长。他是主要负责人。"病众问院长在哪里。教导员说,院长不想与病人一起喝酒。

这时手术台开始摇晃,酒肉纷纷坍落。爱老不悦:"怎么回事?"卢梭把浑身打抖的主编从桌下揪出来。冬露鄙夷道:"你是想讲点什么吗?"

主编吭哧半天,指着教导员,小声说:"这人撒谎哟,千万别信。就是他阴谋篡院长的位。他权欲熏心,是两面派两面人。他贪污腐化,插手医院施工建设,收取回扣。他在制药企业担任董事,领取高额报酬。他在火星上有五栋别墅。医院农场有一个特供区,每天为他专送蚂蚱肉和茅台酒。他生活糜烂,道德败坏。他有五十名护士情人,却不许病人过性生活。医院里那些小孩有一半是他的私生子。他用药物控制病人的情感欲望,把大家的遗传信息出售给不法商人,还在黑市倒卖医疗器械……他就是披着白衣的恶魔。他才是彻头彻尾的罪人。他早上了红色通缉令,才逃到太空中。火星医院就是像他这样的一群逃犯建起来的,医生都有犯罪前科……我全知道,却不敢说。议论这事的人都被改造成病人,有的还以医疗事故的名义给弄死了。火星啊,这罪恶的渊薮,山高皇帝远,无人来管。多亏病人及时行动呀。"

教导员呵叱:"造谣!胡说!"抓起酒瓶掷来。主编被打中,满脸浆液。冬露冲他笑道:"怎么现在才讲哟。"卢梭跃扑上前,打倒教导员,剥下白大褂,扯下红十字,和酒杯一起,塞进他的肛门。他怒气冲冲说:"酒都浪费了!"爱老此时厌倦了真空杀人术。他让卢梭找来一台电痉挛治疗机,将电极置于教导员两侧颞部和顶颞部,接入强电压,引发癫痫样抽搐,造成意识丧失。主编也泄愤打了医生几下。更多人围揍他,又用脚踩踏,把他踩成一堆烂泥。除了你反应迟缓,大家都参与了,人人均摊鲜血,沾染在衣服上。大家彼此看看,哧哧笑了,又把墙上的洛克菲勒画像取下砸毁,将藏在桌下的医务人员拉出来,除了护士,悉数处决。然后再坐下,把教导员的肉羹加入桌上酒肉,一齐喝光吃尽。

你加入了进餐者的行列,却食而无味。关键时刻,你又一次成了旁观者,未免抑郁,觉得没有了出院的可能。你复想德雷克公式。这是你心头的纠结。前提是要有酒精。

如果宇宙真的是一家医院,那么星际尘埃中应该充满乙醇分子,而不是氢。并非为了消毒,而是专供军医,满足其嗜好。他们缺乏勇气,如果要上战场,得用酒精来维持血性。在医院,谁也不知道自己明天是否会死,所以趁活着一醉方休。一定得是茅台。分子生物医学似乎已经解决了生产供应方面的问题。

16. 青叶繁茂

病人占领了医院广大区域。他们捣毁一路见到的医疗设备,只余万能治病仪尚未入手。又攻取火葬场。丧葬艺术家韦伯逃走了,终极艺术品的制作告停。火却仍在焚烧,仿佛自得其乐。食堂还有一些残料,是氧气之外最吸引人的。大家按捺不住,揭锅烹煮。教导员的生日大餐勾起了新的欲望。

你向爱老请示,是熄掉火葬场,还是按计划引爆焚尸炉,把火引出来,烧掉整个医院?老头儿饮了半碗肉汤,忽然停下,像被什么东西摄走魂魄,直勾勾瞅着你,说:"杨伟兄,我改主意了。什么也不要变,让它原样烧下去吧。食堂不也要用火吗?食材问题不是解决了吗?瞧,到处是原料。不加以利用,也是犯罪呀。"他指指地上的医患尸体,"不好意思,我本来是个素食主义者,但现在也没有办法。如果有一天我信了宗教,我会是一个佛教徒……然而火有什么错呢?北京猿人早就懂得把同伴烧烤来吃了。要吃肉,还要吃熟肉。这是最早的药材。以前尽吃生食,总闹肠胃病,火把这个问题解决了。它还滋补了大脑。人类才得以进化,不然怎么能来火星?噢,没了火,还叫火星吗?你知道医院为什么要建在这儿的道理吗?要避免得上库鲁症,就得把东西烧熟了吃。跟医生不一样,病人才是真正的文明人!"

主编问:"我们夺取了医院,今后拿它怎么办?"

爱老说:"把它改造成一座全新的医院,天下最伟大的医院。我们搞了这么多,使命就是做这个。"

卢梭道:"不是说,我们没有病、我们不是病人吗?今后也不用吃药打针了,为什么还要有医院?"

爱老说:"因为科学绝不是也永远不会是一本写完了的书。我们所做的一切是为了追求科学真理。"

病众骚动起来:"好啊,好啊!要做就做最喜欢和最拿手的。我们爱科学。都这样了,怎么改造?"

爱老说:"并不是造出稀奇古怪的医疗仪器,那些硬邦邦的东西是多余的中介物,把医生跟病人隔开了,让他们互相为敌。也不搞什么宇宙大同社会,这玩意儿大而无当,口惠而实不至,也缺乏诗意。在科学思维中常常伴着诗的因素,真正的科学和音乐追求同样的想象。因此我们要建立一个花团锦簇诗情画意的药帝国。但你们说说,历史上那些大帝国失败了,是因为什么?"众皆摇头。爱老才公布答案:"在于它们没有自己的经典!像这医院,不可一世,一夕解体,是因为它在理论上落伍了,未能与时俱进呀。那些医生把自己标榜为知识和真理的裁判官,因此他们只能在神的嘲笑中覆灭。我们要做的,首先是改写《医院工程学原理》。不,不是改写,而是重写,这回是终极版本,它将带领我们走出历史周期率!"

说到这里,爱老哐当一声倒在地上,口吐白沫,神志不清。众人手足无措,正在焦急,老头儿却一挫身爬起来,手舞足蹈,用一种奇怪的语调开始讲话——

"医院本是病人的发明创造。但这个事实被医生埋没了,或刻意隐藏了。这成了宇宙和人生的一大伤痛。医院一直被当成医生的作品,这是病人命运变得凄惨的根本原因。我们失去了主人翁的地位。起义的目的就是要剜除这个烂疮。

"说到这件了不起的事情,那要追溯到远古。彼时人类生产力水平低下,民众生活水深火热。大多数人刚刚活到青少年,就因伤病而命赴黄泉。旧石器时代人类的平均寿命只有二十岁。新石器时代也才三十岁。这是他们自然寿命的六分之一到五分之一。面对仓促人生,痛苦难捱之际,便产生了生命比露珠还要短暂、应该像火种一样珍惜的观念,这成了医学思想的滥觞。这使人类区别于虎豹豺狼。所以医学的历史比文明更悠久。

"提起医学的创造者,那自然是一名伟人,却不是耶稣。他比耶稣生活的时代还早。其时有个部落联盟首领,名叫轩辕氏,天生异相,牛头人身,五脏透明。当然了,现在认为,这是一种遗传病。但像史蒂芬·霍金一样,这只影响了他的肉体,却不妨碍他的头脑有着过人的聪颖。他小时候就善于言谈,对周围事物有着敏锐洞察力,认为提出问题比回答问题更重要。他长大后既敦厚又勤勉,被尊为'黄帝'。

"黄帝时时思考的首要问题是:天地之间,万物俱全,没有什么比人更为宝贵的了——这便是以人为本的哲学思想的起源。人禀受天地之气而存在,随时四时规律而成长。上至君主,下至平民,每个人都愿意保全形体的健康,却不胜疾病之扰。黄帝一心想要找到解除民众痛苦的办法。他要做的只是以微薄的绵力来为真理和正义服务。他从来不把安逸和享乐看作是生活目的本身。

"这时另一部落联盟首领蚩尤氏,也在寻找同样的办法。但他的目的,不是为了保护民众健康,而是要让自己长生不老,这样就可以永远统治天下。他挑起了针对黄帝的战争。黄帝不得不应战。这场恶仗打得天昏地暗,又逢瘟疫流行,死伤甚众。黄帝心急如焚。他便燃香沐浴之后,来到都广之野,登建木卜天帝花园,取瑶草而遇天帝赠神鞭。黄帝拿着这根神鞭,从都广之野走一路鞭一路,回到烈山,沿途他尝出三百六十五种草药,体察百草寒、温、平、热的药性,辨别百草之间君、臣、佐、使的关系。他曾经一天遇到七十种剧毒,他都神奇地化解了。他记下药性,带回药物,治疗百姓的疾病,让将士恢复健康,重上战场,一举打败蚩尤氏,砍下这厮的脑袋。

"民众得救了,欢欣鼓舞,歌颂黄帝的伟大功绩,拥戴他做人类第一帝国也就是药帝国的开国领袖。之后,从上山采药到园圃种药,从设坊制药到支鼎炼药,黄帝带领百姓开启了与世界相处的全新模式。这才有了文明。后人把黄帝传授的医学思想、知识和技术编成一本书叫《黄帝内经》。然而《医院工程学原理》对此只字不提,竟说医学是耶稣创造的。这才是我们苦难的缘起啊。

"历史虚无主义便这么产生了。用基因组学来否定黄帝医学,正是要让我们亡族灭种,然后成为傀儡,寄生在亡灵之池,被洛克菲勒奴役。这是一个天大的阴谋。人们最开始都被蛊惑了。能用自己的眼睛去看、用自己的心去感受的人毕竟屈指可数。所以我们才要发动起义,推翻医院的统治。不管时代的潮流和社会的风尚怎样,人总可以凭着自己高贵的品质,超脱时代和社会,走自己正确的道路。这根本上是为了恢复《黄帝内经》!这才是塑造人类文明的决定性经典哪,可不是什么希波克拉底的《医学原本》。那才是欺世盗名的伪书。杨伟儿,我不辞辛苦找到你,并非简单为了父子团圆重叙旧情,而更要让黄帝他老人家的血脉和思想得到传承呐。请牢记,我们是药帝国的神圣后裔。

"你们会问,我说的这些,是真的吗?当然是真的!因为黄帝此刻正附体在我身上。他老人家每天定时下凡,向人类发布宣言。我带领你们揭竿而起,可不是心血来潮,而正是奉了黄帝的指示。黄帝对我说:爱因斯坦啊,人是为别人而生存的——首先是为那样一些人,他们的喜悦和健康关系着我们自己全部的幸福,然后是为许多我们所不认识的人,他们的命运通过同情的纽带同我们密切结合在一起。一个人对社会的价值,首先取决于他的感情、思想和行动对增进人类利益有多大作用。因此,你要做大家的领路人,像格瓦拉一样勇往直前,在宇宙的每颗星球上种上中草药,再创一个青叶繁茂的药帝国!"

爱老说罢,又咔嚓倒地,然后站起,恢复到正常模样。病众惊恍而喜悦,长时间热烈鼓掌。你豁然开朗,心中又一道谜题得到解答。曾几何时你也听说过中医,向联系人紫液询问,那是什么,却没得到确切答案。那姑娘仅仅告诉你,中医是十分特别的一种医学(很多人并不视之为医学),它不是建立在数理化基础上的,而有一套"阴阳八卦"理论,无法用实验科学还原。在你看来,这表明宇宙中或许还有着一套隐秘的规则,那才是支配万物运行的大法。但中医失传了,无人知其究竟。没想到,爱老将它带了回来,当作复兴医院的支柱。你才了解到,自己的真实身份,是药帝国的神圣后裔。是因为这个,引起医生嫉恨,才被贬为罪人,打成亡灵吗?才被囚于火星吗?又怎甘如此呢?必然要从灾难中奋起。病人的暴动不可避免。你愈发对"父亲"刮目相看,庆幸自己能活到今天,心中卷起一股腥臊热气。

17. 吾为君亡

接下来建立编撰委员会。爱因斯坦亲自任委员会主任。你任常务副主任,实际主持编撰工作。这体现了爱老对你的信任和提携。你才发现,《黄帝内经》是用人们早已忘掉的一种语言书写的,篇章字句,诘牙拗口,难明其意,可归于一套陌生的治疗规程和话语体系,破坏了你自小熟悉的就医体验。它视野宏阔,结构繁复,寓意深刻,微言大义,令人无从把握。经过艰难辨识,才读出一些,如"上医医国,中医医人,下医医病",还有"上医医未病之病,中医医欲病之病,下医医已病之病"。什么意思呢?又记载了"医"字的古代写法,字形结构中竟然包含了个"酒"字,称"酒乃百药之长"。为什么呢?没有解释。你疑虑丛生,对爱老有逆反心,却又受宠若惊,觉得责任重大,诚惶诚恐。

你正茫然,看到冬露走过来,就向她讨教。她似乎很高兴与你交流,建议你把握战争与和平的关系。不要忘记,火星医院是军医院,所有人是黄帝与蚩尤那场大仗幸存者的后裔,而黄帝和耶稣的战争直到现在还在进行。她亲切地对你说:

"伟哥,你父亲是个了不起的人。他常常说,生命的意义在于设身处地替他人着想,忧他人之忧,乐他人之乐。因此,他每次与我交配前,都会先毕恭毕敬念一遍《黄帝内经》。我才知道了,这是生物—心理—社会医学流派的起源,代表了军事医学思想的创新。也就是说,它否定了简单还原论,把树木变成森林,发起一场整体战和系统战。这方面,《黄帝内经》归纳出了仪式感加食疗、自然主义加心灵审美、博物学加阴阳攻防的战略。这是我读过的医书上没讲的。你父亲让我明白了,我之前一直是个失败的医生。他把耻辱种进我的心田,来治我的病。我从他那里第一次知道了有一种东西叫'辩证法'。这便是黄帝医学思想的精髓,机器学不会的。

"黄帝医术的根本在于阴阳,就好比二进制,但它们不是绝对的,不是'是'和'不是'的截然对立,而是阴中有阳,阳中有阴,中间有模糊地带。以前他们说,战争是机器模拟出来的,这不是实情。战争早就有了,比机器更早。机器模拟的战争,是简单二元决策的。但并非如此。说到真实的战争,它的要义是杀人。杀人的意思便是活人。多杀一个人,就多让医学进步一分;医学多一分进步,就能多活一个人;多活一个人,就意味着又可以多杀一个人;杀更多人,创造更好的医学,多活人,又多杀人。这就为和平奠定了基础。战争内置在和平之中。它们也不是截然分开的。什么是仁术?这就是。正是受到这样的感召,我才来到病人中实习。我要写最棒的博士论文。我的人生理想就是拿诺贝尔生理学或医学奖,噢,不,诺贝尔和平奖!"

冬露侃侃而谈,表情专注,目空一切,脖颈充血,胸乳起伏,有优越感,带神经质,不时瞟你一眼,腋下暗香溢出,混合爱老体味,令听众意志动摇。你听懂了。从前,病人是被医院杀死的。他们如果沿用旧的医药体系,就还要再次被杀。于是,必须捣毁医疗设备,破坏医疗规矩,引入全新的医药模式。你的怀疑被打消了。这一刻你很想把自己彻底放松,倒入冬露那高岭深谷的怀抱,让她永远用渊博的知识哺育你。你觉得,冬露是你见过的女人的升级版。她不仅比夏泉年轻,且更具女神气质,却非暴风女神,而是步兵女神。你被她说得心服口服。甚至,你感到她在勾引你,否则她不会对你讲这么多,包括透露自己患有疾病。这是炫耀,也是示好。她眼中射出追求真理的暧昧光焰,令你神魂颠倒。你对她的崇敬之情和惧怕之意油然而生。女人是为了掌握《黄帝内经》的精妙,探寻战争与和平的奥义,才变身为病人的,而非被迫。很少有医生这么做。你应该步她后尘。然而她是爱老女友,你不可跟她深谈,更不敢与之交配。

"怎么没见过你喝酒呢?"你只能这样问。

"我从小父母双亡。我在医院长大,靠吃药为生。药太苦,为减轻不适,我就吃糖。"她坦承。

"可是,火星上没有诺贝尔奖了吧。"

"不,病人里面一定有叫诺贝尔的!"

你刹那开悟,正心诚意,写出了《原理》新版本初稿。最大亮点是,增添了博大精深的黄帝医疗思想体系,以此为总纲,形成系统化的辨证治疗指导原则:医患为一体,杀人即救人;活着乃死亡,战争即和平。为了让大家领会此中深义,你让会漫画的病人配上插图。根据道听途说、自由想象与合理猜测,在青山绿水之间点染了千姿百态的古代医院,雄伟壮观而幽美清秀,人与自然融为一体。又加以注释:"公元前七世纪,齐国,残废院",抑或"秦代,麻风病院",还有"汉朝,军队中,传染病院",以及"隋朝,疠人坊",又兼"唐宋,病坊、养病坊、安济坊"。这才是灿烂辉煌的医院正史,以表证威武强大的药帝国。

大家初看不太明白,因为在火星上待太久,与真相隔离开来,不知有这段历史,皆感新鲜敬畏,跪拜在地,交口称赞。才醒悟过来,病人为什么会被流放至这贫瘠荒芜之地,原来是受到洛克菲勒手下医生的迫害,割断了与黄帝的联系。大家痛哭流涕,誓言一定要实现在火星废墟上建设药帝国的宏愿。

你也深受《黄帝内经》感染。你之前没有见过如此超拔的思想体系,眼前好像打开了一个全新的世界。亡灵真正的重生,由此开始。这是《原理》被修订得最彻底的一次,也是最后一次修订,登峰造极,再无超越。你刚入院时,见到了院长版本,接着有人工智能版本,后来又有模范医生和报纸主编的版本,现在诞生了亡灵版本或爱因斯坦版本,最权威、最深刻,也最晦涩、最艰阅。

你带领病众背诵。你把大家分成小组,每三十三人一组,名为

"诵读班",又建立监察委员会,对诵读情况进行巡视督查。就算这样,病人也记不住。他们有的死过几回,有的死过十几回几十回。他们复活的完成度,也不尽一样。这对他们的记忆力是有影响的。于是不得不停下休息。这时就走神了,仿佛又遭受旧医院遗毒侵袭,竟去猜想万能治病仪是什么,提出假说,互相打赌。有认为是能量环,有觉得是量子振荡器,还有说是水晶球的,莫衷一是。最后忽然清醒过来,大叫"中邪"。这才重新背诵《原理》,逐渐上瘾,脸庞上挥洒出猩红的虔诚光影,仿佛体液也随着话语流动而变纯洁。但阿尔茨海默症病人仍然背不好。卢梭便剥掉他们的白大褂,让大家排好队,走进焚尸炉。这完全是自愿的。

为庆祝《原理》修订成功,病人们载歌载舞,奏乐弹曲。他们说:"如果人人都喜欢艺术,这世界就有了人性。"爱老拉冬露跳。老头子舞姿怪诞,腿脚紊乱。冬露躬身哈腰,曲意迎奉。病众搂着护士跳,状如巫祝。不知为什么,这时你想到夏泉,心有戚戚。你觉得她用忧煎而嘲讽的目光看着你,便再也跳不下去。

病众喊:"久视伤血,久卧伤气,久坐伤肉,久立伤骨,久行伤筋!"跳着跳着,有人发病,摔倒死去。但谁也不说这是犯病,只思是未能熟背《黄帝内经》而受到惩罚。爱老问:"喝酒吗?"众人响应:"喝,喝!酒治百病呀!"就从运尸车和垃圾车上,把从医生那里缴获的酒卸下,一通畅饮。茅台不够了,就用医用酒精代替。如此喝到了以前只有医生才有资格喝的酒。这要拜黄帝所赐。到兴头上,爱老与冬露交配。这也是代表黄帝。病人们进行模仿,又一次轮奸护士,欢声雷动。

"词作家呢?老歌唱腻了,要谱新词,要作新曲,来配合《原理》

新版本!"高潮中的病人嚷嚷。爱老得意道:"吾儿回来,就是要做这个的呀。"大家又说:"新医院得有新院歌!新经典要配新曲词!"你愁苦道:"我不行。"你想不出新的,连旧的也忘了。爱老扔下冬露走过来,拧拧你的脸蛋,说:"想象力比知识更重要。这是难得的机会。杨伟兄,你一定要在黄帝面前好好表现,给他老人家留下深刻印象。"你看了看焚尸炉,听见火中病人死前的欢叫,才想起早前听过的一支歌,便试着吟唱:

> 东西南北,天地之道,
> 春夏秋冬,天人合一。
> 二十四时,生命本源,
> 黄帝内经,自然规律。
> 自古圣贤皆寂寞,
> 一切向内看。
> 气宇轩昂的气质,
> 厚德载物的性格。
> ……

接下来怎么唱呢?你忘词了,脸也吓白。爱老和冬露不耐烦地瞪你一眼,又转入新一轮舞蹈。这时有人打架,大家兴致勃勃去看,解了你的围。原来是主编和卢梭。他们喝多了,一言不合,争执起来,又动了手。卢梭说:"就凭你便想改造旧医院吗?"主编说:"仅靠你就能建设新医院吗?"卢梭说."你们这群流氓无产者!"主编说:"你们这帮屌丝小混混!"抡起高尔夫球杆打去。病众也分成两拨,参与混战。你看到这里,预感到危机,知道亡灵的集体终要解散,便泄了劲,倒头睡去。

半夜,你被冬露拽起。你看到,爱老翻着白眼,口吐黄痰,神秘地说:"嘘,黄帝有新指示了。"卢梭和主编也爬起来,叫醒病众,召集会议,提议推选爱老担任新医院院长。这时他们两人又和好了。爱老坚决推辞。卢梭和主编说:"只有您能胜任。没您绝对不可以。今天就向您保证,我们再不打架了。"

爱老谦逊道:"我不做院长。我愿意坐堂看病,出门诊。一天看三五百个号,跟病人面对面,打成一片,才是我的初心。这符合黄帝的教诲。医生努力追求庸俗的目标——财产、虚荣、奢侈的生活,我总觉得那是可鄙的。"

卢梭说:"怎么行呢。这可是新医院。一切权力归病人。要从吃药片改为服汤剂。这是颠覆性的变革。没您亲自担任院长,怎么建立药帝国呢。不,您不是做院长,而是当国王,药帝国的君主!您肩负复兴医院的历史重任呐。虽说已经统统做了医生,但病人对中药的性能还不熟悉。大家也不想走进焚尸炉。我们要听您传达黄帝的最高指示,这样才能保持正确的行动方向。"

主编展开一张新出版的报纸,头版头条为《爱因斯坦——宇宙真理的灯塔》,是一篇对爱老的人物专访。主编说:"您就是那位能彻底改变我们世界观的人。凡是对人类生活提高最有贡献的人,应当是最受爱戴的。您瞧,这是广大亡灵,哦不,万千群众发自内心的呼声。药帝国需要您这样有威望有见识有权力的人做国王,这是病人之幸!新医院绝不能出现流派纷乱的局面。只有您能统一思想。您一声令下,大家都愿意为您去死!"

病众呼喊:"团结一致,为您去死!众志成城,为您去死!"

爱老推辞三遍,似是迫不得已,终于接受了病人们的请求,又在焚尸炉前发表演说:"在黄帝的指引下,由病人当家做主的新医院诞生了,迈出了重建药帝国的关键一步。我没有做什么,这是亡灵们共同奋斗的结果,是人类历史开天辟地的大事。人只有献身于社会,才能找出那短暂而有风险的生命的意义。追求真理比占有真理更加难能可贵。病人对新型医药的殷切向往就是我不懈努力的目标。我绝不辜负大家的期望。一定要找到万能治病仪,把这最后一个奴役病人的枷锁砸碎。大家团结一心,再不分离。黄帝永远跟我们在一起。我们一定能在宇宙中每一个星球上种满中草药,迎来真正的世界和平!"

爱老洪钟般的吟诵传入你耳中,坚实而空泛,抵近而遥远。你精神恍惚,去看穹顶。灰红色的火星在冉冉升起,化作一张模糊不清的死人脸。那便是黄帝,时空中最大的亡灵,所有鬼魂的领袖,果然不离不弃,始终跟大家在一起。你的身体朝着黄帝飘举起来。你飞翔至火星之外,来到大海般的浩瀚太空,放眼看去,水藻一样漂流着绿色、白色、蓝色、青色、褐色的植物,散发出呛鼻的药材气息,黯淡而漫长的触须勾连起了亿万星系,织成一张辽阔无际的蛛网,把病众像昆虫一样粘在密林里,人类的疾病终于痊愈,或者说彻底找回了疾病,复活后便不会再死,获得了朝思暮想的永生。这一幕你暗盼许久,或早已经历。你的记忆全面恢复。

这时一阵更大的声浪扑来。在卢梭和主编带领下,病众高呼:"气节比天,信仰如山!忠心不贰,吾为君亡!"你身上热烘烘的,感怀不尽。但你的嫉妒也生发出来,就好像"父亲"夺走的是你的位置。你才是宇宙中那个至高的王。这心思绝不能在此时当众流露。如果夏泉有一天回来,你或会与她叙说分享。你愈发想念中年女军医。毕竟你是无法染指冬露的。

18. 杀或是被杀

新任火星医院院长暨药帝国国王爱因斯坦组建了新领导班子。你被任命为常务副院长兼办公室主任及总理大臣。卢梭担任副院长兼保卫保密处主任及内务大臣。冬露担任院长助理兼科研中心主任及改革发展大臣。主编仍做主编兼宣传大臣,掌管理论和舆论阵地。他将《老年健康报》改版为《杏林帝国报》,全文转载新版《医院工程学原理》中有关黄帝的内容。其他骨干病人也被封为各科室主任和各部门大臣。又召开内阁院务会扩大会议,对医院及帝国的未来规划作出顶层设计。时不我待,只争朝夕。爱老决定摒弃红十字,确立医院的新标识,那是用死人骨头做的龙形杖,刻画上蟾蜍和蛤蚧的图形,称作"圣济符"。病人们边喝酒边舞杖,拍案齐喊:"改天换地!""翻天覆地!""战天斗地!""顶天立地!""经天纬地!""感天动地!"他们从新经典中渐渐学会了忘掉的旧语言。

药帝国的首要任务,是搞一场盛大文艺演出,庆贺医院的新生。受爱老之托,你牵头筹备。你察看成为瓦砾的医院,不知道舞台在哪里。直到你梦游般来到亡灵之池,才心有领会。什么都变了,只有这池子仍保持原样,翻波逐浪,呜咽不止。你颇怵栗,又很感动。是它创造了亡灵,还是亡灵成就了它?你俯瞰红色波涛,却没有你的倒影。这是一个不透明的庞然块垒,无边无界,无始无终,与火星之外的世界,形成映射的关系。你想,那些在搏斗中死去的医患,还能在这池中复活吗?如果再次拥有人生,又会记住什么?你又感不安,复思念夏泉,便在池边颓然坐下。

看到亡灵之池,病人们狂喜不已。他们知道,回到了诞生地。大家犹记自己是灾难的结晶,生、死和复生都是痛苦的,但又能从中汲取信心和力量了。爱老也很满意:"就这儿了。"花之特攻队复被动用,由冬露带领,改组成模特队,挥舞死人骨头,绕池子走台排练。爱老在池边踱行,做舞台监督,指指点点,亲力亲为。卢梭干脆跳进去,伸出头大喊:"什么亡灵之池!明明是真正的活水哟,火星上难得一见的!是从前专供院长享用的私人游泳池吧,这星球上最奢侈的去处!咯,别拿鬼魂吓唬人啦。以为病人连洗澡权也没有吗?水之本,肾之精,水胜火,可安宁!"病人们也纷纷入池嬉玩,说:"圣水哟,要把我们的身和心洗净!泣之水出,涕即从之,死生是同,相随不离!洗完澡,便可以行医了!"

你觉察出不对劲,说:"可是,文艺演出还没开始呢。"

病人却等不及:"那样一来,都什么时候了,演出结束,黄帝他老人家该生气了。""这是为文艺演出热身。""一切为了艺术!""病人即医生,医生即病人!""马上行医,立即治病!"

在卢梭带领下,大家挥舞"圣济符",声情并茂合唱:

子为鼠,丑为牛,
寅为虎,卯为兔。
十二生肖的节律,

四季养生的精髓。
我用一把钥匙,打开《黄帝内经》,
打开其中奥秘,
捕捉光影流转;
我用一把钥匙,打开《黄帝内经》,
认知生命本源,
感悟身体变幻!

你才明白,病众也会这调调。你并无独享优势。大家用这向你示威。他们还听你的话,是看爱老面子,内心其实不服。你慑于群众力量,担心有不测发生,搞砸文艺演出,危及自身地位,就同意试点治疗。你也想看看中医的效用。但你还是有些担心,因此没向爱老汇报。

病人大喜,跳出池子。你问:"怎么治疗呢?有方案吗?"卢梭立即做出示范,将一个病人扑倒,用白衣蒙住其头,手握"圣济符"砸下。鲜血和脑浆喷出,只剩一个红葫芦。血流入池内,把那像水的液体染得更鲜艳了。

"这是治病吗?"你心生不虞,愠怒而哀惧地问。你想到病房里曾经的类似一幕,却不尽相同。人骨棒替代了红十字。

"根据《黄帝内经》,这正是最佳疗法。我们要治病人,而不是治病。"卢梭像真正的医生一样面无愧色,掷地有声。

"但这个人现在是医生了噢,跟我们一样。"你眼瞅着生命从人的身体上流走,才记起自己或许也如卢梭一样杀过人。

"嗨,他不过是一名'下医'。药帝国里没有他的位置。要彻底消灭疾病,就必须提供个性化治疗!"卢梭斩钉截铁。

"哦……"你忍不住又看亡灵之池。它此刻变得沉静了,像一只深邃的眼睛紧盯住你。你感觉到了它蓄集的更大威力。

"谁也不愿记住灾难,但它忽然跳进脑子,赶都赶不走,怎么办呢。真顽固啊……回到游泳池,体会到一种前所未有的别样刺激!"卢梭慷慨激昂,"啊,刹那间全想起来了。许多年前,我是个读书人,老实巴交过日子,却不幸赶上那场灾难。国家换了新主,他发动战争,靠阴谋篡位,上台后杀掉成百上千旧臣,但其中一个,却舍不得杀,因为那人太有才,新主要他写诏书,把他的伟业昭告天下。但这人对旧主忠心耿耿,拒绝写,还大骂新主。新主火了,说,我诛你九族。那人嘴硬,说,十族又如何。结果就把他的门生故友也算一族,连同亲人九族一起,称为十族一同砍了头,共计九百九十九人。我便是这人的门生,也被杀了。如今,我终于找到了凶手的后人,啊不,就是凶手本人!刚才头脑里咯噔一下,就想起来了。不管过了多久,欠账总要还。这才是黄帝让大家在火星上重聚的用意,在这儿,谁也逃不开!"卢梭一边说,一边又挥棒猛砸。

又有病人说:"我也想起来了。你这还好,只死了九百九十九人。我刚刚记起来,那灾难距今更近一些。本来,世道是平安的。但有一天,上面来头很大的老家伙忽然宣布,有人写了一篇文章,有反骨。杀无赦!于是不仅作者被杀,还有大批人受株连,死了一万五千人。我也在其中。现在死难者和杀人者见面了!但他们间的过节岂是旧医院用换心手术能解决的。还需我亲自动手,施以新疗法!"也捉住一个病人,砸碎他的头颅。

受到传染似的,复有病人接上话:"啊,也是刚刚发现,我和边上这人,曾经住在一个屋檐下,我是他的儿子。那年天灾人祸,粮食没得吃了。在逃荒路上,他把我杀掉,献给村长,煮来吃了……"也开始治疗。

另有病人说:"哇,我的记忆也恢复了!那场灾难来临时,我还以为是天降福运哪,便参加了保卫成果的战斗队,跟企图抢夺成果的对手厮打。队伍撤退时,把负伤的我和一名战友抛下。我们躺着等死。这时看到一具尸体,身旁有一个医药箱。我取过来,见里面有磺胺。但药不多了。战友便杀死我,把药占为己有。他生还后,娶了我的老婆……现在终于找到他了。不就是药的问题嘛。现在要给他用新药!"也动起手来。

再有病人说:"我和他并不认识,但是他把我打死了。只因为我参加了一场群众演出,跟现在这个差不多,却被来看的观众举报为聚众骚乱。好多无辜的演员被打死了。惨啊,连牙齿都被拔出来,连皮都被剥了,尸体扔在台下无人认领,衣领上插上'罪人'的标牌……"他也扑向目标。

病人们喊:"我们的亲人死了!""我们也死了!""现在统统记起来了!""这才知道了亡灵的来历!""冤有头,债有主!""让他们吃药,吃我们配的好药!"报复行动蔓延开来。病众直接在池子边施行治疗,哔啵咔嘣,动作一律,节奏分明,在你看来,这跟猿人在山洞口集体制作石器如出一辙。原来大家曾活在不同的时间节点上,却都是灾难的受害者,忽然记起了往事,明白这才是疾病的根源,便采用行医方式,一对一加以解决。不是冤家不聚首,看来这正是建设火星医院的目的。人生不止一次,只要反复活着,总能遇上对头。你想,这不就是"怨憎会苦"吗?

只听他们嚷嚷:"活着没做到的事,死后才能做哟!"又在病历上埋头书写,做出记录,一本正经,有板有眼,条理分明,完全符合修订的《医院工程学原理》的操作程式。什么病,甚症状,用何药,咋死的,一字一句写得毫无差池。其实病人对这一套早就娴熟。谁说他们不是真正的医生呢?这的确是在为文艺演出热身。你没想到,大家这么快就学会了做"上医"。你又看亡灵之池,从中仿佛见到宇宙医院闪射出灿灿金光。你耳边又响起冬露的话。你没有试图制止,只向爱老报告:"他们定义了新病。他们已开始行医。"

老头子豪情万丈,满面通红,大声咳喘,声如雷震:"杨伟兄,太好了!有病没有病,病人说了算。既是新医院,由病人做主!"他也手执"圣济符",跃入亡灵之池,鳄鱼般在血红水中游动。冬露亦脱光跳进去,相伴爱老而行。你伫立池畔,倾听怪叫,不敢下水。你想,在那场灾难中,自己是怎么死的?死得难受吗?冤家对头是谁?他在哪里?如果他此时现身,你是不是也要施以治疗?似乎只有你,仍然没有回忆起自己的真正过往,那就像水中月镜中花一样……

你看到,爱老和冬露在冲你招手。这景象渐变混沌迷离,仿佛退行入另一世界。你有不祥预感,愈发忧心忡忡。暴动目的真的达到了吗?万能治病仪在哪里?院长何时捉拿归案?杀死医生的细菌究竟是什么,它们会不会发生变异而攻击病人?你想提醒爱老和冬露,话到嘴边却咽下去。你心灰意懒,呆呆看着病众兴冲冲施展他们新习来的治疗术,群情激昂把死人抛进亡灵之池——它这才名正言顺。卢梭又带人到农场拔来植株,甩入血盆,欢呼:"在星星上种植中草药啦!"更多人跳下,以爱老为中心聚集,白影幢幢,踩踏尸体,欢声笑语,歌动天地。演出正式开始。谁也没有注意到,一队人马正在逼近。

医生的反击

1. 野兽青春

齐步走向亡灵之池的是一群怪人,亦穿白大褂,头裹的却是军装撕成的绿头巾,手擎白色旗帜,旗上画的是火星的卫星福布斯,像一片怪怖火焰滚地而来。带队的是一个如你般的少年老者,肥头大耳,鸳目猪鼻,寿斑油亮,身如巨婴,由四个怪人举着。他身后紧随达托大夫,率领老年内科的四名医生,抬着一副担架,上面躺着真正的火星医院院长。

随后才看清,那些绿头巾怪人其实不是人,而是猴子。它们长相一模一样,是在实验室中克隆出来的,作为遗传背景完全相同的模型生物,原本用于做药物筛选,后来预测到医院将进入动荡周期,为应对病人暴乱,便对猴子作了加工,使之成为改造了扁桃核的成年体动物。扁桃核不是用来控制思想的,而是要操纵本能的身体反应。因此猴子被命名为"巨神兵",在凶虐的病人面前,它们不惜命,不会像医生那般畏惧,属于无痛生物体。这些非人灵长目还被植入人工声带。操控者利用头戴式耳机,通过微型大脑扫描仪检测猴子的思维模式,对其神经活动做出分析,然后与猴子进行即时交流,向它们下达指令。这支战队称作"绿色和平军"。人兽并行,难分彼此。

带队的胖小孩一声唿哨,达托大夫便把院长扶起,让他在担架上坐直。这老人口不能言,却牢牢盯着亡灵之池中翻扑的病人,仿佛还要亲自给他们治疗。这占有欲极强的目光,足以让病人胆寒心颤退避三舍。猴兵则用苍凉含混颇似人声的语调齐唱:

你们是病人,
就应安其位。
跑出病房来,
究竟为了谁?

带队小孩、达托大夫和四名医生紧随猴兵发出澎湃和声:

为了谁?
我是谁?
依靠谁!

这有力的歌声摧枯拉朽终结了病人的表演,使他们的诵唱和舞蹈变得分文不值。演员们腿脚瘫软,跌倒池中,大呼救命。绿色和平军又唱下去,好像刹那间实现了身份转换,成了文艺演出的主角。

不,他们本来就是,只是先前暂时幕间休息了。人兽的合唱比骨头棒子和高尔夫球杆厉害百倍,才是致命武器,瞬时戳破病人的外强中干,打得他们屁滚尿流。

你大为诧异。医院里怎么会忽然冒出这样一支生力军呢?爱老伴做镇定,说:"考验我们的时刻到了!誓死捍卫新医院,粉碎医生反攻倒算!黄帝跟我们在一起……没有牺牲,就不可能有真正的进步!"他把冬露和花之特攻队推上前,自己躲到人群后面,像要督战。女护士立即被猴子撕成碎片,四肢和器官撒落一地。然后轮到病人。他们被彼此间的报复削弱了力量,被酒色掏空了身子,更被亡灵之池中的文艺演出耗竭了气力,哪里是巨神兵的对手。这些基因工程生物体魄强健,动作灵敏,一只只跳到半空,又以大劲道直落下来,双腿劈叉,挂到病人身上,有的揪脖,有的撕耳,有的咬鼻,有的拧头。病人兵败如山倒。才知他们还是乌合之众。

刚才还在举行药帝国的建国大典,现在场景就已转换。你无计可施,只好默念《黄帝内经》,来抵抗恐惧。你看见卢梭被一只猴子捉住,手中的"圣济符"被夺去扔掉,他的肉体发出怪响,脓疮瘤子立时破裂,胸腔剧烈起伏,嘴里吐血。他迅速死于急性出血造成的低血量休克。致命之处是颈动脉断裂,血液涌入裂伤的食道,再冲进胃部,造成呕血不止。他死时的眼神却不像是痛苦,倒似惊讶。他留下最后一句话:"不要为我的离去而悲伤!如果我活着,你们谁也活不了……"猴兵吱吱乱叫,身上布满血迹,这增加了畜生们的亢奋。

你见多识广,也被吓住。死的景象令人难以忍受,恐惧之心油然而生。但你觉得卢梭死得倒也好——他不是死于自身疾病带来的呼吸困难、腹泻失禁、器官腐败、全身衰竭，而是断然了结。这乃是他抵御终有一死的办法。你正自愧不如，就见一个猴兵跳到跟前。你屏息看它，如观镜像。獠牙蓝光闪闪，比手术刀锋利。猴子也凝视你。才发现，这野兽很年轻，浑身青春活力。它才称得上把生命完整献给了医疗事业。你自惭形秽，就不自然笑了。你便伸手奉迎巨神兵，像等这一刻，有好久了。这才是亡灵对医院的本来预期。

旁边有人拉你一把。你似从梦中醒转，转身逃掉。原来是夏泉，关键时刻，她回来了，又救了你。猴子见到中年女军医，顿时愣住。她喷出麻醉剂，令它扑倒。你不知该惊喜还是伤恼，问："为什么救我？又记起了职责吗？"她道："快跑。不要受死的诱惑。这跟喝酒不一样。"你才觉得，你跟她之间，大概有更深的缘分。

你们加入病人的败军之列。爱老带着冬露，蹲在最前。他任命的骨干，要么死了，要么跑了，要么降了。猴子在半空中群跃追来。黄帝却没有现身救护病人。你心忖，病人错估形势，严重轻敌。反叛终究不会成功。被治者要改变与治者的身份关系，若不改变医院的性质，就绝无可能。这样一种次序，在僧侣探险队发现火星之时，便安排好了。你不禁心里诽笑爱老——这个自称是你父亲的男人，所谓黄帝的传承人和代言人，是多么自相矛盾啊。你便和夏泉一起逃。但猴兵追至，捉住你们。

2. 恶童

绿色和平军的小孩头头痛心疾首说："病人，你们辜负了医院信任。杨患者,你不是已被任命为红牌突击队队长了吗?你忘了,医院周围强敌环伺。医院到了最危险的时候。我们要一致对外,你不要做内奸和叛徒。"

你看到,这孩子十一二岁模样,却非管理火葬场的丧葬艺术家兼消防局长。他是新人,跟寻常医生不同,亦裹绿头巾,穿白衣,但不戴红十字,坐在猴子的手臂上。医院中又一名童星现身。你预感到,未来或是早衰少年的天下,医院将由他们统治,老人将退出历史舞台。

达托大夫冲你狡黠一笑:"你不认识子非鱼了?只有他能拯救医院,恢复被病人破坏的秩序。"你才识出,这不就是神奇病人的孩子吗,是那利用人工受孕技术,用男人之身怀着,剖腹出生在病房中的婴儿。你曾救了他,抱着他逃生。你蹈海时,把他搁在甲板上。许久不见,都长这么大了。这孩子的面目跟你十分相像。巨神兵皆不解地看你们,以为这里面有什么渊源,无不露出诧异恭敬之色。你觉得新的一场演出开始了。你和子非鱼,是父子还是兄弟?曾经的医生爱因斯坦,统率病人起义军,做了你的父亲;如今反扑过来的绿色和平军,却竟由长得像你的神奇病人的孩子带领。

你惊惶问:"今夕是何年?"

有人脱口而出:"二〇四九年。"原来是《杏林帝国报》主编,又投靠到了医院一边。

你诧道:"不是一九七六年?"你记得,这是二战的决定性一年。你想,假如只是那场战争,该多好,事情会简单得多。

达托大夫说:"不,是二〇六六年。一切重头再来。"

子非鱼道:"兴许是一时糊涂,上当受骗。你们被爱因斯坦挟持,身不由己。那个病人是反科学的。他说,只有为别人而活的生命才有价值。可笑。"

达托大夫说:"嗬,他年轻时就很傲慢,被从医生队伍中驱逐出去。他对医院怀有深仇大恨。所以他背弃了数学,转攻阴阳八卦,用迷信来诳惑人。"

主编说:"教导员说得很对呀,病人真的有罪。可怜他被病人残忍杀害了。"

你害怕地说:"医生不是被细菌打垮了吗?你们竟然使用了实验猴……"

子非鱼邪笑:"病人嘛,懦弱又愚蠢,简单而天真,被假象蒙骗了。不这样怎能诱你们出洞呢?病人原本做不出反叛医院这种逆天之事。"

你难过地哭了,慌乱中扯下最后几根头发,递给少年看,要证明自己无辜。你以为对方已知道你教过数学。子非鱼接在手中,像拿了火球,嗷嗷惊叫,立即扔掉。他生气地说:"虽说是被劫持,却也可恨,你们想的,不也是要建立新医院吗?还想做院长呀,还想做国王呀。好啊。不想当将军的士兵不是好士兵。这是谁说的?"

"拿破仑!"你紧张抢答。

"不,是一位病人。"达托大夫说。

"他叫朱元璋。"主编飞快接上话。

"是史铁生。"子非鱼纠正,"他是一名小说家,病人中最好的小说家。但他说的原本不是这句话,而是:人生来不想死,可是人生来就是在走向死,这就意味着恐惧。但他又说这便是获得欢乐的机会。这里面有多么高深的哲理呀。"子非鱼看看被猴兵撕碎的病人尸体，掩嘴乐了。

　　似乎之前发生的只是为这一刻做铺垫。你觉得是一场更大文艺演出的一部分。一切逃不出医院的预置。但子非鱼是怎么当上头头的呢？这孩子看上去智商颇高，老谋深算，昏黄的大眼珠溜溜直转，他胸有成竹道来："很多人尝试过颠覆医院，都无一例外失败了。医院的麻烦的确很大，但它还没有到寿终正寝那一天。病人想要建立药帝国？真是痴心梦想。历史反复又反复，殊途同归。医院就是为了证明病人是病人，才建立的呐。怎么可以人人做医生呢？"

　　达托大夫说："说到万能治疗仪，像捕兽夹一样，是为了让病人上钩而设置的机关。"他忍不住得意大笑。

　　主编怀着正义感说："最重要的是保持稳定，不再折腾。否则什么事也做不了。医院就要像医院的样子啊。"

　　你又看看躺在担架上的院长，以为这老人或能救你。但他像是患了重病，闭眼嘤嘤叫，却说不出成形话。你悔恨道："我天真，受了骗。但我不想当将军，更没有打算做院长、国王或小说家。"你只是在寻找万能治病仪，以祛除疼痛之源，不再背亡灵之名，试图像活人一样活下去。你期盼子非鱼不要秋后算账。但病人杀死医生，强奸护士，破坏医疗设备，搞乱病房秩序，只怕难被赦免。你看到，被俘的病人在巨神兵的监督下，背对背检举揭发，说出对方罪状——患有何种疾病、砸坏什么机器、杀死哪个医生。你也想加入他们。你握住夏泉的手。她低头一言不发，似在琢磨什么。她现在会站在哪一边呢？

　　子非鱼捏捏身边一只猴子的脸蛋，又深情注视担架上的老人，说:"院长是一位德高望重的艺术家,他不喜欢暴力,也不留恋权力。所以我们都热爱他。说到艺术,猴子也喜欢音乐,喝了酒就要唱,这你们拦不住。医学归根到底是艺术。病人又怎么懂得呢?不是随便哼两句就以为成曲了。"

达托大夫说:"是呀,多亏巨神兵,在关键时刻救了场。它们不再上演大闹天宫,而组成了专业文工团。这不是一场简单的战争。归根到底,是艺术的较量。"

主编说:"所以医生一定要回来呀,拨乱反正,恢复正确的医学观。我们的医院有救了。"他说得热泪挥洒。

子非鱼嘻笑着把一只酒瓶高高举起。你以为要让你喝,就凑上去。但猴子们围过来,抢走酒瓶。子非鱼乐不可支,与巨神兵共饮,跟这些沾满人血的野兽玩在一起。他和它们都是天真烂漫的孩子。你羡慕看着,像从酒精的反光中认出自己,心里却发出"恶童"的诅咒。达托大夫把俘虏关进太平间。主编则把《杏林帝国报》改版为《绿色和平报》,撰写"医生全面收复医院"的号外。

3. 地狱的飨宴

你与夏泉及尸体待在一起。你们看到巨神兵搜查躲藏的病人。找到后不由分说杀掉,剥下白大褂,穿在自己身上,又做成新军旗,涂画上福布斯。这样物归原主。但又不是回到原点,而变成另一事物。新中有旧,旧中有新。病人形如槁木,坐以待毙。之前的疯魔劲儿不知哪去了。

衣服剥剥穿穿,穿穿剥剥,看似多此一举,却把医患关系表达得淋漓尽致。而对于肉眼看不清的东西,比如神经和毛细血管,猴子不感兴趣。那是神经外科医生喜欢的。但他们不偏好骨头。其结构太复杂,是骨科医生的钟爱。野兽们做这种事,就好像病人从未活过,处理起来,百无禁忌。或许很快就要再造一批新亡灵了。这大概也是为重新修改《医院工程学原理》准备材料。只有现代解剖学才能提供有价值的内容。但这回服务的主体变了。

病人被杀前,基因被提取,记忆被扫描。新一轮复活将择时启动。夏泉评论:"这样才能建立新技术的展览馆和新药品的竞技场。另外也是做给那些背叛医院的医生们看的。"你心想快轮到你和女人了,惧惮道:"怎么办呢?"你期待夏泉把你引领到医生和猴子的阵营,悔罪投诚,以得赦免。但她说:"想回也回不去了。这些怪物已经不是原先的医生。有了新的信仰和审美。"你很失望,又觉惊艳,便跟上女人,继续逃跑。

她熟门熟路,带你转移入一个冰库。这儿的病人尸体支离破碎,与地面冻在一起。由于怕被冷死,你们仅待一会儿,就离开了。雾气太重,看不清路。你们攀爬上行,复至高处,见医院多处在燃烧,像是凭空生出好些个新火葬场。烈焰的岩浆哔剥着奔突。病房和山丘在烧融中变形。医院溢彩流光。而穹顶居然坚挺不倒。外界的沙漠、石岭、撞击坑和盾构火山皆掩入浓雾,看不见了。病人满地乱跑。猴兵飞奔追逐。所有人身陷沉没中的孤岛,无法逃掉。少数病人又临时组织起来,与猴子作最后的生死搏斗。

"哪来这么大的仇恨。"你悲疚地连连摇头,却不对夏泉讲述冬露做的学术研究。这也是仁术的一部分吧。

"你幼稚了。"夏泉说,"不是说了有审美价值吗?这相当于一场末日展览,你何曾见过。也堪称绝版啊。"

"病人的确比较粗鄙。但又有什么办法呢。"你想,黄帝与蚩尤大打出手,是因为他们的文艺流派不同吗?

"你父亲流俗了,医疗圈子不是谁都能混的。像走钢丝。他不懂得艺术的真谛。以暴易暴都会走入死胡同。"

"但他不是我的父亲。我爹早死了。那家伙只是随便找条人命,来填充他想象中的原初基因关系网。"你想说,夏泉你又是谁呢?你不也背叛了医院吗?你又真懂医学或艺术吗?但你不敢说。你觉得女人也受了很多苦。不是她的话,你就再成亡灵了。

"咦,他不是爱因斯坦吗?他本来应该用他头脑中的那个公式,去证实宇宙是美的。"夏泉遗憾地说。

"原来,他也忘记自己的真实身份了。"

"他是要对人类做出更大贡献的。他的思想,将改变人类关于宇宙构造的定义。"

"所以并不是在每个星球上种植中草药……"

"爱因斯坦要创造一种新的时空哲学,重塑关于因果、秩序、责任之间关系的观念。这不仅仅是医学,还渗透到政治、文化和艺术,是一场启蒙运动,哪里是药帝国可比的。"

你眼前又出现爱老摇摆白衣、口吐绿痰、令卢梭往医生额头做电击的样子。"你是怎么知道的呢?"你问。

"以前万古教授说起过。"

"但我又是谁呢?我又是怎么死的?"你想,万古教授早就死了。他比爱因斯坦更可怜。

她摇摇头。这时有东西从穹顶掉下,轰的一声碎了。周围人群以为基地将堕,发出惊呼。

"我们逃不掉了。"你哀叹。

"也没什么好逃。"

"如果世界只剩下最后五分钟,你做什么?"

"你做什么?"她反问。

你费力思索一阵,道:"跟你在一起呀。"你想猴子如果要杀你,她还能为你当人肉掩体。

"口是心非的男人。"女人诮笑。

"你呢?"你又期盼地问。

"吃喝呗。有五分钟也好。"

"还是吃货呀。"你笑不出来,"或者,也可以再生场病嘛。"

"你终究还是个病人噢,知道讨好医生。但我治不了你啦。"

"是的,我本来就是病人,应该老实待在病房中。现在想明白了,生病才有意义。往昔的生活比现在要好太多。但那时我没能珍惜。人病了,就会缩回自己的壳中,心会变小,上面长出繁细尖锐的疙瘩般物体。病人体会到了自己像一个错别字那样被删除或被省略的滋味。他才知道风流倜傥显赫张扬都毫无意义,从而开始内省。身体越来越疼痛难忍,感知的触角却变得灵敏,得以看清真实的处境。在火星上待了这么久,也未能识出真相。这才是最打击人的,也是最深刻的教训。更要紧的是,疾病才是病人最有力的武器,他掌握了这个,就可以为所欲为,不想上班便不去上班,要要赖便要赖,胡说八道也行。因此医生才要把疾病从病人身上收走,这是最严厉的惩罚。这引起了暴动。我们认认真真用来生病的时间真的不够啊。"你不禁有些怨恨女军医。你把夏泉与冬露作比较。你感到和夏泉缺乏默契。但中年女人身上有一股让人发疯的味道。

"小伟,你这辈子一直都在病中,看清什么了?说些什么了?能讲讲吗?医生收走了病人的病,对他们有何好处呢?"她愠恼地捶你臂膀一下。

你还想反驳两句,但你就泄气了,想到自己的死活,都经不起推敲,你有什么资格评说,便斜眼去看她的胸部,小声道:"夏泉,我女儿长得跟你一模一样呢。我离开她时,她还年轻。但我记不得她的相貌了,也不知她是死是活。我父亲要是活着,还不晓得他有个孙女呢……"你又想到爱老指挥病人把夏泉轮奸的一幕,不禁心悸和艳羡。她却好像忘得一干二净。

黑暗的烟雾更加浓重,人又喘不过气。夏泉就解下背负的氧气瓶,自己吸了一阵,又换给你吸。景象晦暝。只闻哭叫,看不见人。仅有火葬场的烈焰,还铁水一样亮堂。你很惧怕,又想喝酒,便抱头趴下。

夏泉掐指一算,说:"是日食。福布斯挡住了太阳。"你们自打出生以来,就没有见过日食。她说:"从医院的立场看,这个是不被允许的。每当日食发生,它就被丧葬艺术家用干扰大气的办法,给屏蔽了。一定要切断与自然界的关系。似乎那是灾难的源泉。现在医院发生剧变,无人负责做这事,光影才漫射了进来。"

你才敢稍抬头:"不过,它是怎么穿透地狱一样深厚的烟雾与焰火的呢?"你记得,福布斯取自战神儿子的名字,是胆怯和恐惧的化身。

"因为弯曲。"女人说,"据说,宇宙中的光线走过遥远的路程,经过太阳时,要变得弯曲。这只在日食时才能看到。"

"可是,它明明是直的呀。"

"战争还没有结束。能做这项观测的人,是爱因斯坦手下的一个病人,叫爱丁顿,已经死了。所以这个假说,无法证明。而说到医患之战,兴许也只是一场代理人战争吧。"她怅惑地朝医院外面的火星看去。日食仿佛带来了启示。

"所以会有更严重的事态发生吗?"你心里念叨爱丁顿这个名字,觉得在哪儿见到过。

"因此我们需要冒险活下去看一看,不能马上死掉。"她像一位真正的知识女性或前线战士那样,神情深邃而不吝。这姿态是你熟悉的,你在医院的其他一些女人身上也曾见到,比如白黛和冬露。但冬露比较直白,目的性太强。夏泉则更坚韧。这些是你厌烦的,却令你难以割舍,心向往之。

你和女人一时无语,一个趴着,一个站着,痛悼地观看日食,见这难逢的机会从指缝间溜走。有很多不辨面目的人影,离地三尺,鬼魅一样飘逝。你们俱感寒意,又很困窘,不禁想拥抱,却克制住。"万一有人趁机从背后捅一刀,便一切结束了。"夏泉理智地说。这增加了她的性感。

然后像是要狂欢,去庆祝盛大节日,残存的病人手挽手,摸黑往火葬场方向走,仿佛瞬时忘了危险。也许是日食提醒他们,那烧死人的地方还安全。果然飘来香喷喷气味。夏泉咂咂嘴,说:"多大事呢?咱们也去瞅瞅。有吃的吧。不能光靠吸氧啊。"你也觉得饿了。你以前认识的那些女人,也是这么做的。但夏泉是她们中最果敢的。冬露大概不会带你去吃东西。

做饱死鬼的诱惑,令人暂且抛却其他。残存的医生和病人,跟着猴子,来到火葬场。大家清理出食堂,齐聚于饭桌,放下武器,不再厮杀。盛大飨宴开始了。张灯结彩,交杯换盏,医患们嬉笑着评论对方的着装。病人一边吃一边高兴地唱,又背诵《黄帝内经》,却遭到医生嘲笑:"笨蛋,跑调了!"病人便羞涩停下。医生把多余烟酒送给病人。病人则把从病房掠夺来的手术器械交还医生。你想,这才回归了医院本质:进食。治好病,不就是为了维持新陈代谢吗?吸了氧,不就是要把食物产生的能量精华输送给需要的器官吗?活下去,归根到底得靠碳水化合物、脂肪和蛋白质,光吃药打针怎么行呢。医院能否被救,这是试金石。耶稣分饼,佛陀乞食,都是如此。吃不是为了活着,而活着是为了吃。纵做鬼,也要吃。这让你好像回到了昔日的黄金岁月。彼时经历会否是此刻情境的投影呢?但并无必要在饭桌上空谈理论。夏泉带你抓紧时间狼吞虎咽,又找到酒来喝,像过节了。

"你父亲真是来救你的?"女人边吃边找话题与男人聊。

"不是说了嘛,我没有这个爹。"你备感窘促。她为什么老提这个?

"医生杀了回马枪,你就不承认了。怕受株连吗?"

"不是不承认,而是内心抵触啊……"

"但你还是有过生身父亲的吧。你要能记起他,没准就能回想起自己是怎么死的了。"

"是的,是的……"离开院长办公室后,就没好好吃东西了。肚子里有了食物,你又一次感觉到自己是人,在热量的催动下,回忆起一些深藏的往事,就尝试讲给夏泉听,寄望她能继续予你以同情和支持。

4. 肉体之门

你道：

"我记忆中的父亲，是一位医生。想起这个，就不知道说什么好。我原本待的那个世界，跟这儿不一样。但我不知道是不是海那边。我很小的时候，就被父亲带到他工作的医院玩耍，就好像那是一个托儿所。他的目的很明确，就是培养我今后做医生。那时候医学已经很难，医患矛盾尖锐，一般医生都不愿自己的孩子接班，但我的父亲不同。

"那是一家小型社区医院，跟三〇一没法比。规模虽小，却也五脏俱全，设有急诊室、内科、外科、妇产科、预防保健科、药房、化验室、X光室和消毒供应室。我从小闻惯了药水味道，对那些奇形怪状色彩艳丽的器皿、瓶罐、尖状物、胶带、纱布、药、液、血、人体和器官，俱不感陌生。这些我都早早亲眼见了。我成天在它们的丛林间悠游。成年病人对此不习惯，甚至被吓倒，但我从来不会。

"我打小生活在疼痛世界，耳朵里总是灌满病人的号叫，似乎人间的本来面目就是这样。对此我不感到惊愕。但时间长了也会烦。我嚷嚷要回家。因此我令父亲失望。我越是去到医院，就越是不喜欢它。我讨厌医生。光是他们穿的那身白大褂就很滑稽。

"父亲待我很好，他看门诊时，常常让我在他腿上玩，还唱小曲给我听。但他的医术谈不上高明，他有时还会把病人治死。但他每次都能瞒天过海，说是患者病情太重啊，送到医院太迟啊，被江湖游医误诊了啊，家属拒绝院方的有效治疗方案啊。他甚至请院长来包庇。医院为他掩饰和买单,公布虚假病程记录,找来媒体背书,向患者家属泼脏水。

"病房墙上挂的,都是鲜花锦旗。或许在别的单位,这样随便做做也就行了,但对于医院来讲,显然是不对的,因为它处理的是生命而不是青菜萝卜,要求百分之百不出问题。但父亲和他的同事做不到。这不是他们的问题,现在的火星医院也做不到。

"造假成了家常便饭。医生水平越低,越不承认自己没本事。病人明知到头来会死在医院,仍然趋之如鹜。医生占据信息优势和专业高地,这是病人破不了的,他们又太拿自己的生命当回事,真的以为医生能让他们不死。像父亲这样的人便有了存在空间。

"父亲医技虽烂,却热爱医院。他得到提拔,当上内科主任,被评为模范医生。他在社交媒体上开了账号,拥有大量粉丝。只有我知道他是怎么一回事。在他的身上,我看不到一丝一毫改变世界、为人类做出伟大贡献的样子。

"我家有几个臭钱,都来源于父亲收取病人的红包。他把我送到当地最好的学校念书。同学们因为我是医生的儿子,讨好巴结我。但我知道,他们心里瞧不起我,甚至仇视我。因为我的父亲拿了他们亲人送的钱,又没能治好这些病人。今后一旦有了机会,他们必定要收拾我。我在校园里闷闷不乐。我正是猥琐的白衣杀人魔的后人呀。这便是我的父亲。他怎么可能带领病人反抗医院呢?"

夏泉说:"原来是医二代啊。难怪我们天然有亲近感。但医院其实没有你说的那么差吧。也有医技高明、正直无私的医生。"

你觉得与女人又拉开了距离,道:"我只是想说,年幼时频繁去医院,给我的成长带来了阴影。"

女人说:"难怪,你到现在也未能长大。"

你告诉她,你第一次看到死人,就是在父亲的医院里。那是一个夏天,你五岁,患了肺炎,高烧不退。父亲带你到医院。你被搁在留观室打吊针。父亲跟女病人聊天去了。她们是他的粉丝,被他在社交媒体上的话题吸引,都是"前戏为什么是男女必备功课"、"手淫能不能带来高潮"之类,从医学的角度分析得细致入微。你痛苦而孤独,无助看着天花板。三小时后输完液,已到半夜。护士把吊瓶取下。你去找父亲,但他已经和女患者一起走了。护士让你在医院睡一觉,明天一早再回家。

"留观室里没别的病人,空荡荡的,冷飕飕的,灯光昏暗,无声无息。护士也不再来。我感到害怕,睡不着。不久听到外面传来动静。我有些紧张,却忍不住好奇,决定下床去看。走廊里,有个大块头中年男人在对着一小个子年轻男人吵嚷。很快听出来,那年轻男子,和女朋友一起去水库游泳,女的淹死了。他吓得身体都水草一样弯了,双手抱头,蹲在地面。骂他的中年男人,大概是死者的父亲吧。

"不久又来了人,不是医生,而是警察,也是一个中年的和一个年轻的男人。他们走进留观室隔壁的病房。我也出去,绕过门诊楼,趴在那病房的窗台上,想看看是怎么一回事。室内的灯像一朵菊花,仿佛照出了另一个世界。警察穿着制服,神态轻松,显得随便,也没有医生陪同。有个东西躺在床上,像沙滩上的鱼。警察只站在她边上看了两眼,就熟练地把蒙住尸体的白布一把揭下来。原来她是暗黄色的,像一段土坯,裹着湿漉漉的蓝色泳衣,显得很紧,有凹有凸。她很年轻,看上去只比我大十岁。我觉得隔着那层泳衣,还有未散尽的一种气息冒出来,但一到空气中,就变馊了。那味道像一条从水底蹿出的蛇向窗口扑来,好像嗔怪我为什么偷看。我便把头埋下。待再抬眼,见到中年警察正蜕下她上半身的泳衣,好像剥去她一半的皮。

"啵的一下,左乳绽出来。像只皮鼓,乳晕很大,不是白或红,而是灰黑色,脏兮兮的感觉。这出人意料。我喘不过气。第一次,人的肉体之门,在我眼前打开。我扒住窗台的手指快要出血。我暗暗用脚跟吸气。蛇游回去了。中年警察揭起她的眼皮,凑近了看。那儿没有渗出闪光。他在她的两肋和肚皮上敲敲,又摸摸,然后捋起袖子,把手探进仍裹住她下身的泳衣里,一直往下,再往下,直到手臂没了,看样子到达了两腿之间,似乎那儿有一个峡谷。他忽然一使劲,先压了压,又狠抠一下。那个年轻警察只是一声不吭站在一边,冷漠观看。他们都不知道我就在窗后瞪大眼睛。或许知道,却也不管。然后,中年警察把手一点点抽出来,放到自己的鼻子前嗅了嗅。他们就一前一后走出房间,互相也没有交谈。

"只剩下女人躺在床上,嘴唇好像更白了,上下紧密相扣。扯开的泳衣没有还原,上半截肉体还裸露着。我的躯干开始抽缩,有东西在胃里乱窜。我还想再看她一眼,却不敢了。蛇又要游过来。我转身走掉。

"我佯装镇定回到门诊楼。大块头中年男人挡住我。他说:'你什么都看见了。'他的脸像贴了一层膜。我低头不敢看他。这时感到脖子被一只大手掐住。我刚开始还能坚持,但很快出不了气。我死命挣扎,也无法摆脱。我似乎昏迷了……不知过了多久,我发现只剩下自己一人。似乎什么也不曾发生。我就回到留观室,重新躺上床,看着天花板不动。这样过了很久才睡着。第二天早上,我就自己回家了。我没有告诉父亲,昨夜发生了什么。"

"也许他都知道了。你父亲或别的医生,对溺水者进行过抢救吧。"夏泉说。

"人死了还要抢救吗?"你想到自己溺亡的感受,"医院已经被警察接管了。"

"他们可能就是医生。"夏泉说,"法医。"

"噢……"你想,原来人死后还有医生负责。医学果然贯穿生命的每一环节。所有人,包括死人,都要经过医院这道闸门。

"所以你知道那女孩是怎么死的了。"她的口气又变得像是你的姐姐。

"淹死的啊。"你诧异看她一眼。她是要提醒你,这也是你的死因吗?你又咽喉疼痛起来,好像回到那个夜晚。

"那并不是她的真正死因。"她掏出一本新的漫画,看着上面的图说,"每个人的死的后面,都有另外一重死。"

"那是什么呢?"

"就是死本身。"

"死……本身?"

"也叫原死或元死。"夏泉似乎不太情愿地向你透露了这个秘密。那副样子就像她以前还没对别人说过。

"原死或元死?"你好像又看到了那晚冲你游来的暗黑之蛇。医院的通用符号,除了十字架,便是毒蛇。

"医生一直在试图定义什么是死。呼吸心跳停止,还有脑死亡,这些都是死。但有人觉得，它们是表面的。必定有一个抽象的死，在决定一切。这便是肉体之门打开时，被你看到的。我也许就是被你身上这个东西吸引来的吧。"

"我当时没有看太清楚，而且是无意的。"你不能理解女人说的"抽象的死"，也不相信医生竟会说出这样的话，害怕起来，眼前又出现女尸胸脯上图钉状的乳晕，不禁瞄瞄夏泉的身体。但关键位置被漫画挡住了。这是一册《千年女优》。夏泉颇似封面画上的人物。

"原死或元死，对于世界来说，具有非凡意义。没有它，生命就不存在了。所谓生命，就是抵抗死亡的全部机能。"她架起两条胳膊，做出堵机枪眼一般的姿势，令你血脉贲张。

你仿佛又回到那一刻，双手扒住窗台，树藤一样流血，体内有一股烈火要喷发。你被烧得耐不住，感到躯壳就要分解消散。你的肉体之门也要打开。你呼吸困难，神志丧失。这才觉得，在那个晚上，你可能已经死了。你的生命丧失了。它抵抗死亡的力量贫弱不堪。一旦战斗失败，生命就要与死亡妥协，向死亡下跪，成为死亡的奴仆。僧侣探险队来到火星，就是要寻找这个吧？如何才能超脱生死呢？广灵之池及宇宙医院，就是为了与原死或元死对话，才建立的吗？

你觉察出，医院的真正目的，并非为了治病，而是为了给病人一个合适的身份和位置，让大家有这难得的机会，按照医学安排的步骤，严丝密缝体验死的全过程，从而与原死或元死接触。在复杂精妙的机器帮助下，病人确证他们的身体——这个活力勃发而肆意妄为的系统，在经过高超技术的全力挽救后，最终也要消失殆尽。一具人体，它的皮肤下包裹着"正常"数量的器官、组织、机能、控制、反馈、反射、节奏、循环等构造和功能，互相关联，又与体外诸系统，诸如空气、水、微生物、感染、家庭、道德、文化、社会等连接，构成庞然大物，而它在根本上却是肉眼不可见的亚粒了，是宇宙大爆炸瞬间抛撒出来的，如今医生用语言学和通信理论的语法语义加以描述：信息、程序、遗传密码、指令、解码……这样一种骇然之物，被赋予死，得到解构，就让病人亲证了虚空的存在，这便是医院的意义。

但为什么会有这种安排呢？宇宙中的生命进化到一定阶段是否都会发明医学，用它来照亮隐藏在黑暗中的某个事物呢？佛教徒前往太空的目的，或许便是为此吧。

爱因斯坦的所作所为，是在破坏还是在完善这个过程呢？

你不禁想，眼前这个名叫夏泉的女人，如果下一刻死了，会是什么模样？假如剥掉了她的上半身衣服，会裸露出什么？她的生命为何会与你的相交？她的亲人是谁？她会有一个像爱老那样的爹吗？……你想了很多，却问不出来。这些问题都很扯。你若问就是矫情。你害怕她说，你问的，太无聊。从医生的立场上看，都是伪问题。

她道："我想说的是，那死去的女人身边的两个男人，你认为他们是谁呢？"

你回想一下，才觉出那个夜晚的真正神秘之处。"啊，难道他们不是人类？"

女人说："有时也把这样忽然出现的不明生物称作使徒，或勾魂使者。然而，并不是外星人。德雷克公式之后，有了费米悖论。宇宙中的生命不可能跨越时空互相访问。技术文明发展到一定阶段，都毁灭了。医院就是大过滤器。这便是把宇宙称作医院的真正含义。"

你说:"他们是原死或元死的化身吗?"

你困苦地摇头,浑身抽搐,显出死人本相。你忧惧回到最令你难忘的过去。你不愿再看到死或经历死。你却又以为,夏泉是想要趁活着时去到海那边的。答案在彼岸岛上。你得陪她去。

这时她猛拉你起身,快步离开食堂,奔向火葬场出口。女人一边走一边说:"想不清楚的就不要想了。也不打紧,其实也不是死,只是变,态的变化——像昆虫的生命周期那样。小伟,今后你要学会安于阶段性的现状,这样才能走出心理上的阴影。"

你不得不附和:"就是说,像水变成冰……仅仅是那么一点点变化吧。轮回大概便是这种情形吧。并非退而求其次啊……"你好像看到人类的活体与尸体重叠一起,在循环中完成新的缝合。

先吃好的医生和猴子开始下手,抓住尚在进食的病人,一把拖倒,割开喉咙,打开肉体之门,让酒食流溢出来,又把死人身上的白大褂剥下,做成更多旗帜。还好,女人很警觉,带你及时离开。但接下来去哪里呢?走来走去还是在火星医院。

5. 死魂曲

夏泉引你躲进一间病房。这里也有病人尸体,被猴子啃噬得只剩白骨。你们两个装死人,匿身尸群,仿佛难得地终于有了一些默契,又一次搂抱,不时窥探对方一眼。这时你才注意到她眼角小溪般的皱纹。你害臊地把目光移到别处。这让你更加哀怨。你觉得好像抱住儿时第一次见到的女尸。

"你为什么一定要跟着我?难道真被我身上原死或元死的气味吸引了吗?"你问。

"大概,你的生和死,都要由女人来见证。缺乏同情心的男人是做不到的。"她说。

"在观看那个淹死的女人之后,我心里一直回荡着一种音乐旋律。这大概就是你说的原死或元死的声音吧。"你自嘲道,"我便返回医院,在父亲的空白处方单上,写下歌词。我用药名、病名和患者名字串成歌词,写我看到或经历的死。做这个我倒是来劲了。我好像成了另一个人,或者被什么附体了。父亲这下高兴起来。他一定觉得,他的宝贝儿子终于爱上医学,打算接他班了。他要求我好好学习,今后考上医学院。但我这时已经有了自己的人生目标,打算去做一名歌词创作者。我记得我喉咙被掐的疼痛,忘不了喘不过气的感觉,因此我很想别人代我唱出来。我五岁时就有了这种信念。后来我离家出走了。父亲的确一直在找我。"

"你们现在终于团聚了。"

"我不承认他是我生父。名字也不相同。"

"他不是叫爱因斯坦吗?"

"我遗忘了他的本名。只记得他管自己叫'孤行',大家也这么称呼他。大概是'孤独的行者'的意思吧,一个人走在路上。别人以为他寂寞,但他其实是装样。他只是一名虚荣的医生。在社交媒体上,他为自己起名叫'下水道'。"

"哦,跟我想得不太一样。"夏泉似乎略显失望。

"关于这一点,我现在想明白了。一个人如果死了许多回又复活许多回的话,那么,追问他到底是谁,就不重要了。他是不是真的爱因斯坦,没有意义。"

"所以,不必问他从哪里来、到哪里去了。"她勉强笑了。

"很多东西都不是绝对的。命也如此。"你忽然产生了一种窥淫癖般的期待,"能讲讲你的来历吗?你是怎么当上医生的?"你觉得,至此时,你们才开始真的认识。

"你问到了,那我就说说吧。现在也算医患一体了。"她倒像是心平气和下来,"我们的命不一样,因为我和你的初始状况不同。我曾经也待在另一个世界,大概不是火星。我有一个哥哥。他生下来就被诊断患有先天性克汀病,智力发育永久迟滞。十三岁时,他一个人跑上大街,汽车来了也不知躲避,被撞成重伤。医院下了病危通知书,说活不过当晚。父母一夜白头,却不相信他们的儿子会死,一直守候在手术室外面。结果这孩子命大,还真没死。不过成了植物人。医生说醒来的希望很小。父母还是不放弃。他们没有多少医学知识。他们天天烧香,去寺庙祈祷……三百天后,我哥竟然醒了。但他的大脑进一步萎缩。他不仅生活不能自理,还完全不认识父母,动不动就殴打他们。父母出于哺乳动物的本能,继续无微不至照顾他。他偶尔也会对他们说:'你们真好啊。'这时大人听了会很高兴。但我哥完全不懂得自己说的是什么,说完就马上返回他的世界了。他大小便失禁,却毫不知情,虽然看上去他是清醒的。他都三十岁了,父母还把他脱得一丝不挂,为他清理身上的污秽。有什么能够证明,他还是他们的儿子呢?就是这身肉吗?我不知道父母心里怎么想的。后来他们生下我。这里的逻辑很朴素:他们有一天会比我哥先走,总得有一个信得过的人来照顾他吧。交给保姆不放心,必须依靠亲人。这就是我降临人世的理由。我没得选择。"

"这对你不公平。"你同情地说。

"也很难说公不公平。如果不是这样,就没有我。我就不会来救你。我不怨怪父母。是医学的不完美,给一些本不应该来到这世界的人,提供了生的机会。"

"这就是命……你后来照顾你哥了吗?"

"根据父母的安排,我学了医。学医的目的,就是为伺候那个疯癫失忆的男人。失忆多可怕呀,什么也不知道了。"

"你哥很有福气。"你羡慕地说。

"他活到五十岁。那时我到医院工作刚刚一年。父母还健在。他们认为是我没有尽到责任,说不该生我。我一气之下,就上了吊……但我发现自己并没死成。我逃离了家。这半辈子,对我唯一有意义的词,叫作'飘零'。这样直到认识了我现在的丈夫。"

原来她有老公啊。她竟然还维持着家庭。你没想到她说起这个,颇为失意,像受了骗,不愿再跟她讲话,却努力去想,能与女人在一起,彼此感到亲近,是因为有相似经历,比如,都被迫学过医,曾离家出走,对亲人怀有纠结,也都"死过"。你就又收获了一些安慰。另外,你们似乎同样来自另外的世界。这或许提供了海那边的线索。但会不会是亡灵之池造的记忆呢?因此女人大概也是真的死了吧。

这时你看到,墙上有一些像是蜘蛛和蜈蚣的东西,密密麻麻,交叉爬动。它们不是食物原料,而是医院实验室培养的功能性生物,要用来研究生命如何适应太空生存环境。不同生物群落在打仗。它们那里也有世界大战,也有痛苦和挣扎,也有荒谬和反抗。此类情况竟然普遍。你心烦意乱,捡起一个血压计,掷过去将它们打死。满墙血污。战争结束。

"你干嘛?"夏泉有些气恼地把你揉了揉。

"保卫和平。"你脸上挤出报复般的笑意,想着冬露的教诲。

"没想到,你也是以暴易暴。你的确继承了你父亲的基因。"

"没办法。死了还活着,真难呀。"

"那也得活下去。有别的选择吗?"她又看了看小动物破碎的尸体。

"没关系,看样子,它们还没来得及建立医院,没有亡灵之池,死一次就够,比我们强。"

"这样会引发蝴蝶效应,破坏宇宙史。"

"宇宙史?说大了吧。噢,就算是,也不过是宇宙医院史。"

"医院史就是宇宙史啊。"

你又想到她说的"大过滤器"。像病人一样,宇宙这个大而无当装腔作势的家伙,自诞生后,就一刻不停走向死亡,从强到弱由盛而衰。它也是受原死或元死的支配。这个过程是单箭头的,逆不了。人类的死,是宇宙的死的一些分支和碎片,不停从它的躯体上脱落下来。这是一支死魂曲,一直奏响着,走到哪儿都能听到。这就是你头脑中回荡不休的那个旋律。宇宙越是这样,大家越是将就着它。医院无非是个隐喻,表明什么都需要修修补补。这就是治病,把延缓乃至避免死亡作为自己的招牌,把年轻人吸引过来,从事这项工作。估计所有智慧生物都把精力放到了兴建医院上,对外宣称建设医学的宇宙大同社会。但谈不上优化。宇宙连现状都维持不了,不可能被优化。如果一定要说优化,那也只是个别、局部、短暂和表面的现象。所做的一切无不是徒劳。

"所以连你也背叛医院了。我估计,你说的宇宙史早被破坏了。但这样不好吗？徒劳也是有回报的吧。"你感到绝恸,仿佛看到飘动在未来的新恶兆,很快将降临在你们身上。

"今后不知道还会发生什么……只是看到,人活着时都喜欢搞破坏,大概以为这样就跟宇宙的死本性同步了。算是黑暗中打手电,给自己壮胆吧……但小伟,我怕你疯哟,担心这样一来,你有一天记不得我了。因此,说话过分一点,望你理解。这样我们还能原谅对方。不好意思,药不够了。"

"我不会疯,我还能记起很多,我只是痛。"你做作地哼了两下,像是嫌女人爱护你还太少。她不说话了。你们好像在猜测对方说的是什么意思。在互相关心吗？你们之间是否发展出了新关系？你犯困,就睡了。

6. 与父亲一起生活

你醒来时,发现宇宙似乎还保持原状,没有毁坏也没有消亡,只是她在专注地朝你打量。你便问:"梦到我了？有没有茄子和子宫从天上吧吧吧掉下来？"

她失笑:"茄子和子宫？想得美呀。火星食谱上有吗？但我梦到我前世是一只青蛙……"

你觉得,你们在一起就是一场梦,大约还是亡灵之池在作祟。"唉。就怕谁先醒了。"你又想跟夏泉互相治疗。但她此时不情愿,说危险还没过去。

你问:"医生到底有没有被细菌杀死?子非鱼带的那几个人和猴子,搞不好也是亡灵。"

她说:"我也不甚清楚。因此,得把院长弄到手。院长是关键人物。如果去不了海那边,那就得从他那儿掏答案吧。解铃还须系铃人。"

你低落的情绪稍得提振:"倒是。若要找到万能治病仪,听说,只有院长知道它在哪儿。"

你不禁记起你的老相好白黛,那女人也找过院长,给院长写了信,院长竟然作复。所以院长十分重要。但他不是被子非鱼挟持了吗?一想到老人那痴傻寒郁的目光,你就怕得要死,说:"似乎也有问题,做这种事,比较危险吧。院长怕是不行了,大概什么也记不得,像你哥哟。我们还是逃吧。"你想象两人私奔,不禁心潮暗涌。

夏泉说:"小伟,你叶公好龙。能逃往何处呢?这是在火星上。我们准备的氧气瓶不够。也不可能到海那边。"

你又想,医院及火星之外的世界,到底是什么?你毫无概念。你曾经去看太空,知道那是一个巨大而无言的未知,让人绝望。"说到海那边,实际上,你已经去过了吧?看到了什么呢?"你觉得女人有事瞒你。你怀疑她没对你说实话,便又惧怯,担心她嫌弃你,或吃掉你。

夏泉果然若要发火,但忍住:"不是说了多少回吗,我没有去过海那边。我一直待在火星医院,不曾走离一步。我们如今在一起,你却连这也不信。死人或活人,都建立不起信任感吗?无论如何,也要找到院长。他知道医院为何变成了这样,世界上到底发生了什么,接下来还有什么要来。我们才能相机行事。这很难,因为宇宙史刚才被你破坏了。不知道拿你这孩子怎么办。"她显得一意孤行,又侧目去看蜘蛛、蜈蚣和人类的尸体。说到去找院长,女人拍拍肚皮。刚才吃那么多,就是为此做准备,尽可能储存能量,好来干一番大事。你摸摸脑袋。化疗似的,已然全秃,头发都被拔光。好处是白发尽皆不见。这样你更似儿童,可以撒撒娇,不怕说错话。

夏泉对你也无可奈何,说:"小伟,也不必太自卑,你都跟我睡过了。我连同事都不给睡的。你外表看似小孩,但骨子里是个老人。我从不小瞧老人。很多人都是老了后,才开始创业,取得了成绩。比如查尔斯·达尔文。他是个全身性乳糖不耐症患者,终身受此折磨,没过上一天舒服日子。他五十岁才发表《物种起源》,提出生命是进化而来的,否定了人类中心论。这成了现代医学的基础。拯救医院或宇宙,还得靠老人。你那混账父亲要不是疏忽大意,说不定也把事干成了。他叫爱因斯坦吗?我一点都不喜欢孤行或下水道这些名字。所以,必须去找院长。他也是个老头子。但我不知道他的名字。"她起伏不定的语气中透出愁绪,忽然双目晶莹,仿佛想念起自己的丈夫。她就把你拉过来,让你进入她。而刚才她还拒绝了你。

你激奋而郁烦,探索并安抚她那与你不同的结构。这让你觉得就算是打印的人体,也是有意义的,而医院或宇宙是值得去救的,因为它们是现时所能遇到的唯一能安放肉身的岛屿。你却不敢抠她——或许因为她还是活体,而你不是警察或法医。这时你想起她曾被患艾滋病的卢梭干过,便恐栗了,欲把自己抽出来,但她勾得你很紧,姿势确然像青蛙。你想到与医生发生这么一种关系,后果未可期，不禁沮抑，又倦悔般高兴，亦不知足。这已不是互相治疗，连彼此慰藉都说不上。或许是某种残存记忆驱使下的惯性行为，类似于赌博。你对自己说，没什么，可悲的只是女人。她们到头来什么也不是。女军医能活到今天，还没死掉，算她走运。她并没有特殊背景。她那不知身在何处的丈夫也未能来救她。

交配促使血流量发生变化，刺激大脑杏仁核区，激活神经细胞中的特种蛋白，令被压制的记忆复苏。你回想起更多的与父亲一起生活的往事，唯恐又忘却，就赶紧讲给女人听。

曾经，父亲经常带你去医院。他做诊治时，你就在他的腿上玩耍。有时父亲会与女病人发生关系，也不避你，或以为你不懂。你现在的动作，就是从父亲那里习仿来的。

你四岁时，父亲指导你解剖青蛙，分辨血液和神经系统。父亲会用痛惜的语调说："青蛙为了医学事业，像宗教徒一样，以身殉道，做出牺牲。我们要向青蛙学习。"父亲在屋外空地上用砖土做了许多坟，用来埋葬青蛙的遗骨。这时你才会看到父亲脸上有了庄严的慈悲表情。

父亲每次把青蛙剖开后，都要设法延长它的死期。他目不转睛观察生命的最后挣扎，仿佛这是寺庙中动人的壁画。死去的青蛙由母亲红烧来吃。雌性和雄性的蛙尸装在一个大药罐里，被母亲端上来，放在父亲和你面前。你们像妖怪一样无声噬吃。你最初感到害怕，但慢慢学着大人，用竹筷把青蛙那酷似人类的白色大腿挟起，送进嘴里细细嚼碎，感受生命的神秘性被破坏，浑身被愉悦充满。这时不禁想，青蛙真的活过吗？它们交配的样子，是怎样的呢？父亲赞许地冲儿子微笑，又在餐桌上谈起医学话题。父亲自夸，他是这座城市最优秀的医生,有一天要做院长,把医院升级为全城最大最好的机构,让所有市民住在里面,包干他们的生老病死。你这时就悄悄离开,去厕所吐了。在便池边,你看到一只受伤的母蛙,却不知怎么匿身在此,或许是从厨房逃脱的。你捉住它,搁到窗外,令其逃生。青蛙回头朝你看了一眼,举起右前肢招了招。

由于医学科学的发展,陆地生态环境发生改变,更多青蛙被用于实验,竟致这一物种走向灭绝。青蛙中的极少数幸存者,产生变异,下到海洋。这表明青蛙还记得它们是联系海洋与陆地生物的一根关键链条。最早的鱼类就是通过演变为两栖类而登陆的,最终进化成人类。所以青蛙也是人类的祖先。现在,它们重返海洋,去做逆进化。

青蛙从陆地消失后,父亲就把目光投向流浪猫狗。流浪猫狗被消灭了,又找飞禽,又找昆虫。再后来医院周围能见到的动物,都被父亲杀尽。但它们的残存后裔均重返了海洋。环境发生剧变,物种无法适应,这才给了火星开拓者一个理由吧。然而栩栩如生的海洋究竟在哪里呢?你只知亡灵之池。

你回忆到,彼时在陆地,除了人类,已看不到其他动物。父亲伤感地对你说:"动物没有了,人就要消失。我今后不会再有病人。这是多么难过的事啊。也许,今后得去火星。"

你七岁时,有一天,父亲把你拉进他的卧室,指给你看床上放的一个大玻璃罐,里面用福尔马林浸泡着一具站立的女尸,从脸面直到小腹,皮肤整体剥开,披挂到一边,露出眼球、肌肉、血管、胸腔和体腔,内脏纤毫毕现,亦如青蛙,沉浸在醺浓的潮湿中。这与你之前在医院所见女尸,颇有殊异。你有些害怕,但不露声色。父子并肩坐在地板上,耐心观摩,废寝忘食。

父亲手执一本《人体构造》。在十六世纪的欧洲,每当夜晚降临,安德烈·维萨里便出门盗掘新坟,取回尸体,白天在家偷偷解剖。他揭示出人体秘密,写下那本划时代的著作。现代医学就是这样发展起来的。这跟黄帝那套不同。父亲念维萨里的书给你听,脸上又流露出近于仁慈的浮夸神情。你在医院见过不少死人,但头一回看到人的内部结构,仍然惊愕。没想到肉体能以这样一种方式呈现,跟病床上躺着的溺死者或病故者差异甚大。这就像艺术展览的仪式。光鲜靓丽的人体原来仅仅是臭皮囊包藏的一堆脓血烂肉,这是多么的恐怖。

父亲告诉你,如果用显微镜观察,还能看到更多不可思议的东西。身体被揭示为无限的层级性细节,跟望远镜里呈现的火星运河是一样的。难怪维萨里与哥白尼齐名。这才促生了治疗的方法论。医学史即肉体史,人身便是宇宙。书写这部大书的,除了维萨里,还有达·芬奇。这位艺术家冒着道德和传染病感染的风险,解剖了三十多具不同年龄和性别的尸体。他的解剖学手稿后来藏在温莎城堡的图书馆里。

父亲侃侃而谈,说他解剖尸体,是要寻觅治愈的线索,是为着生者的利益,查找偷走生命的罪人。但你看到的是,父亲已把制造这残忍的现场,当作一日不能离的嗜好,乃是"私人习作",类似于温斯顿·丘吉尔在第二次世界大战最激烈时废寝忘食创作油画,也像达·芬奇一样,进入充满情趣的艺术领域,亦是作为医生的父亲的宗教或类宗教,借此逃避犯罪的嫌疑和惧意。父亲把自己打扮成最有资格谈论死亡的行家里手,来向儿子炫耀,但你清楚,比起真正的哲学家和艺术家,他仍有很大不足。父亲的天分、学识、阅历和经验,都限制了他的进步。他对医学的热爱,或热爱之下那层潜流涌动的怙恶,还是浅层的。他最终也没能巩固自己在儿子心目中的尊严和在医院里的地位。

那天,你只是大张嘴,不眨眼注视女尸,觉得她十分面熟。但让你感兴趣的仅仅是她那与男子不相类同的器质性构造,原本隐秘的内容得以暴露。父亲津津有味向你讲解,瞧,她的卵巢已被恶性肿瘤侵袭,宫颈口也有了可怕的病象。这让你肌肉来电,微微震颤,下体也发硬。后来父亲离开了,你还久久凝望尸体,想象伸手去抠她。只有和尸体在一起,你才不那么紧张。这正接近于此刻你待在夏泉体内的感受。

自此后,你便再没见到母亲。你问父亲,她去哪里了?父亲悠然说,你妈出远门,兴许去了海那边,怕是不会回来了。

你思念母亲,最终从家中逃离。随后药时代来临,旧的医疗体系崩溃,DNA 序列、基因逻辑、染色体、干细胞、克隆、易感性、分子想象成为流行术语,医学科学一夜间从技术变革的梦想化作现实。父亲在这一进程中落伍,被边缘化。生命现象不再是他通过解剖尸体而描绘的图画,也不再是建筑学或力学的层构。治疗发生在父亲不熟悉的亚显微区。"生命是信息"替换了"生命是有机统一体"。所有的成了算法。父亲多年习以为常的"红包医疗学"亦被"生物经济学"取代。生物资本主义控制了医院,成为全新生产力和生产方式。从海那边学成归来的医学博士,拿着天使投资和风险投资,纷纷开起医学免疫有限公司、基因技术有限公司、生命解码有限公司和遗传咨询有限公司,医院反成了附庸。

随着医学革命的深入,父亲被划入保守派阵营,挨了昔日对他不满的人的整。在批斗会上,他的罪行被揭发出来。他不仅仅是医术不精而发生医疗事故,还被控渎职、对病人性骚扰、欺诈和受贿。他甚至被曝曾给病人注射致死剂量的海洛因,杀害他们。这样的案例有三十多起。至于为什么要这么做,他自己也不知道。他出现了精神分裂的症状。因此他才没被送进死牢,而是被扒下白大褂,赶出医生队伍,以病人身份住进病房。在那里,他遭到病友的羞辱折磨,其中不少人曾是给他送了红包却没被治好的。他开始研读《黄帝内经》,为此着迷,进入一个全新的世界。

有一天,流浪中的你,听到父亲跳楼自杀的消息,松了口气。你更有理由不去医学院了。打倒父亲的人也不准你学医。然而就在这时,你才意识到,父亲一定要你学医的用意。这乃是爱你。父亲早知道,终有一天,新医学将决定和改变一切,儿子不走这条路就无出头之日。他自己则赶不上新时代了,便用死来反抗它,以维护心目中生命的尊严。

因此,复活过来的父亲——他仅在概率意义上是你的父亲——牵头发动的暴动,不正源于他对医学的热爱和恐惧吗?他死不瞑目,要夺回所失。只有热爱和恐惧才会转化成极端行为,并变作一场复仇,要毁坏那毁坏了他的时代,去建立自己的新时代。只是这回他一百八十度转向,用了全新手段,祭起《黄帝内经》的武器。而到了你这里,已不懂得爱,只剩下恐惧。在凭靠打针吃药而活下去的程式中,复仇的欲望退化了。这使你的人生猥琐懦弱,成了失败的同义词,连青蛙都不如。

父亲来找你,大概是因为他相信,他和儿子的身上,维系着真正的血缘。即便来到火星,这也无法藏匿。它储存了亿万年生命演化的密码。那张亘古以来织成的原初基因关系网,怎会服从医生一厢情愿的指令而随意改变呢?家庭成员之间的联系,应该通过某种真正自然的方式得以恢复。这就要让黄帝附体。父亲是来向儿子回馈爱的,也要把复仇的本领和技术教还你,以弥补他对你幼时的亏欠。你不禁想到雄孔雀,它辛辛苦苦进化出艳美的尾羽,乃是为了吸引雌孔雀靠近,并与之交配,以达到传宗接代的目的,而它自己却因为这沉重负担,终被食肉动物吃掉。父亲不就是这样的一只不畏牺牲的雄孔雀吗?他身上焕发出落日般的壮丽盛大。你又想到自己与子非鱼的关系,怀疑你们之间也有基因或轮回承袭。火星上的医患或许真是一个大家庭,它头绪纷乱,却严密整合。所以这一切都是因为父亲而起的。但为什么不是母亲呢?如果是她,又会怎样?你开始想念那个女人,却感到无限陌生。

7. 荒魂

你和夏泉只做了一小会儿,她就厌倦了,又像是对猪一样的队友感到失望,嘴里呱嗒呱嗒作响,两栖动物一般从你身上掉下。这就如同一场演习或复习。你又没射出来,但习惯了。跟医生在一起无非如此。这只是打断了你的回忆。但你并没有重新消沉,却滋生了新的期许。

随后夏泉带你离开堆满死人的地方,去找院长。很快你们发现了子非鱼的队伍。白旗飘摇,绿光闪耀,猴子们 边白娱自乐表演,一边扫荡残余病人,把他们捉住、关押、惩戒,做深度治疗。不治者,便处死,吃掉内脏。医院的秩序在血、火与消毒液的冲激中逐步恢复。你不知爱老是否落网,但顾不上他了。你和女人趁着浓雾,悄悄尾随绿色和平军。巨神兵既已获胜,便放松警惕,不知是没有发现你们,还是不屑理睬。你们注意到,抬院长的担架不见了。院长去哪儿了?

　　猴子摇摇摆摆穿过一个房间。你们跟进去,见它们启动一台打字机,吐出漫无尽头的纸带。全是白纸,无任何信息。打字声大概是这世界上最嘈杂难听的声音。你们看着纸带源源不断像井水一样涌出。空荡荡的光景让人不寒而栗。你想到自己曾经坠入的无形之水,心知对此无能为力。那些猴子看是白纸,便吐着口水离开了。你和夏泉观察一会儿,也没看出名堂,便把白纸收集一些带走,又看到几个盛满黄色药液的玻璃罐,装着人体标本。皮肤剥掉,露出腔子,或坐或立,有的不是完整人,仅荟集了大器官。你如故地重游,但父亲不在身边。

　　你们又潜入一间病房。这儿藏了数十个病人,作难民状,发出痛苦的喘息,见你们进来,都往后退缩。你发现,人群中有个大虫子般的东西在攒动。一看正是院长。院长怎会在这儿呢?夏泉大喜过望。院长竟然混杂到病人中了。他似乎受了伤,奄奄一息。他没有再昏睡,而是瞪大眼,茫然四顾。你觉得院长可怜。身为一院之长却连自己也救不了。他成了一个落荒的孤魂。有个病人撑身说:"是我们救了院长。他是医院的主心骨哟。今后全靠他了。那些鬼一样的猴子算什么呀。"说罢咽了气。

　　"快,我们快走,把院长带离。"夏泉急切说。

　　"好。"你打起精神。两人一道,把院长扶起,架着他往外走,并提防被医生发现。

院长浑身是血,似被打伤,不知是病人、医生或猴子所为。你们找来止血带,简单处理一下。院长看了一眼夏泉,灰翳的睛目中有光斑一闪,张嘴想说什么,却说不出。

你问院长:"你知道万能治病仪在哪里吗?"院长垂下眼睑,山岳般的身躯乱抖,面孔涨得发紫并膨大,鼻翼像蝙蝠翅膀一样忽扇。夏泉见此便又沉思。你想,她的丈夫究竟是谁?在医院,竟然有那么多难以启齿的事情。

你们给院长吸氧。状况才好些。幸亏当初积攒了氧气瓶。但问题仍没根本解决,就去了重症监护室。你们利用残存仪器,对院长做检查,发现他的伤势和病情都很严重。

"得救他。"夏泉说。

"行吗?"你感到为难。

"只有他知晓医院秘密。你不是还要找万能治病仪吗?"

你又看一眼院长,说:"啊,他长得像孔雀。"

"孔雀?"

"是的,是的!雄孔雀,会开屏的那种。"的确,以前没有注意到院长是这样。除了爱老,院长也像孔雀。但你随即哀戚想到,即便同为雄孔雀,父亲跟院长比,也是有差距的。院长才是医学界真正的百鸟之王。除了亡灵之池中的歌舞打斗,黄帝程式并未在重复实验中得到证明。只看见了相关性,而没找到因果联系。你又为自己的家庭出身自卑了。

"他会死吗?但孔雀死后,也是不腐朽的哟。"你带着哭音,又想如果没有院长主持,医院秩序就算恢复也白搭。爱老是"假院长",是医院的背叛者。

"所以我们得赶紧。"女人有些着急,"现在已经明确知道,医生会死。你父亲不行,子非鱼搞的那套不会持久。你放心吧,我不会与猴子交配的。"

你们便着手抢救。做这事,夏泉比你熟。女人让你打下手。但没多一会儿,院长的心跳呼吸没有了。夏泉为他做心肺复苏,却无济于事。院长瞳孔散大,对光毫无反应,变成一对固定的黑暗大圆环。她皱眉咬唇,绞尽脑汁。

"他之前还一直好好的,却死于你手。"你赌气道。

"这不是医疗事故。我已尽力而为。"她不喜欢你这么说。

"我有一种不好的感觉,闯大祸了。"你瞅着如若巨轮沉没的院长,心想这也是死亡吗。

"废话真多。不是说,宇宙史已被你破坏了吗。"

"别开玩笑。像是谁在利用我们哩。借刀杀人。"

"小伟,你烦不烦啊。你这就叫行动上的侏儒。"

"好吧。那你说,怎么办呢?"你忘不了院长活着时,看夏泉的那眼光一闪,就像他们之间有什么约定。这让你不舒服。院长仿佛还有话没来得及说,就撒手人寰了。

夏泉提出对院长进行解剖,弄清死因。她指使你把院长剥光。院长年近七旬,体貌魁伟,活着时不怒而威,病人均感难以接近。院长肥胖的尸体泛白,像出水的抹香鲸,湿滞沉重,骨头全陷在松软的肉里。两个胸乳很大,颇似女性。白发零乱地散落在耳际和脑后。巨硕的臀部已塌陷。那么,院长究竟是什么性别呢?表面上看是男人,但剥掉衣服后,难辨性别。解剖开始之前,你们发现,院长身上,没有男性或女性器官。你心想,原来,是这样的人在执掌医院。是生来如此,还是后天改造?你认为院长应该就是一个再造人,便把自己的想法对夏泉说了一遍。夏泉不置可否,歪着脑袋,左一下右一下打量尸体,像在琢磨一个充气娃娃。看上去,这个生物现在什么功能都没有了。

然后开始解剖。身体齐腰锯开。尚未冷却的血水喷了一地。你想到解剖青蛙的情形。你们首先要寻找,到底有没有生殖器,也可能是内置了,这很关键。于是在两腿之间切开,但这很快沦为次要。因为让你最感震撼的,并不是在应该存在生殖器的部位仔细审查,也不在于身体被分割,而在于肢解本身,此乃跨越自然架构的锯断。对你来说,还是第一次。虽然见多了病人和医生的尸体,但自己来干,别有感触。

解剖沿组织平面进行。切开身体,笔直而坚硬,以非自然方式横跨组织的自然层次。解剖者的大部分时间用在试着剥离表层,辨认外形的边界,识别细小的神经、血管和淋巴腺。你们谨小慎微,像医学院的实习生一样。随着人体被剥开,一个殊为不同的"内部"出现了。这时,已不在乎他是不是院长。人是什么,何种身份,都不考虑。尸体的肌肤也完全不再具备以前的意义,就像橘子被剥掉皮。你渐渐兴奋起来,当年父亲就是这样干的。你像在学习一门外语,而以前的经历只不过是为此热身。你忽然看到了自己有一天成为医生的可能。不,是重做医生。

很快你又害怕了,你的手在颤抖,动作难以控制。夏泉则保持冷静,把你推到一边。她独自打开院长胸腔,往里面仔细查看。没有发现机械装置。这是一个纯肉体,不曾做人机融合。皮革状的肺脏变得好像一个吸满水的灰蓝色海绵,因盛满过多液体而水肿,它无法再像一个粉红的风箱那样胀缩。这是心脏衰竭的结果,血液倒流回了腔静脉与肺静脉,使其扩张而紧绷。又看到胸骨后的心脏,是一团扩大而松软无力的东西,不再跳动。胸壁肌肉上约有三寸长的部分,被一块大的白色疤痕占据,别处也有几块小疤。心脏在停跳前发生过严重痉挛。院长患有心脏病。这证明了医生即病人。你们不仅在观察,也在体验。你才觉得错怪了夏泉,却不知怎样道歉。

接着打开颅部,发现脑回萎缩,彼此分开,变浅变平,像遭压缩,尤其额脑部分更明显,脑回的突起有些被压扁,甚至被破坏,留下的空洞处充满血清。进一步通过显微镜检视,找到了老年斑块和纤维缠结。但与普通人不同,在海马处,附着一些液囊。黑色的、鹌鹑蛋大的囊袋中,以乎才是真正的脑组织一般的物质,呈粉白色菌菇状,仿佛是一种植入体。但不是晶体管,而是不知名材料。它们与肉体交融很好,非生搬硬套移来,就像是自然生长的,对院长受损的神经元和轴突形成代偿。

你想到"附体"。但这些液囊又分明不同。它们可能是手术的产物。似乎不是为了实现永生,而仅仅要以备份脑,来阻止老化加速,维持住大脑的基本功能,从而在一种矛盾姿态下挽回医院的颓败。液囊的形态看上去有原始感,也比较粗糙。院长似乎并没有使用人工智能装置。他不想让自己变成一台真正的机器或半机器。难道他对于这种形式或结果感到窘惧?他想要拥有一个能够自我控制的传统身体,才选择了近似自然生物构件的副脑?他对别的都不相信?你于是猜测,院长并没有真的死去。他似是处于一种半生半死状态,依靠一套异状神经系统支撑着。

在这一点上,夏泉同意你的看法,说:"这或许意味着脑死并未发生。他尽力备份了自己的神经元,为他流浪在荒野的灵魂安排了一个还可以回来的临时性寓所。这样,我们就有可能把他的记忆拷贝出来。一定是存储在液囊中了。这是普通生物大脑中没有的东西。"

你说:"我就知道,孔雀就算死了,肉身也是不腐的。"

8. 尸忆

你们将液囊取出,试图从中提取记忆。这需要机器协助。但医疗装置基本被病人破坏了。不过你们还是找到了一个差强可用的三相处置槽。于是把液囊置入析解管,启动操作程序。一组纳米机器开始工作,进行读取。像有了生命,液囊微微颤动。这是灵魂的反应吗?

"也许,他的意识还存在,仍然知道我们在对他做什么。只是他无法跟我们交流。"你战战兢兢说。

但液囊离体后,很快像是不行了。因为意识检测器也被病人破坏了,所以没法探查。你们又接入一个电极,加以刺激,使液囊活化。它里面分泌出一些黑色流体。你们将之集拢。又用显影卡,看到一组断续数字,但难解其意。

"数字或许包含了关键信息。"夏泉含糊说。

"也有可能,在我们这个系统中,算法还在起作用吧?"你不知道该不该表示赞同。

又从废弃物中找到一台计算机，修复后，用它进行解码。才看到院长的部分思想，储存为数字形式。液囊是一个记忆装置，这样做大概是为了防备发生意外。却不知道，院长是否还同时把记忆上传到了某台机器？或者并没有吧。也许正是预知到机器会被病人破坏，才决定不寄寓于外。而要灭除院长的肉体，不是一般人能做到的。

你不禁想到自己初来医院时，和女病友白黛一起登上楼顶，看到整座城市是一座巨型医院。人既在它之内，又不能与它相融。你才知道，这是药时代，不久发展为药战争，后来进入药帝国。但这些仅是你的零星记忆，与真实情况的关系，无从得知。然而即便是记忆，如果不想方设法保存下来，也并无价值。

从院长的残留记忆中发现，医院的高管，包括院长本人和副院长及部分科室主任，从三年前开始，就在暗中改造自己的肉身，试图把人变成不死的。他们把各自的大脑连接在一起，升级为超级生物计算机。然后，又与所有病人的大脑连接。这就是新型的医患共同体，建立起局部的医学统一场。在这个过程中产生了新式算法，被用来追踪原死或元死，以求治疗的一劳永逸。这大约便是万能治病仪的起源吧。

医患同源算法，亦称生物自然算法，同样是一个巨型决策树，它把生与死分解成一串串基于二进制的二元决策。一般条件下，所有问题都用"是"和"不是"来回答。它针对存在及灭亡这样的复杂对象，产生出几百亿个节点，通过高速运行得出答案，又将答案输入，得出新的答案，再次反复输入，层层迭代演绎。这个思想最早是戈特弗里德·莱布里茨提出来的：生命可以分解为一长串连续的二元决策。与之不同的是,院长的生物自然算法中,在"是"和"不是"之间,加入了新的理解,也就是设计了模糊地带,有一个既不是"是"、也不是"不是"的区域。院长相信只有这样,才能理解疾病的本质,获取高级和最终答案。

这是绝密工程。资深医生们签了合同,通过改造,接入了院长的大脑,分享了他的精神。后来该工程程度不同地覆盖全院医务人员。却在延伸至病人之际,不明原因地功亏一篑。细菌大概正是抓住这个空隙发起了针对医生的攻击。但也可能是细菌的攻击导致了体系崩溃。后来发现,细菌并非实体,而是数字化的。院长对局势失去了掌控,他的神经系统被手下医生侵入并占领,加以利用,乃至挟持。这才导致了医院的灾难。

看到这里,你颇惊遽。院长搞出来的算法,跟《黄帝内经》殊途同归。难道他也读过这本书,并受到启示?但就连这也失败了。而你竟然待在这样一座火星医院,和一个不明身份的女人一道,从院长的尸体中窥探记忆秘境。

"还能看出什么吗?"你焦急地问。

"哦,更多的看不出。也没发现万能治病仪的藏身之地。尸体的记忆毕竟难以保持稳定。只是初步认识到,医院的来历的确很成问题。有不少东西,需要重新思考。不是那么简单。"女人道。

"是啊。这儿所有人的来历都是谜,包括我和你。建立火星医院,到底是为什么呢?"你拉住夏泉衣袖,像是生怕她离开。你潜意识中担心她去找她丈夫。她立即把你的手打掉。

你们又对院长的深层记忆做了一番勘查,发现液囊中设置了亚粒子级的人工皮层。但接下去是一片空白,读不出内容。

9. 傀儡之城

对此夏泉也无能为力,她就提议去院史馆看看,或能在那儿发现什么。这样可与院长的记忆比对,填补空白,尽可能拼出全图,再决定下一步怎么办。

院史馆由文学馆改建而成,是一组由两排矩形朱红色集装箱构成的并行式建筑,规模虽不大,但格局气势直逼火葬场及食堂,若形成鼎足之势。它被塑造为庙宇形制,装上了纷繁的时代指示牌。本来还在施工建设中,但由于医院乱了,工程告停,工人出逃。不过,展品已经布置不少,只是摆放得并无章法,历史前后错杂,逻辑关系不清。

你们进入,走走瞧瞧,也看不出名堂,仿佛在为何要兴建火星医院的问题上,又陷入迷津。忽然,尘埃和雾气中探出一个男人脑袋,这人瘦瘦尖尖,眉毛像两道城墙,肩胛和手腕粗粝如大树桩。原来是肾脏内科主任。你们转身欲走。医生拦住:"刚来便走,什么意思,不给面子嘛。"

"啊呀,你怎么还在这儿,没有去搬氧气瓶吗?外面乱啦。"夏泉做出大惊小怪的样子。

"什么?"

"乱啦!"夏泉好是会装,她一句也不提医生已收复医院。

"乱?"肾脏内科主任腹笑,"从何谈起。医院从来就是乱的,何尝有一天没乱过?表面看似稳定,内部却也一团糟。病人一直没治好嘛,又缺乏信仰!医患关系是颗定时炸弹。但院史馆是台风眼哟,即混乱的中心。在最狂暴的地方,必有最安宁之处。这便是院长决定建造院史馆的用意,要为医院保留一方净土,以待来日重塑辉煌。他真是高瞻远瞩哪。"

"那么,你是在躲乱吗?"你问。

"躲?躲什么躲?我是守馆人。看护院史馆,是我义不容辞之责。别人都逃了,我绝不会。因为我有信仰哟,这是医院第一要紧的。说到肾脏内科主任这名号,只是我打掩护的身份。"自称守馆人的男人信誓旦旦,解开白大褂,露出绿军服,"这可是院长工程噢,要用鲜血和生命来捍卫。有一天,院长是要回来视察的。没想到,第一批观众是你们。你们是谁?"

看着夏泉一本正经作思考状,你心中暗暗叫苦。你想告诉守馆人,院长死了,回不来了。但夏泉说:"我们不是暴动的病人。干脆,你带我们参观吧。"她也没透露她曾是医生。

守馆人这下高兴了,遂引领二人,浏览馆中藏品,并担任解说员。他说:"不管怎么乱,只要院史馆还在,医院就有希望。院史馆是我们力量的源泉。大家都接受过正规医学教育,怎能稍有风吹草动就不信了呢。"

你想,这大概是教导员之后,又一名坚守理想信念的医生。你却觉得空虚。参观一阵,看到一幅发黄的手绘,是人物素描,画中的家伙长得像个猴子。你想到巨神兵,没准就是根据这制作的。

"这人是谁?"你问。

"使徒。"守馆人说。

"使徒?"你记得,已有多位使徒被病人杀死,成了亡灵。

"火星医院的奠基人。"守馆人补充。

"是吗?"你心忖,难道不是先遣队队长利奈大夫吗?剧情又出现了反转。

"从海那边来的。"守馆人道。

"哟,海那边,它到底在哪里呢?"夏泉问。这个问题好像已令她格外纠结。

"不知道啊。总之,使徒跨越无以揣度的辽阔时空,来到火星。"守馆人说。

"究竟是哪位使徒呢?"你问。

"这不重要。"

"怎么而来?"

"坐船来的。"

"受谁派遣?"

"洛克菲勒。"

你听了苦笑。好像又螺旋式回到原点。

夏泉说:"讲讲医院是怎么兴建的吧。"

守馆人说:"使徒——不知是第几号——肩负使命来到火星,建立人类在外星的第一座医院。他在海那边挑选志愿者。人们纷纷报名。条件是医学院本科以上毕业,有从医经验者优先,思想品质和作风过硬。使徒告诉大家,做此事要有牺牲精神,因为这是单程票,有去无回。经过严格筛选,产生了第一批团队成员。使徒在沙漠上模拟了一个火星环境,训练他们。反复淘汰后,确定了一百〇八名基干队员。然后经过三百二十四天、两亿两千五百万公里的太空旅行,来到火星。那时这儿荒芜一片,渺无人烟。作为开拓者,使徒除了自己和团队,一无所有,从零开始。他带领大家,布下建筑、医疗设备等物质基础,在极端困难的条件下建成火星医院。他凭靠对洛克菲勒的一片忠心,坚持下来。他含辛茹苦经营医院,要把它打造成传奇。他带来的人也都不计得失,忘我奉献。"

"为什么要建火星医院呢? 我听到了不同说法。"你颇疑惑。

"也可以反过来问,为什么不兴建火星医院呢?"守馆人说。

"好吧,为什么呢? 我们死后,干嘛要来这里?"你追问道。

"看看院史馆吧。只有我们还在公布事实真相。"守馆人说。

你之前听说的是,僧侣探险队最早发现火星,他们要寻找藏身在环形山中的佛陀。利奈大夫告诉大家,第二次世界大战中,被轴心国军打败的同盟国军,在陆地和海洋立不住脚,便撤退至火星,以太空为屏障,建造战地医院,疗治伤员,图谋反攻。教导员讲了另一个故事:打造新型文明,救赎整个宇宙。主编则说,火星医院是流亡犯建起的(这样一伙人怎么可能拯救宇宙呢)。现在又听到了使徒的传奇……种种说法似是而非,彼此矛盾又互相衔合。医院提供的信息量始终处于不足状态。没有什么比医生的出发点更可疑了。

守馆人不想再讨论火星医院的来历问题,他换上一副当家人的骄傲神情说:"医院建立之初,非常困难。药是关键。说起来,这也是心上之痛。火星曾经有过一个缺医少药的时代。连盘尼西林也生产不出来。这样下去,医院无法生存。于是一方面自力更生建立药厂,另一方面与过路的宇宙飞船勾搭,进行太空走私。但这样也难以满足需求,一段时间只好靠生产假药来维持。"

"让病人吃假药吗?"夏泉夸张地喊出声。看来她真的是之后才到火星的。你却不觉诧异,你儿时在父亲医院,也经常见到医药代表来卖假药。

"可以叫安慰剂嘛,是医院的例牌。"守馆人的价值观不同,但似乎也有些不好意思,"当然也有不是假药的,比如基地农场种植的鸦片。火星重力小,罂粟长得高大。"

"好让病人对火星医院产生依赖吧,就不会逃走了。"你愧然说。

"最难的不是药,而是病人。由于时间紧张,成本高昂,使徒最初只带了医务工作者来火星,没来得及带病人。"

"什么?一开始没有病人?"夏泉说。越来越有戏剧意味。她也是医生,却连这也不知道。你想,也是被瞒了。

"所以搞了亡灵之池,临时再造病人吗?让我们有世界感吗?得感谢医院哟。"你已经不会再产生跟愤怒有关的任何情绪了。

"应该就是这样吧。否则又能如何呢?"守馆人说。

"病人都是傀儡呀。这是一座傀儡之城。难怪什么都怪怪的。真受不了。"夏泉说。

"没有病人,医院就失去了意义。这我还是懂的。"你说。

"好在终于度过了困难时期,进入到太空药时代。"守馆人说。

"也叫药时代?"

"宇宙史就是医药史嘛。人在宇宙中存在,就是治病的过程……所以医院是第一位的,然后才谈得上在外星球寻找有机物。你们能说清楚,当初鱼儿为什么要变成两栖类登陆、爬行动物为什么会长出翅膀飞上天吗?"

"大概不仅仅是为了打麻将。"夏泉没好气道。

"也是有病吧。"你觉得,就算这样,也没有资料或实物作证。

"后来呢?"夏泉问。

"后来,火星医院的运行渐渐走上正轨,使徒带来的医务人员茁壮成长。又有更多医生和志愿者坐船过来。医院像吹气球一样扩张。医生更加自信。病人日益增多。好一派兴旺繁荣景象。这样直到一天,一名医生忽然想,为什么要由使徒掌控医院呢?为什么不能轮流坐庄呢?在膨胀的权欲驱使下,他联合其他医生,发起一场暴动,把使徒杀死了,把他的尸体钉上十字架。他宣布,使徒早就抛弃了信仰,背叛了洛克菲勒。他建立医院,并不是为了救治病人,而是怀有不可告人的目的。他要搞独立王国,与海那边分庭抗礼。从此,医院转移到了普通医生手中。"

"原来最早搞暴动的是医生哟。"你道,"他们杀起自己人来也不心慈手软。所以也不好说病人怎样吧。"

"那名医生是谁呢?"夏泉做出一探究竟的样子问,"是如今的院长吗?"你想,到后来,院长也成了傀儡。

"这是医院的秘密,由于缺乏史料,已经难以考证……这更表明了建设院史馆的紧迫性,要用它来廓明真相。"守馆人说,"这比维持火葬场和食堂还要重要。忘记过去就意味着背叛。谁掌握了历史谁就站在时代制高点。复兴医院就靠这个啦。绕了一大圈,你们终于来对了地方。"

"是历史虚无主义的问题吗?"你惶惑地说。

"先看看再说吧。"夏泉撇撇嘴道。

接下来,参观了院史馆的核心陈列,主题集中在医院的辉煌成就上,包括切除巨型肿瘤、断肢再植、合成胰岛素等。也有跟星际旅行相关的医学进步,如防止零重力下的人脑偏移,在强辐射条件下实验新微生物变种,以及培养太空蛋白质晶体。这方面材料丰富。至于医疗灾难和事故,则略过不提。亡灵之事也不见记载。焦点集中在军事医学科技的进展——使徒死后,三〇一基地便与海那边的洛克菲勒基金会势不两立了。为镇压火星上发生的叛乱,洛克菲勒派遣星舰,发起讨伐,与火星进行了至少两次战争。这便是史载的第一次和第二次世界大战,太空药战争。

"不管怎样,医院如今返本归源,重新发挥中流砥柱作用,代表了人类命运的正确方向。"守馆人说,"若无三〇一基地,就没有我们的今天,甚至人类历史也改写了。"他满怀希望瞧着你和夏泉,像是深信他的解说能影响和转化这两位访客。

"所有档案都在这里了吗?"夏泉边看边问,又做笔记,好像要把混乱线索理清。这时你会错以为她是冬露。

"是的,一件不缺,它们是医院走自己道路的最真实最生动的记录。"守馆人自豪地说。但你感到还少一些。眼前太干净,没见血腥。只要是医院,就有血腥,不用说还有战争了。傀儡要靠血才能活下去。这是你怕见又想见的。或许亡灵复活后,就在正式场合拭除污痕了。他们伪善而心虚。

展厅最后的部分是医院的未来,用儿童手笔般的漫画形式表现,是宇宙全图。各大星系连成网络,节日彩灯般闪闪烁烁,有亿万小红十字,为天体作出标注。又以一个巨型的中心红十字串起大格局。整个宇宙都是医院。所以火星只是一粒微尘,却成了开端。然而,并不见宇宙的医学大同社会的构造细节,更没有发现万能治病仪的蛛丝马迹。

10. 短暂和平

这时你们见有两人也在探头探脑。原来是春潮和秋雨,不知如何找到了院史馆。你记得她们像浆姐和阿泌,最早便是她们送你来到医院的,由此衍生出种种事端。但那是亡灵之池中的经历吧,究竟怎么回事,也无以确定。夏泉见到二女,不禁皱眉,却也不好说什么。她跟她们相熟,算是同事。但这时她似乎不希望她们搅入。不过这地方,无人规定谁能来谁不能来。

守馆人对她们说:"你们也来了哇。太好了。"她们姐妹般腥甜笑道:"是呀。这可是个好地方,避风港么。外面乱得一塌糊涂,这儿却风平浪静,保持着和平景象,看样子不会有失火之虞,也不见打打杀杀。氧气瓶大概一时半会用不上。"你对她们的出场感到慰藉,以为这制造了一种平衡。但她们的身份和行为有些奇怪,既没有跟医生待在一起,又与病人保持一定距离。夏泉也如此,却走得更远。在历史的翻覆流变中,有一些人就这样被运动到了其他方向。

新来的两个女人不经守馆人同意,就轻轻松松从垃圾山一样的展品中翻捡出你的病历。这令你又吃一惊,也感动了,心想这玩意儿竟登堂入室进了院史馆。不过,院史馆是从文学馆改建而来的,你的病历原本就应该在这儿,跟古籍一样。你又慌张了。你不情愿自己的病情和治疗方式被暴露。那里面藏有你历史上的可耻污点。一段时间以来你对外的身份是红牌突击队队长,由亡故的万古教授仟命,这并没有因你参与爱因斯坦领导的暴动、担任"伪政权"的领导而被取消。

"哦,没关系,身份什么的,在这里,都可以修改嘛。"春潮踌躇满志说,像是一语道破了院史馆的秘密,并用戏谑的眼神瞟你,"是医生,还是病人,都没有关系,顷刻就改过来了。病历这东西,也就是历史文件,不具备现实指导意义。它记录的见不得人的症状呀,说不出口的疾病呀,乃至人怎么难看地死去的呀,等等,想抹去哪样,就抹去哪样。院史馆就是为避免医患纠纷而建立的。再不会有人对治疗过程说三道四了。你父亲是谁,是病人还是医生,是医院的破坏者还是建设者,有什么关系?医疗事故中的责任人和冤死鬼都能青史留名。我们站在了新的历史起点上。怎么样,我说得没错吧?"

秋雨附和:"我们好歹也在医院待了这么久,啥不知道呀。院史馆就是干这个的。我们虽为女流,也蛮门清,不然怎能含辛茹苦坚持到如今,又如何能为大家尽心尽力服务呢。"她刻薄地看着守馆人。老头儿窘迫地不太情愿,却不得不把众人带入一个暗室。这儿果然有一台长着老式齿轮的手动修改机。守馆人说,交点钱,就可以当场改。

春潮不屑道:"都什么时候了,还要交钱。你谁呀。"守馆人脸红了。秋雨说:"还会脸红,说明是好人。得感谢他,真难得,保存了院史。其他人都逃了,没有责任感。"守馆人感激地冲她笑笑。夏泉瞅着两个女人说:"你们是财主。"

你记起她们是出纳,或许贪污了不少。你想说,这大概没用,因为至今也还没有发现真正有价值的历史信息。但你还是想改一下,看看会发生什么,或许一切就好了呢,和平也能维持下去。之前的变乱,完全来自档案问题。你也相信春潮和秋雨身上带了钱,便请求她们资助。她们看你面子，就同意了。这让夏泉难堪而恼火。守馆人做出被逼无奈的样子，操作起来。他干活的娴熟程度就跟打酱油似的。

但夏泉这时变卦了，生气地制止，说这样会破坏原始材料，令医院的真相愈发堕入迷雾，引发新的暴乱。你想，她是不欲秘密被别人分享吧。这女人有心计。她要独占医院的资料。春潮和秋雨一齐上来阻挠夏泉。翻脸不认人。夏泉年龄要比另两女大，却在她们面前势单力薄，被推搡到一边儿去。你不知该助谁，只好全身而退。夏泉也没办法，气咻咻走开，坐在角落，鼓起眼睛看春潮和秋雨折腾，又掏出零食和酒来吃。

不多一会儿，你的病史被改正了，你在医院的身份被确定为清洁工，不再是病人。春潮和秋雨则分别担任医务部主任和药事管理委员会主席。大家彼此交换新档案，兴致盎然欣赏，气氛亦显融洽。守馆人也连声称赞。

但你后悔了，因为刚才忘了看你的病历。这是新病历，还是你之前藏在文学馆的老病历呢？或许上面记载了你的详细来历，包括你怎么死的——这依然是谜。也无从知道春潮和秋雨的真实身份。你对二人有戒心，却巴望她们留下。不过无所谓了，任何记录都说明不了问题。像《医院工程学原理》一样，不知被修改过多少遍了。每修改一次，带来一段和平。

11. 背叛的季节

这时又传来动静。你们错愕看见，爱老和冬露齐步走入，一个抬头,一个抬脚,嗨唷嗨唷,扛着院长尸体,弯腰蹿进院史馆,若在表演二人转。尸体胖大,像一头屠宰后的肥猪,腔子空了,乌黑血水,一路滴答。你一惊,想到,这老头儿没有被医生抓获呀。但他是怎么找到院长尸体的呢?难道一直在跟踪你们?你的目光与冬露的碰到一起,又飞快分开。

新来的男女不停交换眼色。爱老呼哧带喘,往嘴里喷喷药,说:"这儿风平浪静!我们来对了。要在此重整旗鼓。最欣慰的是,又见到吾儿了。杨伟兄,别来无恙。"他们轻车熟路,把尸体置于墙角,手法分外专业,像从来就是干这个的,是医院的运尸工出身。尤其冬露,体格强壮,身手不凡,干净利落。她才不可小觑。

守馆人只瞧了一眼,就冲过去,伏在尸体上,号啕大哭。他说:"您这是怎么啦?不是说好要来视察院史馆的吗?我们还要聆听您指导工作、跟随您一起复兴医院呢!"

爱老噗嗤笑出声,口里喷涌臭气,指着守馆人说:"知道吗?他就是院长的儿子呀。"

"年龄看上去不对头哟。"秋雨说。

"跟年龄又有什么关系,说起院长的岁数,可不是大家以为的那样,他活了不止一个世纪,他一直在统辖医院。并没有别的院长。他每过二十年就置换一次身体,把意识植入一副新的血肉之躯。"冬露说出了秘密。

"啊呀,这不可能吧。都是你想象出来的。为什么大家都不知道呢?"春潮说。

爱老指着你说:"吾儿在这里,他是最厉害的,能够作证。怎么会是想象出来的?你们以为我临阵脱逃了吗?才没有。我暗中考察了每一个病房和诊室,以最快的速度调查清楚了医院内幕。杨伟兄,没错吧,这一路上你都看到了。我所做的只是以我的微薄之力来为真理和正义服务,即使不为人喜欢也在所不惜。其实诸位也已知晓了。你们斗胆私自解剖院长,把他的记忆抠出来。喂,发现了什么呢?知道万能治病仪在哪儿了吧?"你听到爱老这么说,颇为尴尬。夏泉不语,冷眼观察。

爱老倒剪双手,信步闲庭,参观展馆,那副神态,就好像他才是此间主人,他还没卸任"院长"呢,仍是"国王",谁也不能罢免。但经过这番变故,黄帝附身的现象不见了,爱老恢复到了他自身。他对墙上的图画发生了兴趣,说:"冬露,这回你来担任解说吧,讲讲医院的真实历史,看看跟他们讲的,是不是一回事。"冬露应道:"好吧。"

你愈知这女人不简单,作为医学双硕士,她不仅是爱老的情人,更是医院问题的资深研究者,一刻也没有放弃。她有一天或许真能获得诺贝尔生理学或医学奖,甚至和平奖。你在她和夏泉之间,可不能走偏,不得轻举妄动。便听冬露说——

"我们在考察中发现,医院其实早不行了,而非到今天才显露败迹。它可不是被病人的暴动队打垮的,也不是被洛克菲勒的远征军破坏的。我们调查到了真实情况。这完全来自它的内部危机。使徒被杀后,好景只持续了一段时期。然后就走下坡路了。亡灵之池运行不下去。它不能再产生新病人。在火星的环境下,无所不用其极,要在最短时间里取得最佳效果,因此机制衰退的速度超乎想象。

"院长当然知道这些。他也是从基层做起的,深谙医院症结所在。他不甘心,要祛除弊端,振兴医院。他设计了一套改革方案,欲使医院重现活力。制造万能治病仪即是一策,既治病人,也治医生。首先要做到让医患和谐相处,才能让医院维持下去。

"但他的措施没法实际贯彻。使徒被杀后,医院进入到背叛时代。人人罔顾自己的理想。医生人浮于事阳奉阴违。各科室是既得利益集团。医务人员反对研制万能治病仪,因为这不仅会令他们丢掉工作,还将使其失去从病人身上捞钱的机会。更要紧的是,他们不承认自己有病,也不认为医患能结为一体。不管在哪颗星星上,这个逻辑都根本无法成立。

"他们最在意的是什么呢?是在火星的环境中,在没有家庭的情况下,如何能够把自己的基因遗传给后人。这才是头等大事。男医生与女医生及女护士,长期保持淫乱关系。这违反了他们当年来火星时许下的誓言。他们抱团结伙,明里暗里与院长作对。以教导员为首,还想篡院长的位,甚至制订了谋害院长的方案,就像当年杀死使徒一样。

"院长百般无奈,拿这些人没有办法。火星孤悬天外,无人员补充,又要应对战争威胁,他还得依靠这帮手下来维持。有一段时间,医院出现了谁也不信任谁的局面,跟无政府状态一样。有权有势的处心积虑捞钱,没权没势的欺压病人。医院不但偏离了建立的初衷,还到了分崩离析的边缘。改革进行不下去了。

"但院长仍在坚持。他以为只要他不倒,医院就不会垮,咬牙也要挺住,直至渡过难关,迎来转机。他改造了自己的身体和大脑,同时要求每位医生也改造他们的身体和大脑。他要把所有人的神经系统连接在他的脑子里,听他的统一指挥。他用这种方法来换人,也是孤注一掷吧。这样便能在物理意义上实现创造新人,局面就会好转。

"但他忽略了要害问题——医院作为一个系统已经坏了,改造医生又有什么用呢?甚至连医学科学本身也在走向终结。有人发现数学正在消失。这是当初来火星时没料到的。只以为到了太空,便有机会开发更先进的医学科技了。但医学越是高级,就越不可靠。这是一个哲学命题。对此没有认真做过准备。无人知道医学为什么会走向终结。宇宙中似乎存在着某种超出理解的奇怪法则。这意味着能够支撑我们的那个根本性的东西没有了。这是一种更厉害的背叛,来自最深的层次。

"院长终于醒悟了,明白一切在医院诞生之前就注定了。现在做什么都晚了。医生也看穿了这个,拒绝改造,纠合起来,另搞一套,要用自己的方式为医院续命。院长只好铤而走险,把病人从亡灵之池中释放出来,发动他们来挽救医院。这便是暴动的起因。结果这形成了新的背叛。院长没办法控制住病人。这加快了医院的覆灭。"

爱老打断冬露,不满地插话:"这你说得不对。病人怎么就不能救医院呢?眼下只能靠病人了。没有院长号召,我们自己也会义无反顾冲出病房。这可不是什么背叛。是黄帝要我们这样做的。对吧,杨伟兄。院长一点也不可怜,他是自作自受。"

冬露急忙道:"是的,我的意思也是如此,病人才是最了不起的。他们的背叛具有正面意义。但是,瞧瞧现在,是个什么情况呀?"

你揣测,病人被绿色和平军击败,让冬露的心态发生了改变。她也气馁了。她果然就不说了,扭头走到一边。老头儿深情而期待地注视你,像是希望你能为他撑腰。你没想到,院长竟然是暴乱的幕后指使。你原本以为,越是病重,越能存活。你又看看夏泉,像是想要问她,你知道这些情况吗?夏泉没好气的样子,双手环抱胸前,脸色铁青,不屑地看着冬露。春潮和秋雨分立两侧,好像抱有莫大兴趣,想瞧瞧事情怎么发展下去。

守馆人姿势难看地伏在院长尸身上,似要做到尽忠尽责尽孝。他不时抬眼,怀恨般打量爱老,大概以为院长之死跟爱老有关系。随后他为死者换衣。院史馆居然预备了寿衣,考虑得可真周到。你还以为火葬场才有这项业务呢。

你没有搭理爱老,却对冬露说:"喂,你刚才说些什么呀。"你想责备她危言耸听,像是要以此方式,与这女人说话,攻破爱老对她的垄断。你的胆子也变大了。爱老不高兴地抬手指你:"吾儿,规矩!"你便噤口了。

像是受到你的鼓励,冬露重新有了兴致,又要往下讲。你却不想看到爱老带来的女人在这儿夸夸其谈。你意识到这会伤害夏泉。但你不敢造次。这时爱老表示,他所做的,是救儿子、救医院、救世界。这是院长做不到的。为此可以付出一切,装病,生病,放弃医生资格,发动病人起义,冒生命危险与医生打仗,剥掉死人身上的白大褂,寻找万能治病仪并毁掉它,砸烂旧医院,建立新医院,打造药帝国,亲自担任院长兼国王,受黄帝之托在宇宙中推广中草药,改变时空的宏观结构……这才是唯一正确的道路,能解决医学终结的难题。你觉得爱老在垂死挣扎。他已是孤家寡人。你有解恨感,又长叹口气,再看院长之子,觉得同病相怜。这个老头儿为什么不好好做他的医生专业呢,他怎么会成为历史的叙述者和看守人呢?这种私相授受,仿佛正流行于医院。你身上发冷,很想紧紧抱住四名女子中随便一人。

爱老提议:"大家难得来一趟,去看看藏匿得最深的、不作公开展览的档案吧。才有核心机密呢,可证明我说的。冬露,你要加油啊。一个人被工作弄得神魂颠倒直至生命最后一息,这的确是幸运。杨伟兄,如此可好?"冬露未应声。你低下头。守馆人慌张阻止,被爱老推到一旁。大家随爱老走。守馆人跌扑跟上。

果有密室。门上贴着封条。爱老一把撕掉,撬门而入,发现了保险柜。爱老要求守馆人说出开锁密码。守馆人不干,说按照规则,要他和院长两人,共同启用,才打得开。夏泉想了想,说:"我这里有啊。"她拿出一叠白纸,就是先前打印的,又涂了从院长大脑液囊中提取的物质,立即显影,现出一串数字。"这个不对吧。"守馆人说。爱老便让冬露揍他,打掉几颗牙齿。他才讲出密码。与纸上数字拼在一起,形成完整的,就打开了。见有一台机器,但已毁坏。爱老取下硬盘,又找了一台解码仪,播放出来。是原始档案记录。

12. 不速之客

档案以视频方式呈现。你们看到了医院,像一台潜水钟,沉没在深海般的墨绿色烟幕里。包围医院的是超级细菌。它们凝结成不透光的大气。细菌进入医患的血液,最初引起像是感冒的反应,但它们很快吃掉双肺和气道,作用于脑部,重新设计神经通路和酶活性,控制情绪、情感、欲望和理智,再造器官,改变人的生物特征,剥夺人的本质,将其转化为僵尸状存在。可怕的是,抗生素对该细菌不起作用。

谁也不知道这不速之客的来历,便有了种种假说。有人说,它来自宇宙深处,能进行超距旅行,瞬间跨越太空。一种解释认为,它利用了量子态传送,把自己一分为二。还有人分析,其起源地富含能量。它偏爱在高热地带麇集,甚至能在恒星的内部生存。另有人指出,它有人工合成特征,受着智能操控。但无法知道谁是制造者。洛克菲勒基金会没有宣布对此负责。因此,这后面一定隐藏着更强大的敌人。其意图不仅是摧毁火星医院,而是要以此为起点,感染所有星系,占领或替换一切生物圈,让宇宙由细菌来统治。

或许这是一个报应,但根本无法知道,究竟跟什么样的原罪有关。宇宙太深奥复杂了。各种办法都试了,均不能对付。万古教授提出,要消灭超级细菌,就必须减少系统的能量供应。他说:"这是一场新型战争,得用非常手段来应对。"

院长表示同意:"面对医学史上不见记载的不明入侵者,只能破釜沉舟。其他的先放一放。"

于是从介入放射科和核医学室入手,实施降能计划,切断传染链。代价是,一批医患直接死于能量匮乏。付出重大牺牲后,细菌也被清除。但很快发现,疾病又在新的区域猖獗起来。这是因为,细菌把原先的次低能耗病房,默认为新的高能耗点,迅速抢占并繁殖。便又对这些病房降能……接下来,更低级别能量的病房加入进来,形成恶性循环。实在没有更好的办法,只得继续减少能量供应。这样下去,降能计划很快推行到最基层单元。整个医院变得死气沉沉。

"还有个完吗?早先不就是一个感冒症状嘛,怎么弄成了这样?"院长焦灼地看着万古教授,他甚至怀疑,他是否跟敌人里应外合。

"不,这说明我们接近了目标。细菌太顽固,只有不停降能,才能消灭它们。"万古教授坚决地说。镜头摇到重症监护室。这里的能源通道也被封堵,氧气插管和人工肺都停止了工作,生化反应链被整体切断,更多的人死了。但细菌仍有存活,并往能耗更低的停尸房扩散。

"怎么办,怎么办!"院长大喊大叫。

"中止对每个医生、每个护士、每个病人的能量供应,连婴儿也不放过!"万古教授嚷道。

"让他们统统死吗?"

"在细菌的攻击下,他们的大脑和肉体早就变异了,他们已经不是人类,因此死不死无所谓。这样至少能让医院保存下来。"

"那就这样吧。不就是为了留得青山在吗?其他的都可以不要。"院长下定决心。

次日他一觉醒来,看到医院还矗立在那儿,就放了心。楼宇森严,塞满虚空。却没有一个医生、护士或病人。"人呢?快出来啊。"他喊。无有响应。院长在院中巡视。一派冷清。不见万古教授,连被细菌转化成僵尸的病人,也无影无踪。院长行至火葬场,见火已熄灭。他走出医院大门,第一次来到外部世界。它陌生地讶迎他。所至之处,能耗均降至零,变得死寂。生命消失,运动中止。冰天雪地,干干净净。"来人啊!"院长大叫。没有回声。这时医院也开始一点点消失。最后宇宙中似乎只剩下院长。他漫无目的走啊走,到后来脚也抬不动,身体变冷。他朝天空看去,见星辰也一扫而光。院长心想:为什么我还活着?我是谁?

13. 梦魇

视频放完，爱老饶有兴致打量众人，像要看他们还有什么话说。众皆低头无语，露出不便发表意见的表情。你觉得这画面的仪式感太强，像一个动漫片断，不知出自哪位医生或病人艺术家之手。它以别开生面的视角，阐述的仍是医学终结的故事。来历不明的细菌完成了关键一击。这便是院长头脑中未能恢复的记忆残章吗？就是那场灾难的真相吗？

你回想早年学到的知识：能量，是物质运动的量化转换。能量不会消失，只会转移。不能做功的能量总数被称作熵。作为一个孤立系统，宇宙的熵会随着时间的流逝而增加，由有序向无序，当宇宙的熵达到最大值时，宇宙中的有效能量全数转化为热能，所有物质温度达到热平衡。这种状态称为热寂。这样的宇宙中再也没有任何可以维持运动或是生命的能量存在。这就注定了医院的结局。至少，从视频上看是如此。连同疾病和医患一起，医院完蛋了，它构造的宇宙也毁灭了。藏在隐暗角落里的敌人终于得逞。如果此事为真，你们这些人，不就是亡灵吗？

春潮道："所谓的热寂理论，便是这部电影要表达的中心思想吧。这并不是什么新的想法。"

秋雨说："总而言之，无论是谁，有多少了不起，都会同归于尽，成为无分别的冰冷一团。"

夏泉阴沉着脸一言不发，兴许她又在思考原死或元死。电影大约讨论的其实就是这个命题。

冬露说："只是，这次是用微生物来达到目的。但我还没有在现实的医学实践中，见到过嗜能超级细菌。它真的可以被制造出来吗？"

守馆人说："这是一部电影。我之前没有看过。电影嘛，谁都可以拍。它也许是用来转移我们的注意力的。除了影像，实物证据呢？"

爱老粗暴地用手指去戳院长尸体："怎么没有证据？这便是证据，以文物的立场看，像司母戊大方鼎一样了不起哟，可做院史馆的镇馆之宝。"

守馆人闻之又大哭。你笨手笨脚试图安慰："没关系，现在看来，亡灵都能复活，连超级细菌也莫奈何。我们不是在这里嘛。"说着便也想哭。

接下来播放第二个视频。屏幕上出现了你，赤身裸体，躺在手术室，戴着氧气面罩。边上站着两个穿白大褂的男女。字幕显示，是"元治疗"。响起一个女声解说："……手术顺利。在病人大脑中，装载了亡灵之池。在此基础上，重建了医院、医务人员和病人，以及……消失的世界。"

你大惊。亡灵之池竟存在于你的大脑中？你的脑汁就是那摊怨气冲冲的红水吗？如此说来，医院居然是根据你的意识重建的，死人也是通过你的记忆复活的。甚至那个毁灭了的世界，也在你的神经系统中再生……这个答案来得突兀，你不得其解不寒而栗。但有的事情就好解释了。正是在你的精神观照下，病人都成了老年男人，而护士皆为年轻女性。这出自你的想象，是你的主观选择。你导演了医患杀伐，以及复仇式治疗。你让病人取得暂时性胜利后，又被卷土重来的医生打垮。这一切生死无常,都是你玩的游戏。你制造出"色受想行识",置众生于痛苦中。做这事的成本又是多大呢?花掉了多少费用?谁买的单?……

你恐骇发现,大家看你的目光变陌生了,就像看真正的僵尸。只有爱老激颤地指着你说:"我早知道,吾儿了不起哟。黄帝已经发出谕示,我们若要得救,还得靠杨伟兄。这药帝国的医院院长和国王一职,我是要禅让给他的。"

春潮疑惧地退后一步:"原来,我们是这人的记忆之物。他给出的信息恢复了熵增。"

秋雨说:"那他是亡灵中的亡灵了。他的脑袋中有原汤。我们像细菌一样重新生长。"

夏泉说:"不是都死光光了吗?谁在为他做这治疗?画面上的医生和女人又都是谁?"

冬露说:"挺好,接着看吧。"

大家都害怕再看。这一幕就好像在梦游中见到了妖魔。

14. 寄生前夜

又放了第三个视频。屏幕上出现一个少男和一个少女,身穿绿色军服,坐在直升机上,手持氰化钾注射器,好像这是他们的玩具,神色凝重而殆疑。他们似乎在讨论关系人类存亡的战略问题。战争旷日持久,难以打破僵局。为对付敌人的超级细菌,医院以酶化学和基因组学为武器,建立起防御体系。这是一场全新的星际药战争。

女孩问:"我们会打赢吗?"

男孩说:"最高统帅部讲,我们不会有任何伤亡,所有的敌人都会被我们的药物消灭。但这是一派谎言,是说给病人听的……敌人的强大超出预期。显然,硬拼无法取胜。在超级细菌面前,我们的武器统统变成了破铜烂铁。"

女孩娇弱地靠在男孩身上:"万古教授设计的降能战术不能扭转局面吗?"

男孩坚定地说:"不能,这是最愚蠢的做法,堪称自杀。万古教授是个内奸,他早就想毁灭医院了。"

女孩迟疑地问:"所以,我们会死吗?怎么办?"

男孩说:"只剩下一种战略——真正的胜利,不是你死我活,而是与对手一体化,敌人即我,我即敌人,全面服从敌人的规则。这不叫投降……规则并不是最要紧的,它总在变,不能把它教条化。历史经验证明,敌人的规则有一天终将成为我们的规则,因为我们与敌人有着共同的起源……这也是从长期的医学斗争实践中得出的结论。敌人的本相就是细菌。这是宇宙中最原始的生物。人类也是由此进化来的。我一直在研究细菌的生存规律。亲爱的,你瞧,它们与僵尸共生,吸收肉体中的养料,又保持自身功能和特色。它们放大自己的弱点——微小,没有智力,缺乏活动性,于是这些反倒成了优势,能快速变异适应环境,与宿主共存。这才是理想的战争策略……因此,聪明的是,不是把自己改造成复杂强悍的金刚狼,而是还原为简单朴素的细菌,寄生在敌人体内,与敌人融为一体,这才是高级战略。这是战争的新样式,是永不结束的战争,称作共生式战争,便是终极和平。"

"和平！这个话题谈论多少年了啊。"女孩像看僵尸一样期冀地看着男孩,"我们真要把自己变成细菌吗？我们不再做自己,而要以寄生的方式存在吗？"

"那又如何呢？其实细菌很了不起哟！"男孩扬扬眉,深情地注视自己的伴侣,"它才是最成功的生命,是造物主的最爱。人类也好,外星人也好,都是从细菌演变来的。但我们进化成如今这副复杂的样子,生存的强度已经远远比不上祖先了。亲爱的,你瞧,在这颗星球上,亚细胞或单细胞菌藻生存了三十八亿年,至今繁衍不绝。多细胞植物却已见衰败。多细胞动物死灭纷纷。爬行类如恐龙者嚣张,不足一亿八千万年而骤亡。哺乳类动物问世不足九千万年,却绝大多数已灭顶。直立人仅存活三百万年就统统灭绝了。'线粒体夏娃'学说认定现代智人诞生于十四万年前,如今亦走到了灭亡边缘。我们成了宇宙中最高端的生物,也便是终极生物——灭亡前夜的物种。进化得越高级,畸变几率越高,绝灭速度越快。难怪会医院兴旺发达呢。这便是'提高社会依存度和智能属性'。它无异于饮鸩止渴。所以一旦遭到攻击,便无还手之力。以细菌这种最原始的生物,来毁坏进化到最高级的生物,才是找到了阿喀琉斯之踵啊。"

"子非鱼哥哥,你真是个天才哟。"女孩崇敬地说,"但怎样才能变为细菌呢？"

"技术上不存在问题,但在医学伦理上,遭到了医生中的守旧派、病人及其家属、公民身份计划组织、正统遗传学联盟、女性主义者的反对。他们不能容忍高贵的人类以细菌方式寄生生存……"被称作子非鱼的男孩的脸上流露出遗憾而愤慨的表情。

"结果呢?"女孩担心地问。

"在带路党的引领下,医院投靠了昔日的敌人洛克菲勒基金会,与它结成联盟。在洛克菲勒的支持下,派遣使徒前往火星,在环形山下重建医院,筑造亡灵之池,在世界毁灭之后,用人工记忆把死去的都复活过来。这就是为什么我们今天能够坐在一起。"

"我们已经死了吗?这一切是用人工记忆重建的吗?"女孩吃惊而负怨地拍拍直升机的仪表盘,皱起眉头,好像感到大脑不够使。时间线似乎变得紊乱,成了一条咬尾蛇。因与果、始与终,分不清了。

"这是没有办法的办法,只能暂时避开这场灾难,却会酿造新的更大灾难。洛克菲勒说,那就留给我们的后代去解决好了。重生的他们必定比已死的我们聪明。我们只管逃过眼下之劫。"

"有些不负责任哟。"女孩悲悒地摇摇头,"所以,就在火星上,打理我们死后去哪儿的事情了。为什么是火星呢?"

"因为它是离我们最近的行星,比较方便。"

"但我要问的是:它是天堂呢,还是地狱?"

"根据星际普查的结果,在已知宇宙中,没有天堂,也没有地狱。"子非鱼缓慢而沉闷地说,"只有医院。"

"现在怎么办呢?"

"哦,我不能放任不管。我还要带医生杀回来,重头收拾这些病人,把医院带回轨道。"

"不过,既然没有成为细菌,那么我们还能……"女孩羞涩地说,伸手拉男孩的衣襟。

视频放到这里,以他们二人开始交配,告一段落。

……

大家屏住呼吸看了一会儿。春潮做出孜孜以求的样子说:"感觉怪怪的。最后有些恶心。然而我们毕竟没有变成细菌,否则也不能在这里聚会,或者相逢也不会相识。"

秋雨说:"我也感到逻辑乱了。看上去被谁做了手脚。得承认现实吧……不过,我想知道,到底用了什么手段,在这男人的大脑中建了亡灵之池呢?"她怀疑地打量你。

"不关我事……"你企图辩解。你这时就像一个受审的死囚。你对子非鱼提出的变成跟敌人一样的细菌的寄生战略很感兴趣,觉得那跟《黄帝内经》的哲学有某种相通,亦好比医生变病人、病人变医生。但你此刻已身陷绝境,焦点集中在了你这儿。

冬露做出懂行的样子说:"根据视频透露的信息分析,亡灵之池和火星医院,是一位两面,同存于造在伟哥身上的人工记忆之中。从技术角度分析,这项工程还是挺了不起的。我推测,有可能使用了概率医疗技术,利用病人的意识,令波函数坍塌,让死去的宇宙重新落入病态,也就是'不舒适'的状况。所以是'元治疗'。复活亡灵的目的,是要让医院再生。这也堪称拯救医院的良策吧。因此没有必要一定变成细菌。好歹又有了医院,这样疾病便可以卷土重来。医生、病人就有了存在的机遇。实验室和制药公司也便复兴了。这就是我们有缘相聚的原因。然而问题在于,现在,连这造出来的世界也损坏了。"她专注地看着你。

守馆人难以置信道:"太复杂了。一般人怎么可能弄得明白。连我也压根儿没想到,院史馆竟还有这样的档案……但为什么要选择这个男人呢?"他没有好感地瞧着颓丧的你,像是你的不慎搞砸了一切。

冬露又道:"注意视频中有个细节,描述他曾经是个食尸者,被污染的食物感染,朊蛋白在大脑中积聚,形成不溶性纤维。他的脑子整个成了海绵。这病人死了,连尸体也差点被抛弃。但万古教授发现了他死后的脑活动,束缚住了他的去激化扩散波,并加以培养放大,重新设定意识的分界线,又用皮肤细胞,重置了他死亡的神经细胞,把他改造成一个数学天才。亡灵之池的建设需要借助数学工具。只有这样,复苏的意识才能在宇宙终结后自由游历……"她好像试图在这场讨论中占据上风,急匆匆下了结论,却不再应用《黄帝内经》的话语体系。你悲戚地想,这么快就摒弃那套了。

爱老气鼓鼓说:"冬露,你讲得不正确。业已证明,宇宙中不存在数学,怎么可能有概率医疗?如何会出现数学天才?这一切全是黄帝的安排,是他老人家与蚩尤之战在时空中的不绝回响。"

夏泉一直在审慎观察,这时说:"哼,我看都不对。这分明就是根据一个旧电影脚本加工出来的。什么都没有了,只能根据影像资料来复原历史。但不知用的是哪个漫画脚本。另外导演还有良莠之分呢。"她似乎要为你解围。

但你已被那影像禁住,不得自拔。你猜测,做手术时,那个站在你身前的医生,便是洛克菲勒从海那边派出的使徒吧。但旁边的女子是谁呢?你似曾相识,却想不起来。跟子非鱼一起坐在直升机上的,是同一人吗?越来越扑朔迷离。你为人类没能被还原为细菌而难过,这把你卷进来,制造了时卜的困境和纠结,以及纷争与痛苦。你不得不相信,眼前的医生和病人,确然是从你脑内复制出来的。

所有人和事物寄生在你的思想里。难怪大家说的话做的事,都像是假的。不,就是假的。这是多么的别扭而幸运啊。耶稣复活的是死去四天的人,而你重建的是整个医院和世界。但这至少需要超大容量和超长时间的记忆储存吧,你的那点儿脑细胞怎么够用呢,能量也不知从何而来,这个工程不是黄帝能驾驭的……

不过,如果你只是一片虚空,没有本质,那么,又有什么不能随心所欲去做呢?"元治疗"是一种极简疗法,并非冬露说的那么高深复杂。只是不明白为什么选中了你。然而选中谁,不也一样吗?谁又不是活在自己臆构的世界中呢?你的一生中,看到了太多的固执己见。人人觉得,他看到的、听到的、想到的,是唯一正确的,并以此强加于人,要别人也这么看、这么听、这么想,让人皆生存在他的感知和主张中。即便不采用医药手段,这在平时的环境里也是现实啊。但这环境不正是你造的吗?你又想,在你复活的医患中,应该也包括了攻击者。敌我同归于尽,然后通过死的交换,形成新的人生,再也分不出谁是敌人谁是自己,从而皆大欢喜,由另一途径,实现了子非鱼设想的共存。只是大家反而变得更陌生了。你嘟哝:"原来,就在我的身上,聚合了各方亡灵。"你不觉得这好玩。你也不敢问夏泉。

15. 循环自杀

冬露却来劲了,继续说下去:"……不需要很大的存储和能量,只是实验室中的一个缩微神经系统。仅仅复制出一小批医患就够用了,让他们反复上场,活了又死,死了又活,跟皮影戏似的。对吧?

不过,子非鱼讲得没错。像预计的一样,灾难真的还要重来呀——如今,医院进入新的生死循环,病人及其意识再度发生衰变,伦理危机重复发生,引发血腥动荡骚乱,医院又到了灭亡边缘。亡灵之池坏了,让世界变得不稳定。所以院长才想到使用万能治病仪,这无疑是终端救命神器,能让医院和宇宙继续存在下去。虽然是剜肉补疮,但我就有机会书写军事医学史了!填补时代空白,结束战乱冲突,去拿诺贝尔和平奖!"

爱老不满地看着冬露,大概觉得她正在背叛。女人到底水性杨花。你不能接受这诡异现实,感到负担沉重,也十分介意其他人怎么看。然而大家做出不在乎你的样子,仿佛若无其事。你又不愿意了,心忖,何妨呢?想想做梦吧,大脑可以制造梦境,睡梦中的世界,有场景有气氛,有人物有情节,色彩斑斓,真假莫辨,也能带来激动、高兴、舒适、爱慕、不安、失落、憎恶、恐惧、绝望、嫉妒、仇恨、孤独等情绪,性高潮亦可发生。梦不就是一种人工记忆吗?可以说,睡眠约等于一场死亡。扩大到整个历史,在叔本华那里,也被称作"人类漫长而艰难的迷梦"。所以,只要防止在梦中笑醒哭醒,便安妥了。这倒是医生用技术手段可以做到的。医院即一台造梦机。但它并不为某一个人造梦,而是制作出超感体验,以你为中枢,用共情关网,或相似或更奇异的构造,让亡灵们分享你的梦,木偶一般活动起来。或许有人会说,梦创造的世界质量不高。但现实世界的质量又好到哪儿了呢?因此这不仅仅是一个习惯问题。如今活着的人大概从未接触过真正的现实世界吧。你想到这里,便心安了些,但对他们不膜拜你,觉得不忿。

你们愈加小心翼翼继续参观,要珍惜重新活着的难得机会。这就像在看气势非凡的古埃及神庙。眼前都是沧桑文物,已逝去千万年,却栩栩如生。院史馆虽沉默无语,但把什么都说了,却又什么也没说。至少有一点是对的:观众的存在,是因为院史馆预先有了。果然是史无前例的枢纽工程,伟岸的王陵一样。大家观摩一阵,啧啧称奇。守馆人又带你们看更多资料,既是忠实记录,亦为励志性的。原来,为建设院史馆,经过多方论证,又公开招标,确定基建处为施工单位。工人都是濒危的患者,为了死后能被院史馆收录在册,才豁出命来干。建设中很多人牺牲,被追认为医生或助理医生。这是莫大荣誉。

"不是要找万能治病仪吗?"守馆人出人意料说,像要讨好所有客人,以巩固自己的地位。这回是他主动,带大家进入一个不对外开放的房间,打开一具保险柜,取出一个金属盒,从中拿出一只卷轴,展开来,是一张设计图,画着一件尿壶般的东西。

"瞧,这玩意儿,万能治病仪!"守馆人把图纸捧到爱老面前。

"千呼百唤终现身了吗?"爱老哼哼,不予置信。冬露立即凑上来。夏泉神情微变。

"是的,没错。"守馆人说,"跟大家想象的不太一样吧。但它实际上还没有造出来。"

"这样的话,我们真的在劫难逃了。"春潮说。

"幸亏没造出来,否则就会治愈所有人。没有疾病,就不需要医院了,大家又何处安身呢?这才是最大的灾难。医患就无法在此相逢,重建一家亲了。"秋雨说。

"所以这是个闪闪发光的悖论。"爱老用一种四不象的表情看着图纸。

你暗含期冀道:"做出这发明的人是谁呢?真乃旷世奇才。他才是救大家的人啊。"

守馆人说:"这儿没你说话的份。搞万能治病仪是院长的意思。他看到医院复活之后又陷入困境,便提议进行人工干预,以解亡灵之痛。却不知是谁具体负责设计的。"

春潮又说:"难道院长没有想到,造出万能治病仪,治好病人,便将终结疾病,从而毁掉医院和医生存在的基础?这无异于开启新的死亡之门。"

秋雨说:"我听说,疾病是生命的另一种存在形式。消灭了疾病,便意味着消灭生命。这真的很可怕。"

爱老说:"太别扭了。但倒是对我胃口。"

冬露说:"关于什么是毁灭,什么是生存,理解也不一样。还需深入研究,并在实验室中重复。或许,在院长看来,死亡便是新生?不要机械狭隘地想这种问题。否则医学科学就真的停滞不前了。"

爱老不太高兴地说:"你就别瞎说了。都什么时候了。"

冬露倔犟地说:"我说真话,不说假话。假话全不讲,真话不全讲。"爱老丧失了队伍,连这女人也不服他管了。

你好奇地想,她如何知道,什么是真、什么是假呢?连你也不知道。

守馆人紧张地瞅着爱老说:"生物进化离不开疾病,疾病是生命进化必然付出的代价。疾病在人类进化中,不断提升生命的层次和质量。疾病的终极价值是促进生命进化,实现生命自主。所谓'病者生存'。人类不可能实现只有健康没有疾病的理想。于是有了医院。所以病人的暴动,并非因为大家无病,而是要求带病进化。因此,这个万能治病仪嘛……"

你不禁想到埃里希·弗洛姆所说:最正常的人就是病得最厉害的人,而病得最厉害的人也就是最健康的人。

春潮和秋雨齐声道:"所以问题是:万能治病仪到底能做什么呢?"

守馆人一不做二不休道:"那就让我来介绍一下吧!万能治病仪是普通机器中的高级机器,是一般机器中的关键机器,有时呈现人的一面,有时呈现非人的一面,有时呈现超人的一面——也就是说,它胜过任何一种单纯人工智能。嗬,这是决定方向的东西。从设计初衷看,就是终极救世机,用来弥补亡灵之池的先天不足。在院长看来,我们的失败就在于进化。不终结进化,就无法挽救人类。明白此中深意吗?这是一个深刻的哲学命题。"大家昏惑摇头。这的确深奥,比《黄帝内经》还要迷乱。

守馆人又说:"但这里面有问题,很大的问题。请再看看这图纸吧。根据它的提示,大多数情况下,万能治病仪不是在工作,而是在指导工作。准确来讲,它执行的是指令控制技术。如果没有可供它控制的东西,它就感到不自在,得出自己的存在没有价值的结论。这说明什么呢?说明医院已经在进化中蜕变成了一个官僚机构。什么是官僚机构?就是那种越想长存下去便越能毁掉自己、越想毁掉自己便越能长存下去的怪物。如此循环不已,最后不得不杀了事。你可以消除腐败,但摆脱不了官僚。创造万能治病仪的目的便改变了,从试图终止进化,变成适应官僚机构的既有生态。因为万能,就可以使官僚主义者漠视现实,不负责任。官僚主义者对于是否存在敌人、是否要与敌人作战、是否要与敌人共生等等策略,表面上看很是热衷,实际上毫无兴趣。它也对医院的崇高使命是什么、各科医生负有何种职责、医学科学需要朝哪个方向发展,完全丧失了热情和追求。也就是说,他们对进化或退化都全然无感。这就是死的节奏。知道什么是死吗?官僚主义者是技术迷,只因为技术会制造一种错觉,亦即每一个决策似乎都是在他们的掌控之中。看上去,机器就像魔鬼,把官僚主义者的注意力转移到了它身上,从而让白衣天使变得疏懒,成天打高尔夫球混日子。这种情况继续下去,我们有一天便会看到这样的结果——倘若阿道夫·埃希曼说,把犹太人送进焚化炉的不是他,而是机器,那他就可以不为自己的行为承担责任。知道死是什么了吧。对于医生来说,便可以眼睁睁看着人类继续朝死亡的目标走下去,而不感到丝毫内疚。此即灾难嘛。院长,也就是我父亲,他是最大的官僚主义者呐。他做的跟说的背道而驰,而他却不自觉。我恨他。从这个意义上看,万能致病仪有助纣为虐的成分。所以我十分同情病人。但现在院长死了,我对他的恨,也就消失了。除了你们,没有人会去用万能治病仪。医生对它没有兴趣。你们适可而止吧。"

"按你说的,越想毁掉医院,它就越是存在;医院越是存在,它就越会毁掉。哼,病人的暴动真是多此一举呀。"夏泉冷酸地说。

"是因为万能治病仪还停留在图纸上嘛。"春潮欢乐地嘀咕。

"所以大家别太较真儿。这里的很多东西不过是皇帝的新衣。"秋雨透着聪明劲儿说。

"图纸上的东西才有魔力哟,多学科的智慧一览无余。临床技术主义真不是闹了玩的。"冬露自恃道。

你如临绝境,心想说来说去,这一切无非是从你头脑中衍生的。

你在导演这一出剧。难怪你死不了。你用念头创造了世界和病人,乃至你自己。因此,不,不是你此刻肩扛的这个脑袋,而是另一只大脑,像万古教授那悬吊在直升机机舱中的缸中之脑一样,它被匿藏在了医院的什么角落,电影放映机一般,源源不断投射出影像,包括此时此地的"这个"你。你所有的浊水似的思想意识,都由不得本人支配,而是自动播放,转换为现实。若要使病痛终结,就要捣毁那玩意儿,而不是求助于万能治病仪。但你是不会去做的,因为那是个矛盾,意味着将消灭你本人。这就跟循环自杀一样。

因此只能去找万能治病仪,寄望它能施出神功。就算是抱薪救火,也比没有好呀。你又想到子非鱼说的,灾难不会只发生一两次,它今后肯定还要再来。这个问题才真正严重。你想让众人议议这个,却看到夏泉对你使了个"不要多话"的眼色。你就不讲了。你又意识到,今天的一切,都源于你幼年时那个晚上偷窥到溺亡女尸。程序从那时开始启动了。这便是原死或元死制造的自作多情,酿成了反复无尽的苦厄。

"讨厌,绝对不能有它!"爱老兀然把图纸夺过来,几下撕碎。好像这才终于避免或加速了世界的再次毁灭。进化便又能延续下去了,生生不息,死而复生,生而复死。如此方可带病生存,以死为生。你看到,老头儿拿出药物,迫不及待连喷数下。守馆人不知是心疼还是痛快地"啊呀"一声。你欲上前抢夺图纸,却没能做出行动。你想,搞什么搞啊,不是都讲了吗,造不出来呀。它永远只能停留在纸面上。就算搞成了,留着也好,因为院长已经亡故,不会下令应用它了。但你又是多么需要万能治病仪啊。只有它能治你的病,将你从那强加(或自愿接受)的肉体和精神的水牢中救出。你现在趋于相信,它或许就是对付那即将来临的新灾难的法器,哪怕再次同归于尽也好。

16. 魔界转生

大家又百无聊赖在院史馆里遛达,均觉茫然无绪左右不是。历史即现实,现实不一定通向未来。医院的真相更闹心了。地面再度倾斜摇震。绿色和平军与残存的病人做着最后的搏斗。猴群的叫声更热烈了。也许穹顶结构很快会垮掉,令医院的内容暴露在辐射和尘暴中。病人和医生都将死无葬身之地。到那时亡灵之池或万能治病仪还能起作用吗?看样子再没有什么能达成拯救之功。

"举行追悼仪式吧!"守馆人嘶哑喊出一声,"按照你们的说法,院长——我的父亲,他虽做错了事,却也是一位民族英雄哟。出师未捷身先死,已无私奉献了。他的出发点是好的。为了医院,他竭尽全力鞠躬尽瘁了。"

"现在举行吗?"春潮和秋雨说。

"那还等什么时候呢?"冬露道。

"是的。我们刚好七个。这是搞活动的吉利数字。过去院委会不就是七大员嘛。我们正好可以扮演他们。"守馆人说。

夏泉冷眼旁观,有嘲讽意,又显疲匮。你觉得不伦不类。但以你现在的身份,不便说什么。守馆人取出一瓶烧酒,倒一些在杯子里。酒的颜色和形状点着了你的心火。不知从何时起,你迷恋上酒精而不能自拔。夏泉也看夫,表情近乎贪瞋。她自带的酒喝完了。守馆人只取了一些酒,浇在地上,大约相当于祭奠。他率众在院长尸体前跪下。不过爱老和夏泉都没有跪。守馆人泪如泉涌，哭出凄声。

他哽咽道："您是好人哟。但大家误解了您。您做的一切，都是为了救医院、救众生。但可怜啊，您最后成了一个官僚，一个最大的官僚！不能怪您，这是火星环境造成的。是您身边人和手下人乱来，这帮家伙没安好心，为了一己私利，就从病房偷走氧气瓶，把手术刀也藏起来。都在玩您骗您！您相信了他们的花言巧语。您被架空了。悲剧的是，您竟没有识破，或就算识破了，也毫无办法……搞掉了高能耗区的细菌，它们又往低层的能耗区聚集繁衍了，绝无止境。换了谁来当院长，也做不到呀……"

夏泉诮笑，仿佛在看一出表演，觉得无趣的东西有趣了，而这乃是一场不带同情的悲剧。中年女军医有时就像个孩子。她真的偷了烧酒，当着守馆人面，仰脖一口干掉，挑战的样子，又略显夸张。你为女人担忧。但守馆人没有制止。

他又烧了一些纸钱、纸衣、纸药和纸医疗设备，抹着泪说："我亲爱的父亲，您毕竟是院长哟。作为全院最高领导，您夙夜为公，勤勉工作，为医院能存在下去，为它江山永固，牺牲了一切。我们现在搞这仪式，就是要继承您的遗志，不辱使命。您未竟的事业，我们一定达成。"

他又瞟瞟在场的人，像是想观察这些话引起的反应，说："喂，诸位，不是想知道医生是怎么死的吗？喏，这不又亲眼见到了？中意了吧，高兴了吧。好好看看，牢记在心，别再忘了。啊，让他安息吧。"

爱老嘴里吓吓两声，把头掉过去，说："我才是院长呢。我也有我的孩子。"他不满地瞪一眼你,像是责怪你没有在历史重大关头发挥应有作用。现场只有春潮、秋雨、冬露和你跪了。忽然,大家手臂自动抬起,若被什么东西牵引,象形文字一般,在空气中舞画出奇形怪状的圈、环、线,眼前出现了蝇蚊似的黑色幻影,如同繁星的底片。你毛发倒竖,又想到火葬场。

仪式完毕,醉人的空气中飘荡起灰烬味儿,是新的一重亡灵气息。大家累了,就住在院史馆。只有一张木板床,守馆人把它让给夏泉,其余人睡地上。爱老却把夏泉赶下床,自己睡上去。夏泉也没有抗辩,就在地面躺下。她毕竟不是孩子。作为资深医生,她富有人生阅历和处世经验。

"我睡不着。也许巨神兵就会打来。"你蜷手缩脚,依偎在女人身边,焦虑地说。你亦觉得需要提防周围的人。

"别怕哦,那些畜生一定也睡了。虽然天翻地覆,但在普通生理学意义上,动物的睡眠功能大概还保留着。再说这是院史馆,谁敢擅入。"夏泉哄着你。

你感激地伸过手,信任地把女人的手紧紧握住。你又用另一只手,试探摸索夏泉的侧肋。她有实体感。历经种种磨难,肌肉仍然紧严,被骨头峨然支撑,血液在皮肤下怦怦跳动。这让你复有安全感。你想进去,学乌龟钻入壳中,却忌讳周边有人。"但这不是以前的医院了,它是什么,谁也不晓得嘛。"你试图让女人相信,事情搞成这样,不是你的责任。你也是被动的。

"现在想来,你父亲说得或许对,应该由病人自己建立一座全新的医院,大家能感同身受的、接地气的医院。这样能换一个活法,不是你创造的现在这种活法,一切就好了。是这个意思吗?"夏泉说着,打个呵欠。这一下显得她有些老相,却激起你的欲望,但你知道她现在不想让你搞。你仍然弄不明白女人心思。

"我可不承认他是我父亲哟。"你嘀咕。

"院长亲手毁灭了医院,但你父亲要让医院再次转世重生,就像复活亡灵一样,这个想法,虽然没有什么新意,但比年轻人的念头还来劲呀。如此才令人恨之入骨。"

"是人手不够吧。"

"说到人手,我们有七个,这很多了。当年使徒只有一个,你也只是一个。"

"唉,我不是父亲和你们期望的英雄。我是个废柴。谁也不能改变前辈布好的局。再说他们的技术已经失传,无人习得。后人虽作仿制,却无比粗糙。这便是老头子请黄帝出山的缘故吧,以毒攻毒,搞自杀式反扑,结果也是东施效颦……还是继续找万能治病仪好了。我觉得它应该有实体,而不是停留在图纸上。直觉告诉我,它造出来了,这回可不是仿制古董。至于官僚不官僚,字面上的东西没有意义,还要看被谁操持。巧了的话,再蠢笨愚昧的东西,也会爆发出洪荒之力。"

"全是废话。我倒觉得,重要的是找到你真正的大脑。它一定不是装在你这副晃荡来晃荡去的小身板里,而大概存放在医院某个阴暗角落吧。严格来讲,你也是它幻化出来的嘛。"

"你说得我又没自信了。"你叹道,"但那又有什么用呢。时过境迁了。就算亡灵,活在幻境,也都有了自己的主意。大家一旦复活,便把该记得的,记起来了,有了自己的利益,各行其是,不必也不愿依靠我了。我仅是一个启动项。这就好像魔界转生。随后的演化遵循混沌学方程式。非线性的,知道吧?随机发生,没法预测和约束,跟我有何关系?"你负气辩解,要把自己撇清,忽觉疲累,便倚女人,昏昧睡去。

半夜,你惊醒,看到守馆人站在夏泉身旁,贪婪地凝视女人,又俯下头,用鼻和嘴,在她胸脯上来回嗅吸。你撑起身,怔怔看着,忽然像是想起什么,出掌把老头儿推开。夏泉也醒了,平静地整理一遍头发,没喊没叫。

守馆人慌张道:"误会,误会。"说罢,表示要给你们披露新的秘密。他拿出一叠材料,吞吞吐吐对女人说:"你其实是院长的女儿。我早认出来啦。我只是想跟你单独说说话。"

你以为撞鬼了。这么说来,守馆人和女人的血是流在一起的,他们是兄妹?你记得,女人说过,她来到世上,是要照顾有病的兄长。他精神出了问题。守馆人便是那个疯子吗?他也转世重生了?而你视夏泉为女儿。在她眼中你则是小弟弟。你们又发生了交配关系。这无不表明,之前以为家庭瓦解了,但实际上也获得转生,新结成的枝蔓,更加错综复杂。互揭家丑构成致命打击。夏泉这才显出些许狼狈。她似乎对此并不知情。但她很快镇定了,走到院长尸体边,找酒来吃,也不理睬守馆人。

17. 咒怨

守馆人说,院长待夏泉出生后,对她的大脑加工策略进行调整,使半球内灰质密度得到增加,以超越男性智力,却把她原有记忆抹去。她被培养成一名临床医生。随后院长把她当作心腹,送往海那边,去找洛克菲勒。院长知道凭一己之力,无法把医院从灾难中挽救出来,便暗中派出特使,向敌人求助,共商应对之策。

"但为什么不是你,而是她呢?"你像面对情敌一样问守馆人。

"洛克菲勒,自然是我们的敌人。两次世界大战,都是跟他打的。"守馆人竭力辩解,"但面临生死存亡,其他的顾不得了。"

"敌人更偏爱女性吗?"春潮睁开眼,迷糊说。

"是和亲策略吧。历史上也那样做过多次。"秋雨也醒了,滥笑一声。

"不,是院长的大公无私。"守馆人说,"他不会让病人去,也不会令医生去,而只派出自己亲生女儿。因为这趟旅程,是不确定的,有极大风险。虽然跟敌人打了那么久的交道,但也摸不透他们。是洛克菲勒哟。让别人去不道德,也不放心。这关系到医院能否存在下去。我愈觉父亲伟大。"但他还是没有解释,为何没让他去。他不是院长的嫡子吗?

夏泉反感地说:"世界都这样了,考证一个人之前是谁,没有意义。况且我并非院长的私生女。我没有这样的父亲。我不可能被他搞出来。我解剖了他,什么不知道?"

守馆人固执地说:"他并没有公开宣扬你是他的后代,没把这段记忆储存下来。为掩人耳目,他对外讲你是一对贫苦夫妇的孩子,是他们为照顾疯儿而养育的。但你的确由他亲手创造,经过十月怀胎才降临人世,这跟神奇病人搞出子非鱼一样,也算是医患同源了,因此怎能说不是他的孩子呢?如果你完成了任务,你就将是女神。"

"女神吗,那是啥玩意儿哟……"夏泉怪模怪样笑起来,看了看你,似要重新核准与你的关系。你心道:喂,暴风女神!请勇敢站出来吧。你好像看到了女人跟子非鱼在一起,两小无猜嬉玩的场面。他们在直升机上交配……你心里七上八下。

"找到洛克菲勒,就是要建亡灵之池吗?院长是怎么知道海那边的情况的?"春潮和秋雨打岔道。

"他是通过观看敌人的电影分析出来的。他搜集了七十二万个好莱坞拷贝。他晚年足不出户,不到病房,就天天待在院办看电影。是电影而不是病历,泄露了海那边的秘密。他看到敌人身上也有英雄主义和爱国主义。"守馆人越说越天花乱坠。

"就是刚才大家所见的情况吗?太扯了。我不明白这对医学研究有何意义。"冬露也醒了,厌恶地说。只有爱老仍然酣睡。或许是在装睡。

"说到底,医院最重视的是影像。没有影像,任何诊治都谈不上。"守馆人笃定地说,"从亚里士多德开始,伟大的思想总是从影像变为宗教,又从宗教变为科学。之后,再从科学变为宗教,最后从宗教变为影像。就这么一回事。视网膜的构造决定了世界的面貌。"

"说到海那边,我并没有去过。它不会就是一个影像吧?根据刚才的视频,敌人也应该生活在小伟的记忆中啰。"夏泉鄙夷地说,"所以这一切是生造出来的。小伟的记忆也错乱了,又在错乱上生出新的错乱。"

"的确,除了电影,没什么可信。"春潮和秋雨又一齐说,滑稽戏的角色般眨眨眼,瞅着夏泉补允道,"这么说米,她才是我们的救命恩人哟。噢,女神。"

你又看夏泉。她气鼓鼓的,又颇惆怅。你记得,是她从水中把你捞了上来,让你脱离了亡灵之池。但这是否意味着让你走出了自己的大脑呢?不好说。她却去找洛克菲勒。你之前就认为她去过海那边,你的直觉是对的。噢,她便是"元治疗"时,站在使徒身边的女人,是她参与创造了你,制作出亡灵之池。就是她干的好事。因此,到底什么是敌人?

"不,这份材料上讲,她去了海那边,却中途逃掉了。"像是好不容易才抓住破绽,守馆人举起手中资料抖动,"她提前回来了。她记不得在海那边看到和做了什么。这又成了谜。因为这个意外,院长丢掉了全院上下的信任,也失去了对局势的把控。病人趁机发动暴乱。这女人辜负了她爸爸的期许。因此她不是我们的救命恩人,反倒是灾难的真正起因。她玷污了女神的称号。"守馆人暧昧地扫了自己的妹妹一眼。但他们长得并不像是亲人。

"嗬,按你说的,她才是罪魁祸首。这要重写医院史了。为什么总是个别人在决定历史呢?"冬露眼镜后的目光透出寒气。

夏泉作痛恨状道:"你们,不要冤我。我根本不记得这些。而且我不可能有这么一个院长父亲。太扯了。我没有去过海那边。的确,我曾是想去的,但申请报告被医院人事部门驳回了。小伟,这些我都对你说过。"

守馆人倔强地拉高嗓门:"这可不是栽赃,也不是搅局,更不是哥哥对妹妹的嫉妒。院史馆珍藏的资料,无不证明你去过。这里有你写给院长的信。除了你,哪个敢给院长写信?连我也没有这胆子。但你的确不曾完成任务。你心猿意马,开起小差,做了别的事。这让医院蒙羞。材料上甚至讲,你跟敌人在海那边生了一个孩子!

你果然是忘记了哟,像病人一样需要唤醒。喂,你丈夫是……敌人吗?"

你面无血色,心乱如麻。事情的原委愈发纠缠。你已经意识到,你是与夏泉有重人关系的。她大概就是你的创造者,而你又创造了这世界,包括在场的所有人。因此究竟是什么关系呢?你既想不明白,也无法当众说。现在还知道了另一件事:夏泉可能跟敌人有了孩子。这不得了。她丈夫是谁呢?是子非鱼,还是使徒?如果他们造了亡灵之池,你由此而生,那么你才是他们的孩子。这种事想一想都恶心,破坏了人脑固有的边界,却又有报复般的快意。

夏泉狰狞而不服地笑了笑:"我通敌?这顶帽子够大的。干脆把我以间谍罪处死吧。但院史馆的存货,有多少是没有修改过的呢?"

你又想起另一个与你有染的女人——朱淋,她和你搭乘航船,驶向海那边。这一刻,夏泉与船舷边的朱淋身影,重叠在一起,遥远而贴近。一切是从白黛的那个问题开始的:医生是怎么死的?这个谜题至今没得到圆满解答。他们被病人杀死了,但那只是表面现象。你又看院长尸体,腔中脏器已掏空。他变成了一个陌生物体。"我们把他冰冻起来吧,趁现在还来得及。"你恐慌而妒恨地说,像要以此转移众人的注意力。压力越来越大,你哪里承受得了。

冬露简洁明了说:"断电了,无法冷藏。不如做成木乃伊。慢慢加以研究吧。"

你听见爱因斯坦鼾声如雷。都这时了,还睡得如此香甜,却像是死广前奏。他倒是稳得住。就这老人,做成木乃伊,不知什么样。他把改革变成一场革命——死人无数毁灭医院的战争。接下来如何收场？你身上流着父亲的血。这血又来自你的祖父、曾祖父……最终直到黄帝。不，或许是耶稣那一支……又有什么区别呢？都要追溯到几十亿年前汪洋大海中某个单细胞生物。进化路径是如此崎岖，稍错一步就没有今天，因此它更像一场精打细算的巧妙安排。本以为摆脱了，却仍在其中。成色混杂，污浊淤乱。都在循环，每个生者的身后，站着百亿个鬼，结成逃不脱的咒怨。是什么决定了你必然在此时此刻出现？为什么爱老打死都记得来找你？你希望获取万能治病仪，借它的力量，把这脏血洗一遍。你想把虚假之物排除，告别那不清不白的过去。这样你或才能与父亲和好如初，建立起真实无妄的家庭。你认识到家庭才是对付这乱世的称手武器。

然而你只是无动于衷凋木般站着。现场还有四个女人。你要斗胆看她们一眼，都会紧张得失禁。你无法确定与她们的关系。但现在似乎还是需要精诚合作共赴危难。你巴望爱老从沉睡中醒来，对你说："我一直在找你，孩子。我早认出你是我儿子。你可不能否认。不要背信弃义数典忘祖啊。"你期待他说出这话，又害怕他真的说了出来。

18. 潘多拉

夏泉不再理会守馆人或她兄长，却也不怎么生气。她走近你，找同盟军般，做出亲昵样子，对你说："喂，小伟，我们都拒绝承认有如此这般的一个父亲，对吧？"

"是啊。绝不承认。至少，他们未经我们同意，就生养了我们。"像迎来援兵，你赶紧点头。

"如今这一切后果,都是他造成的,是吗?"

"当然啊。"

"那么,我有个想法。"

"请讲。"

女人用下巴指指酣睡的爱因斯坦:"但愿这老不死的不要再跟着了。他才是真捣乱,他不来也不会有那些视频。他自己忘记了初心,没能做到老有所成,却成了咱们办正事的障碍。他会带来更大麻烦,这才是这场灾难的起源。不是说还要找万能治病仪吗?那东西可不能落入他手。另外,他与你抢女人怎么办?"她倒是没指认自己,这让你感触万千。

"是啊,他目标也太大。院方在通缉他。"你说。

"他不就是医院暴乱的黑手么。这样下去,我们再被医生捉住,死定了。"她道。

"但他不会自动离去的。这人的背景我很清楚。"你感到为难。你觉得夏泉这么做,是为了转移视线,不让大伙儿聚焦于她。现在她代替你成了事件的中心,人们认为是她的背叛造成了眼下困局。你获得解脱,却又吃醋。

"不让他离去也可以,那就令他彻底消失!"女人举拳在你眼前晃晃。看上去,她思路清晰,显出医生本性中的冷酷。她又拿出一个盒子给你。

你没想到夏泉也会这样。她不是反对以暴易暴的吗?你讨厌爱老,但想到要他死,还是不忍。原来女人心比蛇蝎毒,她们平时说的话,都不可信。或许是卢梭传入她体内的艾滋病毒发作了吧。她也要报复。你又想到她当初让你拔掉病人鼻中输氧管的一幕。你一直不承认,爱老是你父亲。现在真要弄他,却令你畏惧。老头儿还穿着染血的白大褂呢。除了爱因斯坦,他还是格瓦拉。夏泉曾经说,他本来是要为人类做更大贡献的。但现在去想这个,已无意义,也没时间。考虑到与女人的关系更为重要,并且今后还将有所发展,你便决定抛除杂念,听夏泉的。女人又告诉你:"这是在火星上,不要有任何顾虑。"

红色星球鼓舞了你。在这儿干什么都可以,不受追究。流出的血都会被它的颜色遮住。你打开夏泉给的盒子,看到里面有伪装成糖果的药片,你就拿出来勾引冬露。这女人开始一动不动,像是要保持对爱老的忠贞——在你看来,这简直是愚忠,但更可能是假装的。冬露的野心够大,目的性颇强,有一天她真拿了诺贝尔奖,是要夺取医院院长位置的,她可不信爱老一生一世能供她吃糖。研究军事医学史的女人早看出老头儿不行了。他们两个之前已有冲突,现在更要分道扬镳。男人以和平的名义从事战争,女人用战争的手段献身和平。你并不讨厌冬露,只增添了对爱老的憎恶和怜悯。你继续诱惑这姑娘。只待了一会儿,她就母熊一样嗅过来,伸出舌头把糖卷走,咕嘟吞下肚。大概近些日子爱老尽在狼狈逃窜东躲西藏,连糖都没有喂她吧。

"好吃吗,乖。"你心情复杂地瞧着女人。吃东西时她才还原了动物本相,令你复有了对她的好感。她又索要更多的。你狠狠心都拿出来,又做贼般回头看一眼夏泉。她陌生人般漠然注视你。

"你们这是玩什么把戏啊?"爱老终于睁开眼,伸着懒腰说。你不自在地背转身。春潮和秋雨没有睡,在小声商量什么。夏泉继续观察你的一举一动,偶尔用眼神发出指示。

"要吃糖的话,你得拿东西来换哟。"你对冬露说。经验告诉你,医院的女人都是贪吃的。她们的优点和缺点全集中在这上面。

"要我做什么呢?"她双目跟着糖果转,暴露出软肋。

你朝爱老努努嘴。她扶着眼镜看看,一下明白了,有些兴味索然。你鼓励道:"这不难,很简单。如果你今后要当院长的话,就照我说的做。你不是还要完成博士论文、拿诺贝尔奖吗?争取持久和平,这是必经环节。"

她说:"知道了。"站起身,脱光衣服,叉开两腿,朝老头子走去。爱老黯淡的眼睛中立即冒出火花。他把女人一把抱住,推倒在地。大概这段时间他们疏于那事了。她表演或实习一般,一边跟他交配,一边摸出一根胶带,缠绕住他的脖子,意在中断他的氧气供应。你的心一下悬起来,像自身没入大水。爱老没吱声,仿佛预知有这一刻。他慢慢转头,不看别人,只定定看住你,目光中不带仇恨和悚惧,倒有仁慈和亲怜。你看到了"爱别离苦",不禁大骇。爱老喉咙里发出像是咯痰的声音,猛烈而持续,伴随金属破裂的响动。他脸肌出现痉挛,绿色脓液从口鼻中流出。他挣扎着伸出一只手,试图从口袋中摸喷雾剂,冬露却一掌把它打掉。春潮和秋雨,暗暗攥紧拳,不发一声,观赏这幕演出。她们更在意冬露。夏泉斜眼去看守馆人,就好像此乃杀鸡儆猴。这才是她的真正用意。

你几番想上去,把冬露的手捉开,却终未动。冬露越来越亢奋,宽阔的额头变得红亮,仿佛进入真正的交配状态。爱老肩膀和胸膛颤动几下,人像一个草袋,倾倒在地。他的嗓子还在呼呼冒声,仔细听,是"格瓦拉、格瓦拉"。人伙儿不出一语,等看结果。爱老脸色变白,身躯不可思议地转化为遗体的样子,即便从未见过尸首的人也一眼看得出,就好像它忽然失去了人的本质。这时冬露才把自己从老头儿的体内拔出来。你见到有焰赤的一抹暗光落在死人脸上。这是只有在火星上才能发生的罪行。你觉得,老头儿对这结局心知肚明,他是任凭冬露把他杀死的,没有做任何反抗——这其实是自杀,倒出乎意料。你想到他说过的话:如梦幻泡影,如露亦如电。你才知道,根本不了解他。

你有些难过,努力让自己坦然,就好像做了一场忏悔,以消解原罪。忽然间,你好像看到一个人影,隐约挂在眼前的半空中,那正是黄帝,一个萎靡不振的老者,头顶罩着一圈血似的红光……但他很快消失了。你想,爱老辛劳一生,终于可以歇息了。你再不用为要不要承认父子关系而愁得白发三千丈。这时你却再次记起,自己的生父早已亡故。还在你年幼时,那人就在一起医患纠纷中,被病人家属杀死。一个自称你母亲的女人忽然现身,赶到医院停尸房,向父亲告别。女人俯在遗体上,说声"业根",便起身走到你身边,把你搂进怀里。你离她那么近,闻得到她身上的霉气,看见她咽喉上有一个褐红的十字形伤痕。

母亲在终场时的登台,几乎让你背过气去。这结局好像早已有过,并无数次发生,每回细节不同。你又想,无非是自己脑中幻象,不禁万念俱灰。你便请求守馆人帮忙查找爱因斯坦的档案。你提示,他本非病人,而是医生。他才是医院最虔奉的信徒。他用一种极端方式来表达忠诚。有关他的材料,不应在病历中找。守馆人看了看爱老尸体,又瞥一眼夏泉,说没问题。他也许想着他们毕竟是亲人吧。"如果找到档案,就能使他复活。"他言之凿凿,说罢溜进一间空房,久不出来。大家进去,见他撞墙自杀了,肝脑涂地。夏泉见此，便狎笑了。你觉得罪加一等。守馆人一死，医院的历史也结束了。

　　这样，几个关键男人，医院的前辈、院长、爱老和守馆人，都辞世而去。只剩你和四位女性。夏泉年龄最大，春潮和秋雨次之，冬露最年轻。你和她们搞到今天，却也组不成家庭。现在其他男人都死了，不知有没有机会。这时听到猴子的吼叫，由远而近。你们便躲藏起来。

女性的结局

1. 母亲

子非鱼带着达托大夫、主编及猴子冲进院史馆,走走看看,嗅嗅吸吸,没有发现你和女人,便把资料档案掠劫一空。这样过了许久,绿色和平军撤离了。你问夏泉:"现在怎么办?"你担心,如果更大灾难来袭,你们四女一男无法抵御。她说:"先吃点东西吧,歇歇再说。"大家心照不宣,找了些食物来吃,又在三具老人尸体旁睡去,亦颇安适。这段时间休息太少,缺乏体能。醒来后,你鼓起勇气说:"去找万能治病仪吧?"夏泉犹豫一下,点了点头。另外三名女人也没有发表不同意见。

你们恢复了气力,可以行动了。"谢谢你们照顾我。"你发自内心说,好像以此表明自己还活着,亦若向女人献媚。你身入险境,没她们不行。她们罩着你,好像雌兽看护幼仔。你对她们滋生的,是儿子对母亲的依恋。这似是杀父后才有的一种效应。她们也需要你。至少根据电影,大家统统是从你头脑里产生的,你是她事实上的父亲。这关系不可思议。那三个女人也不希望夏泉独大。这样,一男四女,离开尸体,齐步出发,十足虫一样,如若玩一个游戏,却并不像是为了生存下去而实施的一番壮举。但往什么方向走呢?

夏泉深思熟虑一般说:"让小伟指个路吧,他不是医院的缔造者吗?"倒好像这全是你的事了,跟其他人无关。说着,她挽上你的胳膊,似在宣示仅她与你有交情,关系非同一般。

你慌忙说:"不,不是我,是你……"

其余女人冷眼相看。夏泉又说:"就按小伟说的,去找万能治病仪吧。它不是一张图纸。瞧瞧有何奥妙!是颗炸弹,也认了。总得让他失望一回吧?不然这孩子太自负,什么话也听不进去。不管他来历背景如何,也是患儿哟。我们有责任照顾他。但这一路会很难,要有牺牲的准备。喂,你们行吗?"

另外三女立即齐声道:"我们不怕死,但不能白白牺牲。果真找到万能治病仪,要论功行赏哟。"也上来拉你。四人竟把你抬举而起。

"好吧,好吧,如果有一天医院再度重建,你们都当领导吧。"你在空中口不择言,觉得要考虑统一战线的策略了。

"那谁是院长呢?"春潮、秋雨和冬露说不清是醋意还是敌意地朝夏泉看去。

"院长?你们以为是我吗?我才没那兴趣。院长空缺也可以嘛。谁稀罕。你们没见那些男人的结局?小伟也不在意是吧。"夏泉毫不示弱。她显得比其他女人有雄略远见,乃至要与冬露竞争——你父亲的女人。

秋雨撇嘴:"这话,谁信。"

春潮无忌道:"还得给我们找男人。得嫁出去呐。大家的岁数也不小了。"她闪了你一眼。

冬露不知所措,失去豪气,这里面她最小,却刚刚丢掉靠山。她才有些后悔似的,取下眼镜,反复使劲擦拭。只有指望你了。她大概更强烈觉得你是她的,她曾经拥有你的父亲,与你也有过交流。女人们便把你放到地上。

夏泉不屑地对三女说:"你们有这本事吗。"这时浓烟复卷而上,大地又嗤嗤作响。

春潮拍拍胸脯:"不怕迷路。有我呢。我带了钱。"一步蹿到你的身边,冲你眨眨眼。

秋雨也不服输地走向你:"我也有钱。"

冬露有些着慌,也凑过来。她从爱老那儿,什么也没得到,和平与战争的研究,没法进行下去,博士学位也要泡汤。她说:"不过,雾气这么重,路都看不见,钱怕是不顶用吧。"

春潮说:"路再复杂,不就是那么一回事吗?我闭眼走过千百回。小杨,咱们不用怕。"

秋雨说:"哼,不怕,不怕的话,跑到院史馆来做什么?"她们两个倒好像要吵了。

冬露谨小慎微劝道:"不要吓唬伟哥哟。"她向你投来求援的目光。

夏泉捋起袖子:"你们要干什么?"她做出大姐大的样子。这里面只有她跟你有过肉体关系。

结果女人们真吵起来,要把你搂到自己一边。她们爆了粗口。

女人之间,什么难听的话都说得出来。泼妇不过如此吗?优秀或劣等女人,本质上有区别吗?在火星上也这样。唯小人和女子难养呐——你很沮丧,也吓住了,觉得她们没有母亲样。你从她们手中挣脱,又壮起胆,试图调和。"你们还是算了吧。都消消气。我们前面,路还很长,艰难困苦。吵来吵去,消耗体力,没法走了。"你笨嘴拙舌,哄了这个又哄那个。这样显得你像大人。

她们看你面上,才停下,但仍做生气状。你既烦恼,又觉得自己还是有分量的。也难怪,只有你一个男子了,堪称宝贝。你想,跟女人在一起就是这般吧。她们小心眼儿,又短视,做了亡灵还这般。但她们所作所为亦令人感动。你又自鸣得意,却不知更偏爱谁,可选择余地比较多,也是问题。你一直是跟夏泉在一起的,又觉得年轻的冬露可爱,春潮和秋雨也有味道。她们吵累了,就不再争执,又闺蜜一样,叽叽喳喳,有说有笑,搀着你齐步前行。这里面,夏泉还是有几分当头的意思。

2. 半人类

女人们先去到护士工作站,搜索了一些口红、擦脸油之类带上。仿佛正事才开始了,之前都是为此做铺垫的。然后,大家一边走,一边讨论,却没有说你,而是在讲,究竟什么是万能治病仪。秋雨说,是一块海绵,注入从死尸中提取的毒素。春潮说,是爱。夏泉道,或许并不存在,是编造的谎言。你觉得,是在叙事代入治疗基础上,进一步发展出来的,联接万物,用传感器来做治疗。冬露说:"你们说得都不对。根据我的研究,它就是人类自身。万能治病仪的出现,将导致医院连同这个名字,在宇宙中消失,人类像自然界的其他生物一样,从此回到没有医院的时代。既然动物不需要医院,不用打针吃药,那么人也可以做到。看看野生生物,它们是如何生存和保护自己的啊。鳄鱼在肮脏的泥沼里被咬掉腿脚,没有任何药物,却不会感染,并自行愈合。人其实也有这种与生俱来的能力,只是被自己创造的文明剥夺,形成药物依赖。如此导致人的生存能力越来越落后于动物。于是对医院的需要就形成了恶性循环。万能治病仪是做什么用的呢?便是直接让人返回自然状态。它就是自愈术啊。"

你心忖,冬露说出此言,很不简单,大概取自她撰写的学术论文,本要用来取悦和降服你的吧。不过她此时不提黄帝了。夏泉哼了一声,大概想表明这真幼稚,天下哪有这等白吃午餐一样的好事。春潮和秋雨嗤道:"还大自然呢。瞧瞧周围,大自然在哪里呢?不要骗小杨哟,他还是个孩子。"

很快,路上出现更多尸体,看不出是医生还是病人。你们深一脚浅一脚,小心翼翼迈过去。

"还是不要走了吧。"冬露怯然说。

"哼,如此没有定力吗?让男人近在咫尺看笑话噢。"夏泉讽笑。

有一些长颈短头、双角凸立的怪物在噬食死人,偶尔抬眼看众人一下。它们的样子像人,却不是猴子,而更接近老鼠。这是医院实验室中变异的人造物种。它们的大脑中植入了经过基因改造的特殊细菌种群。

"关键时刻,还是让男人决定怎么办吧。"春潮见状,也觉迟疑。

"他是主心骨么。"秋雨说。

"我、我……"要让你拿主意,你却做不到,便朝夏泉身后躲去。

"唉。虽然面皮看着年轻,但到底是老男人。瞧他头发掉光了,背也驼了。可怜哦。"秋雨和春潮撵上,挖了挖你的肩胛。

冬露不安地小声说:"别这样,他会痛的。"

女人们哼哼唧唧,像都舍不得你。

夏泉骂:"胡来。"她决定,越过尸体和怪物续行。

你看女人走路之态,有舞蹈感,像文艺演出,亦令你想到早前的男性玩伴,瘘呲、疣啶、痃嗪和痊哌,你们在医院船,悠游无拘,览遍胜景。但这是火星,一切不同。你们躲开那些"半人类",走了一会儿,被倒塌的楼板阻住。医院成了废墟。你腿软。四女架起你,发一声喊,往上托过去。好不容易翻越,又见残垣之上,洒布大片血污。

"有情况。"夏泉警告。

"你怎么知道?"春潮说。

"你没长眼吗。"夏泉瞧不上春潮。

"吓唬谁?谁没在医院待过呀。"秋雨不忿嚷嚷。她们又要吵了。

冬露连连摆手:"姐姐们,不要,不要。我看,让伟哥走在我们中间吧。"

春潮和秋雨同声说:"也好,小杨,我们来保护你。你是大家的心肝宝贝嘛。我们做你的护卫。"

你说:"你们是一齐保护我,还是轮流来呢?"

夏泉老大不满,吱了一声。另三女眼珠直转。夏泉也无法,只好说:"瞧他这么说话啊。倒是可爱,还跟以前一样嘛。咱们自己人,就别争了。"春潮和秋雨一脸得意。冬露不转眼瞅你,又怕兮兮。

于是,你饼中之馅一样,走在女人中间。你们又至农场。这儿有更多死亡动物,内脏流出。又见散兵游勇,不知是医生还是病人,一半像人一半像鬼,皆为雄性,作僵尸状,端着缴获来的高尔夫球杆及"圣济符",在密林中游荡,饥饿的样子,有时停下,伏身噬吃尸体。好在高大的植物掩护了你和女人,使你们不被发现。

但不多会儿,又现另一群半人类,身上衣服几无,污血遍体,有的肢干残缺,从植物彼端,死死瞄定你们,老虎见圈栏中的驴子一样,在侧旁紧随疾走。臭烘烘的异相生物越聚越多,斜眼歪脖,嘴洞大开,淫猥狞笑,喷出汽笛般的连续嘶鸣。它们盯住四女,却不看你。你觉得受了侮辱。

"喂,到了这个时候,换了你的话,能不能保护我们一下呢?"春潮像是试探着对你说。

"是你们让我待在中间的嘛。"像个小弟弟,你委屈地说,胆战心惊去看洪峰状起伏的怪人,它们把破碎的衣袖挽上肩头,露出炸裂暴突的二头肌,身体是暗绿色的,长满鳞片,密布创口,渗出黏液。

"那好,那好。你这家伙啊。就让我们继续供养你吧。你这吃软饭的。"秋雨咬牙切齿。

冬露六神无主看看夏泉:"什么东西……"

夏泉不耐烦道:"都镇定一些吧。怕哪样。没见过吗?"

这些都不再是真正的人类。医院正被变异生命体统治。忽然,怪物口腔里挤出一串含糊语音,你勉强听清,竟是:"我们很久没碰过女人了。我们很久没碰过女人了……让我们尝尝什么滋味吧。"

四女闻之,低头不语,加快脚步。奇形怪状的半人生物疾速奔行,有的双腿腾空,跳纵向前,抢在五人前头,又攀越把你们分隔开来的植物丛。夏泉发一声喊,带头冲上去,用红十字架击打它们,把你挡在身后。但对方势众,嗷嗷叫着翻越过来。你看到,一双多毛大手抓住夏泉衣领。夏泉发出雌狮般怒吼。你对另外三女喊:"快帮她呀!"愣了一愣,春潮和秋雨冲上前,挥舞十字架,击退袭击者,将夏泉救出。冬露原地没动,像是怔住,或在思索,好像这是一个艰深的学术命题。更多怪物凶相毕露,口涎长流,直扑过来。夏泉才低哼一声,四女聚成一个圆圈,把你守护在中央。她们风车一般挥舞手中利器,阻止这些魔鬼接近。但后者越来越多,里三层外三层,狼群般龇出獠牙,重叠着腾挪盘旋。眼见冬露那儿快要被撕开缺口。

"这样下去,可不行哟。"夏泉扫一眼冬露。冬露意识到什么,面露惊恐。你心喊:"不,不……"但夏泉、春潮和秋雨默契地做出一个闪电般动作,伸出三双手,把冬露拽起,扔向半人类。怪物们轰的一声,灌木丛一样把女人接住。冬露在半空中翻腾几下,眼镜也掉了,硕大身体径直落入魔爪,立即脸色死灰,双目紧闭,不再吭声。三女才拖起你,趁机撤离。

"不救她了吗?"你回头看看,心里翻江倒海。夏泉拍拍你脑瓜:"冬露这孩子,没事。她知道怎么对付。再说她也该做出牺牲了。我们中她最强,也最年轻嘛,有学问,是医学天才,跟那些变态狂有共同语言。连这都不同意,就不带你玩儿了。"春潮和秋雨也来拉你。你求援般看夏泉,但她端着脖子,只拖你快走。

3. 天使的恍惚

像最初带你来看病一样,女人架着你前行。她们好像回忆起自己本是此间主人,而你为客。夏泉走得最快,义愤填膺,一副不信任二女的样子。农场仿佛没有尽头,新植株又生长出来,乱糟糟鸣叫,分辨不出生死旋律。你身心俱疲,又为失去冬露而懊丧。你想,如果找到万能治病仪,剩下的女人要是为争夺它,冲突起来,你该站在谁的一边呢?

"你怎么啦?瞧你那副丧相。为了你,我们差点丢掉小命。"秋雨骂骂咧咧,踹你一脚。

春潮不甘落后,在你脑门上打一下。"这是心疼你噢。"她夸耀道。

"年纪大了,累了。"你心灰意懒,"走不动。要不你们自己去找万能治病仪吧。"

"干嘛?不能停下。会有危险。走不动也得走。"夏泉欲阻止春潮和秋雨殴打你。

"你们为什么非要带我一起走呢?"你问。

"你不就是那个创造出医院或者宇宙这种烂摊子的人吗?别以为用这个就能唬住人。我们是天使,来救你的。不管怎样,还要靠你传宗接代呢。得用万能治病仪把你修理得像个正常男人。"秋雨说,白了夏泉一眼。夏泉不甘示弱,用凶巴巴的眼神回击。你想,真有一天要恢复家庭呢?你向往而又害怕。

春潮转转眼珠:"要不给你说个故事吧,这样放松一些。你的心太乱了。"

"好吧,天使。"你只得同意,心想这种在神界与凡间来往的生物大概更有母爱吧。

她便讲:"有个病人造世界末日逃生大球,可以滚下山,浮于水。到了世界末日那天,是个周日,他藏在球里,结果锁得太严打不开,关在里面,别人都在度假,他在过世界末日。这个故事是真的哟。他信自己,不信天使。"说罢嘎嘎笑。你不觉好笑。你怀疑,她在讽刺你就是那个病人。作为听故事的交换,你不得不把身子靠拢春潮一些。她飞禽般的浓重体息让你一阵眩晕。

秋雨见状便打岔:"我们已然窥见医院秘密。得走下去啊。不走的话,就会被僵尸男人吃掉。这才是世界末日。小杨,你不觉得可怕吗?"

你清楚自己被女人挟裹,失去主张。但你还是不明白,你到底有什么价值。你创造的世界,已经死过一回,乃至多回。你也不知道在世界产生之前,自己究竟是谁。一切不过在视频中短暂呈现一番,大家便信了。这是图像主宰的世界。凭什么你要做创世者呢?她们救不救你也无所谓。不过现在既然在一起了,你就不愿她们走掉,怕她们玩腻了,丢下你扭头离开。

你问:"冬露死了吗?"

夏泉横你一眼:"怎么,还念着她?"

这时,前方又晃出一堆影子,灰扑扑的,此番是半人高的海蜇形软体生化人,形如半大孩子,伸开网状手臂,守门员一样,阻住去路。

"嗳,这帮家伙想要什么呢? 色还是财?"春潮叽叽咕咕,神色微妙。

"大概是财吧。瞧那副衰相,该是能量快没了。它们不会要我们身子的。不是早就知道,在这医院,有钱能使鬼推磨吗?"秋雨哼哼唧唧。

"你们两个不是医院管财务的吗,刚才不是说带钱了吗。快拿出一些,分给这些可怜的怪物吧。"夏泉面无表情道。

"不行,万一当不成医院领导的话,还要用它养老呢。"春潮说。

"也许可以先救急。我们是天使呐。"秋雨担心地看了一眼你。

"那,怎么报答我?"春潮说。

"养你的老,成不?"夏泉说。

"我还要男人。"春潮提出要求。

"得排在我后头。"秋雨笑着说。

"好。随你们。"夏泉做出不得已的样子,又挑战般看看你。你尴尬点点头。

春潮和秋雨都乐了:"尽说些不能兑现的话。这个世界的情况,我们看得太多。医院尽在骗人。我们才不信呢。"

虽这么说,她们还是从口袋中取出钱,分发给生化人,说:"小朋友,这是个好玩的游戏哦。学习数数吧。"怪物抓住钱,真的数起来。女人一时愣住,仿佛看到幻术。

过了一阵,春潮说:"它们的大脑里,也像机器一样,输入了红包程序吧。不见钱,不给开刀做手术。"还没见过生化人数钱,样子逗死人。它们比人精明,也比人认真。夏泉看了,脸上浮出恐怖笑意。

怪物数好钱,就让开道。四人续行。不一会儿,又遇上其他种类的变异生命体,是医院断裂后在垃圾场中产生的边缘物种,跟半人类及生化人又不一样,有的形如胖大僧人身上装了猪头,有的只是一根长着倒刺的肉棍。你们慌乱闪避。怪物追来。这时前方出现运送尸体的流水线。秋雨说:"这也是我们要走的路吗?"春潮去看夏泉:"对吗?"夏泉也不说话,只挥挥手。大家就躺在流水线上前行,才避开异形。

途中,你产生晕船感。你隐约看到,女人们在为自己化妆。你又听夏泉说:"加油,在付出必要的牺牲之后,就要达到目的了。"好像在给大家打气,但也许是诳人。这种情况下,大概连天使也迷失了方向。

"冬露弃得及时。准备为胜利欢呼吧。"秋雨说。

"还有我们的钱呢。"春潮做出心疼不已的样子。

二女从流水线上欠身伸手,似要与夏泉拉勾。她们真这么做了,但夏泉显得勉强。你好气亦好笑,又觉女人做作,其实心里一定在互骂,咒对方不得好死。

秋雨呻吟数声,对春潮说:"看上去,我们很像是快死的病人哟。男人一定会怜香惜玉的。"

春潮说:"也许并不一定吧。我们才是真正健康的人。男人中意没病没灾壮实有力的天使。"

两人又对你说:"红牌突击队队长,你没有必要老是拉着个臭脸吧,你可是我们的主心骨。"

与夏泉拉完勾,春潮和秋雨又撑起上身,隔了传送带,伸头过来,挨个亲你一下。夏泉假装没看见。两个女人笑嘻嘻说:"是的,一切为了你。不能让你死了。感觉是去一个幸福的终点,那里洒满神界的光辉。喂,你知道女人的幸福是什么吗?"

你哀绝摇头。这时你发现,她们不知什么时候,换了衣服,脱掉白大褂和军装,穿上黑色紧身衣,看上去像内衣。你想这大约是为了取悦你。这让她们更像天使。"我们崇拜英雄,男人里面的英雄。可是院长他老人家不中用啊。你可不能令我们失望。"春潮和秋雨又一本正经说,诡秘地对了对眼。

你晕得快吐,担心有负女人。你想在天使的肉身上勘探,这种感受很特殊吧。她们就像平行宇宙,难得同时展呈在你面前,但唯其如此,反不能涉足。你着急而痛惜。这时,你看到春潮下身挂有一缕红色液体。似是生理期。这表明她不是机器。你惊悸地想,这会儿女人的嫉妒心会更强。

末了,夏泉忍不住,把春潮和秋雨喝止,不欲她们再调戏你。她说:"以为是非诚勿扰吗?小伟可不是你们想的那种人。他还小呢。"春潮和秋雨吐吐舌头,冲夏泉瞪瞪眼,没再说什么,仿佛明白她才是正宗。虽没成事,但她毕竟去过海那边,据说还留下个儿子。又是她先把男人搞到了手。

沿传送带前行,就不再受骚扰侵犯了。大概,散兵游勇也觉得你们一行已是死人。上到高处,烟雾愈浓。层叠的病房在下方流逝。你看了看穹顶外面,景观一片混沌,烟气弥漫,绿莹莹的,也没见到海那边。随后连三个女人也看不清了,她们从你的视线里消失了。终于通过浩阔而危险的农场地带,又穿越星罗棋布的高尔夫球场,到达一座半崩塌的鸟笼状楼宇。你们从流水线上下来,往高处攀爬。这儿才像是医院中心。

走了一阵,未料返回亡灵之池,却不知是否原先那个。池中有动静,是新的人造生命,灰色的胶状物,像米粥,凝结出不稳定的面孔或肢干,阴沉至极,却暗藏辉煌。见这怪物,你忽然想写歌词了,

像刚进医院那时,产生了工作使命感。夏泉似心有灵犀,开口袅袅唱:

> 试想如果世界没有天堂,
> 这不过是举手之劳。
> 在我们的下面没有地狱,
> 上面只有天空。
> 试想当所有的人,
> 为了今天而活。

你之前不知夏泉也会歌唱,且她唱的是你偶像的经典。这个长得像惠特妮·休斯顿的女军医,她到底是谁的亡灵?你出乎意料,并感愧疚。歌声也使另二女自惭形秽,不再嚣张。你想写一首新歌,赠予这位英勇无畏生死与共的伴侣。但你已江郎才尽,能背诵的都背诵了,自己无力创作,不能再为她献殷勤。大概这才是此生最汗颜的。

4. 最后的暴行

亡灵之池旁,倾伏着一个黄铜转轮般的控制装置,上面描画了裸体的修行人图案,盘腿打坐在莲花宝座上,看不出性别。但它也不像是万能治病仪。众人忽然停住。原来,子非鱼、达托大夫与主编一起,带着一群猴兵拥出,咧嘴坏笑,仿佛预知你们要来,等待一网打尽。你才知是自寻死路。三女抿紧嘴唇,表面显得镇定。她们经历了风吹雨打,见识过各种困难局面,已有应对不测的心理准备。且女人的情感基础到底与男人不同,或许早将生死置之度外。你却不能揣度她们的行为,自己倒先恐慌了。

"不要以为这是真实生命范畴之外的。"达托大夫摇摆白旗,指着池子中的粥状活体说,"虽然是设计的产品,却也是独立的生命。初期合成的人工基因组,长达一千万个核苷酸,大约有一万个基因。这几乎就是造物主的工作……再看它们边上,嗬,还有另一种更妙的!它有新陈代谢,有呼吸作用,却没有蛋白质,没有碳水化合物,没有DNA……这生命比人类还要短暂,却充满想象力,将主导未来……依靠它们,才能战胜灾难。这才是真正的天使哟。正是它们,帮助医生击败了超级细菌。这才有了我们的今天。"

"这是怎么来的?要取代病人吗?"秋雨抢先问,像要压倒医务人员的气势。

"噢,是新生的战士。这儿就是太空战的出征场呀,敌人从彼岸过来……"主编说,"亡灵之池成功转型为生命之池,这也喻示要创造新的更强亡灵。新物种将有新信仰哟。如此一来,就可以抵御任何一种不测之灾了。宇宙医院的建设又要开工了。"说着掸掸自己的绿衣,瞄了子非鱼一眼,像要等待他的赞许。那胖大孩子被猴子抬着,矜持哂笑,似喜若悲,怪秘地看着白旗上的福布斯,似乎这些早在他预料中,再说什么都是多余。

你想到父亲刀下的青蛙,恍疑地对秋雨说:"是你把他们引来的吗?是你告密的吗?原来你就是隐藏得最深的奸细啊。"夏泉把你拉到她的身后。春潮和秋雨慢慢吞吞朝池子中怪诞的生命体走去。这时两个猴兵用手臂搭起肉轿,把达托大夫举上前。医生忽然跃起,居高临下,疾扑而下,用一把半月板钳,刺入夏泉腹部,那里哗地流出一串滞湿的肠子,粉嘟嘟的。夏泉只略微皱一下眉,也没出声。

但达托大夫还未及从女人身上抽出利器,春潮已从后方跳上他的肩背,跨骑在脖子上,两脚缠绕在胸骨前,嘴含红十字,往下一戳,刺入后脑,把他杀死了。秋雨则只在一旁看着。达托大夫临死之际,瞪圆眼睛,似不相信。夏泉怔了一下,伸出双手,若要把尸体抱起,却难受得蹲下。她忍痛把肠子塞回腹中。秋雨则替代了夏泉,挡在你跟前,做出保护的架势。

主编摇摇晃晃走来,抛出一根钢丝绳,秋雨闪躲一下,没能避开。钢丝绳勒住她脖子,迅速收紧。你清晰听见,就在耳畔,女人骨肉中,爆裂出像是水银崩泻的音符。主编手臂一甩,绳索把女人拽到半空,又抛入生命之池,噗地激起一簇红色水花。搏斗的人和兽都停下,痴然观望。秋雨的身子还在水里扑跃,白皙的大腿呈剪状伸入空中,花样游泳运动员一样。但她很快分解了。池中貌似生命的东西聚拢一瞬,又匆匆散开,争夺死者残骸,吞噬骨肉浆液。它们补充了营养,抖擞着高速游动,迅疾又合为一体。池边的人类和猴子均体会到了井喷般的亢奋。怪物发出非常态的嘘嘘叫声,形成进食后的欢娱。你想到巴甫洛夫的条件反射理论。这时才相信,达托大夫说得没错,这些是真正的、极致的生命。但它们也到了最后时刻,注定要走向灭亡。因为很快没吃的了。它们把秋雨吃得点滴不剩,却还不够。它们受困于池子,为这有限的生存空间而哀鸣。

子非鱼仍在晏灿涎笑。剩下的二女看呆。这孩子长得太像你了。猴兵趁机袭来。你想,真要死了。千钧一发之际,你感到有热浪从侧面扑至,便看去,见是丧葬艺术家兼消防局长,脸蛋儿红得像火炬,手擎一支金属管,背负一排椭圆形钢罐,形如哪吒。韦伯对在场的人们说:"我卖给诸位的艺术品,都好好保管着吗?那可是手工做的哟,没有复制件。"你急忙喊:"快救我们。"你记得,还在医疗观光时,疳唑说过,最后能救大家的,只是火葬场。

韦伯郑重点点头:"无论从思想上还是行动上,我们都不应当也不可能去承诺一个傻瓜的乐园以及通往这个乐园的捷径。"子非鱼见到是跟自己一样的早衰孩子,颇是紧张,赶紧喝令,驱使猴兵上前。丧葬艺术家摁下按钮,管子喷出火舌,龙一样呼呼冲去。前面一排巨神兵被点燃,惨叫蜷缩。你想,果然是从火葬场导引来的焱焰吗?这孩子开始制作新艺术品了。烈火露出饥饿的面容,朝后排飚去。更多猴兵烧起。主编也点着了,在光色中起舞,曲曲拐拐,炭棍一样,做出高难度动作,呈爆笑状。子非鱼"咦"了一声,从猴子的怀抱中爬下来,转身逃掉。但这巨婴行动迟缓,火一下就把他追上了。

韦伯大笑,好像很喜欢这仪式。他到得真及时呀。这就把火葬艺术发挥到又一化境,在重复的毁灭中,用最后的暴行,制造出全新而绝伦之美。火焰又扑向生命之池,对它形成压制,而不是相反,把那片地界变成一堆蒸汽,蘑菇云升腾翻卷,亮紫的,粉红的,绿黑的,灿黄的,一朵朵悬浮在废墟间。看丧葬艺术家的表情,就像是在这个肆意妄为的游戏中达到了性高潮。

你心有所感,好像这是你中意的玩闹,以前医院未能提供此项服务。但就在火烧着子非鱼时,你感到剧痛,仿佛点燃的是你。你心里有大悲凉,想着就连绿色和平军也是昙花一现。两个女人急忙拉你离开。你依依惜别韦伯,对他说:"回见。"路上又见一些尸体。

似是为争夺什么,互殴而死。不辨人兽,面目模糊。春潮好奇地蹲下观察。

"喂,做什么呢?照镜子呀?这时候还需要化妆吗?"夏泉没好气说。春潮像被提醒,果然拿出口红开描。

"算了。咱们走吧。"你说。春潮还是不舍,目酣神醉。

"你到底看到了什么,唉?"夏泉不耐烦地催促。

"看到了年轻的我呀。那时我花枝招展穿行在病人中间,吸引了所有目光。"她抬头,像看美食一样痴望男人。

夏泉拉你要走。春潮才勉强站起,说:"你们这要干嘛。"

"还得你带路呢,这方面,你不是行家吗。"你诚惶诚恐说。

"没她也行。"夏泉说。

"我当然要带你们了,不是还要找万能治病仪吗?"春潮说,"不要失言,记得让我当领导、给我找男人噢。"

这时,你听见不知什么地方的植物又开始哇啦哇啦吟唱,传递出凶兆。"赶快离开这儿吧。"你怛然道。

5. 血腥与狂喜

你们终于在农场田埂上见到一台被弃的机器,形状是一支金属长棍,带有托把,管洞凹凸,与院史馆图纸上画的不同。

"万能治病仪吗?"你喜出望外。却见有铭文,是"万能致病仪"。"弄错了吗?"你颇失落。春潮亦傻眼。

夏泉取笑春潮:"你带错路了。故意的吗?小伟饶不了你哟。"

春潮张口结舌:"我怎么会呢?我怎么会呢?"

你觉得夏泉其实在嘲讽你，尴尬道："万能治病仪原来是万能致病仪啊。怎么搞的？"你悲叹，心知这是"求不得苦"。不过你想，这样也好。不是要找回所失之痛吗？为此要么加重病情，要么得上新病。总之是彻底放弃治疗。这样又可以进化了。你想到初入医院之际，在C市宾馆喝的矿泉水。是久远记忆了，却像发生在恰才。因缘和合，由此而起。

春潮慌惑而求助地看男人，像期盼你做出裁决。你板起脸不着一语。她就哭着跑开。

"你不要走。"你想上前拉住她。

她怖然大叫："我好像看到了我那老公死鬼，来找我了！"女人越跑越快。你拔腿欲追。

夏泉拽住你："做什么？"

你道："她不是坏女人。"

夏泉说："你怎么知道？"

转眼工夫，仅剩一男一女，两人显得有些生分。你就去捣鼓万能致病仪，却不知怎么用它，欲向夏泉求助，又不好意思。夏泉也不主动帮忙。

"还是把春潮找回来吧。她身上还有钱。"你说。

"你还想怎么样呀？"夏泉恼恨而可怜地瞧着你。

"我不想再做亡灵。活下去才能得病，得了病才会感到痛哟。"

"是感到痛，才能活。小伟，你又说反了。真是患了早衰症。你不记得自己是不是还活着。要你这孩子还有什么用？唉，也就我对你不错，换了别人早嫌弃了。算了，我来带路吧。兴许医院里还有别的稀奇古怪玩意儿，一并找找吧，满足你的虚荣心。哼。"

你想你们之间的不寻常关系,又毕竟共谋杀过人,就跟她走。不料遇上春潮,人已死去,身体倒挂,从半空悬下。她比什么时候都要甘美怡人。你想到第一次见到女尸的情形,心中一暧。

"不关我事。"夏泉说。

"谁弄的呢?"你想到,正是长得像春潮和秋雨的两个女人,她们原先叫浆姐和阿泌,最早把你送入医院,便有了种种事端。但她们死了。这一辈子你都尽见死亡的女人。她们便这样陪伴你,让你活着。你好像才真正感受到女人的温度。

夏泉光火地对你说:"胡思乱想什么!这个时候了,还意淫呀。"

你抑住心乱,又去看万能致病仪,思忖医院为什么要研制这东西呢?对外却称是万能治病仪。它给你的印象,是粗糙裸露的原始性。

大火从后面汹汹追来。丧葬艺术家还在寻欢作乐,兴头上大喊:"你们把我的玩具抢走了,我就用火来燎你们!"好像他的目的就在于烧毁一切,却不管这是医院还是宇宙,只要有火葬的形式就好,它就是世界的本质,也便可以重新煅造艺术品,卖给大家做收藏。夏泉拉扯你跑掉,仿佛不愿你被火噬吃。奔行一阵,女人嫌万能致病仪笨重,也可能是觉得它没用,就扔了。

"噢,你?请把它捡回来吧。"你心疼地说。

"早告诉你了,这是一个无意义的东西。关进化屁事。既然人人有病,那还用它致什么病呀。这医院真的太假了。"夏泉说。

"它可是用好多生命换来的呢,春潮、秋雨和冬露都牺牲了。"你害怕夏泉也死掉。

"你就记得她们?"夏泉呸呸吐了两口唾沫。

"哦,还有我父亲,以及守馆人和院长,你的父亲……他们都为这医院而死。我们忙乎半天,总得有所斩获吧,就甭管真假了。"你便把万能致病仪捡起。

夏泉也无奈:"好吧。算不上护身符,权且当个玩具。快走,太烫了。温度计都控不住。"这时砰的一声,十字架上的水银温度计真的破裂了。你想,这可不是闹着玩的。

你们却不知往哪里去。途中,万能致病仪变得更为沉重。也许并不是它的自重增加了,而是医院正在发生新变化,在这颗陷入宇宙中各种势力拔河较量的星球上,时空结构出现扭曲。但兴许就是仪器本身质量改变了呢?它并不普通,是用特别材料制成的,甚至来自另一世界。或许,是早年使徒从海那边带来的。它到底有没有用,或有什么用,无人能说清楚。你和夏泉因为这个,又起争执。一不小心,万能致病仪再次掉落。

"没想到我们两人也会吵。"你无精打采说。

"我们一直是这样的,貌合神离,缺乏默契。医患嘛。这本是人生悲剧,也就相当于喜剧吧。"夏泉说着,有了泪光。

"我提议,咱们还是分头行动好了。"说罢你赌气要走。

夏泉却一把拉住你:"不,小伟,你不能单独行动。你没我不行,会死的。"她就弯腰把万能治病仪拾起。这一下她的肠子又掉出来。她盘了盘复塞回去。你看着她血糊糊的手,又想到她或会死。

你们又听到动静。一丛烈焰中钻出一人。是子非鱼,一具焦黑骷髅,张牙舞爪扑来,骨头磨砺在地,吱嘎作响不停。他的肚子像行李一样拖沓,往下滴淌黄油。他艰难伸出双手,紧握半拉烧焦的女人大腿,黑白参差,还在颤动。那是春潮的吧。在没有猴子帮助的情况下,这巨婴竟挪动到夏泉跟前,抡起死人大腿朝她砸来。说时迟,那时快,夏泉像是随机在万能致病仪上拨弄一下,它噼啪响了,吐出雷电,在子非鱼胸脯上穿出一个洞,黑血喷溅,人倒十地。你身上一痛,大喊出声,像自己被打中。女人也吓一跳,烫手般扔下器械,牵你离开。你疼痛更甚,心中有悲,想那死去的男孩或就是你,又希望回去拾万能致病仪,但被夏泉阻止。你知大势已去,号啕大哭。这时火焰携韦伯的笑声扑来。夏泉回头看一眼,说:"纵火即救火啊。"

6. 没有出口的海

你们进到一条隧道。火龙暂不得入。不久,又至一个地下库房,布满鬼符般的阻尼器。这里跟病房不太一样。宏大空间中,置着一台台奇形怪状的机器,多已停止运转。"看样子是承担多功能的车间呀。"夏泉道。有的机器颇具未来感,有的则停留在前现代,使用的还是蒸汽动力。机身上刻着阿拉伯数字。有的用英文字母作标记。多处镌有"秘密"或"危险"字样金属牌。有一排排低矮的厂房和烟囱,有的仍在有气无力吐出黑气。这形成弥漫在医院的烟雾的另一来源。你们没想到,火星医院地下,还有这样的构造。

你们又吸一会儿氧。夏泉蹒跚巡行并观察一阵,说:"明白了,医院不仅仅是用于收拾病人的,它还是一个综合生产体,看看吧,制造分导式智能导弹、核爆装置、量子计算机、人工生命、超级细菌、外星生命识别机、大数据搜集装置、互联网、导航卫星、代孕器、高附加值产品、宇宙飞船零部件、纳米球、离子发动机……一切能想到的。"

"这才是火星医院的真面目吗？它什么都做啊。"你惊叹。

"它在制造万物。也许，它认为什么都是药吧。是在为下一场灾难的来临而做准备。"

"真的是有灾难吗？"

"其实也不清楚啊。"

"医院到底是什么？"

"就是一个生命哟。"

"生命？"

"这下看清楚了……任何一个极度复杂的物理系统到最后都会产生意识。瞧，它有新陈代谢，有认知能力，有生存欲望，而且它怕死。它在进化，还能自我复制——它是把自己复制到火星上的，在这儿吸收能量和知识。原来的时空限制不住它了。人类喂不饱它了。然后，以此为跳板，要自我复制到太阳系、银河系、河外星系，最终布满整个宇宙……"

你想，到头来，真的还是宇宙医院吗？只有不停这样做，才能对抗死亡及灾难吧，或为一种更隐秘的东西做好准备。这物已经脱离了亡灵之池，还是仍然存在于亡灵之池中？跟你的关系是什么？还能说它是你构想出来的吗？它是否已外在于你？或者，你其实才是它的一个梦中梦……

"摊子铺得太大了。这超出了我的想象力和理解力。"你叹道。

"是啊，光能量供应就维持不了。我看，它的状况不堪一击。"

"如此复杂，任何一个环节出了问题，都会导致系统性崩盘。"

"这注定了。所以挡不住灾难发生。它还会自己制造出灾难。"

"万能致病仪在这儿又是什么地位呢？"

"估计也没什么特别吧，只是众多配件中的一种。看样子，为了不让自己毁灭，什么都在试，各种吓人的办法都想到了。"

"所以干嘛非得把自己弄成生命呢？太累了。"

你们体会到了医院为达到目的而付出的超常努力，就好像西西弗斯一样，他一度绑架了死神，让世间没有了死亡，其结果却是最大的悲剧。这已逾越医患对于医院的一般想象和理解。但正因为如此，医院一旦土崩瓦解，不就意味着宇宙毁于一旦吗？构成医院的神经网坏了，巨量医疗数据崩塌。

搁放在这儿的，相当于遗产。换了别的男人看到如此之多的装备，就会想到据为己有，但你无此念头，就仿佛一切早属于你。这中间有太多机关，它们彼此衔接，环环相扣，你生来是它们的主人，却不懂得如何应用。而它们也挣开了你的控制。进化让每一样技术成了脱缰野马，只要漫长链条的某个细微之处出一个小纰漏，就会引发全局性的大灾难。人和技术却都不能杜绝所有的纰漏。救命药物终将用于自杀。夏泉眼中却溢出光亮，她贪婪地注视机器。你才害怕起来，担心她与你争夺。静电开始聚集。女人长发竖直，她变得像个妖精，皮肤下血管闪耀。

这时看到，有个黄底黑字的牌子上写着"可控核聚变室"。你们走过去，见到一块一人多高的黑石。

"陨石？"你说。

"就这么一块啊。为何流落到此？"夏泉道。

"兴许是被医院捕捉的吧。"

"不,像是一颗伪装成陨石的定时炸弹。"

又看到石面上残存的天书般蝌蚪文字,是一本名叫《医院》的书,记载了院史,但与院史馆保存的资料不同。纪年显示,医院已存在三万年,在漫长历史中,毁灭又重建,反反复复,总共三千八百次。但它没有说,佛教徒的探险队,是什么时候到来的。

夏泉说:"核聚变燃料是氢的同位素氘,这种元素在海水中非常普遍,储量巨大,可以说取之不尽用之不竭。好像谁掌握了这玩意儿,谁就能主宰世界。搞笑吧。若从石器时代算起,它堪称人类发明的第一种自我毁灭工具。然后是纳米武器、人工智能和超级细菌。进化了几百万年,仅需短短几十载,人便获得了灭绝种族的手段。都集中在医院里了。这是偶然的吗?以前对药时代的理解太肤浅。死的方式有好多种呐,这才是百花齐放。"

"你想什么呢?佛陀如今藏身在末日武器中吗?"

"想海哩,海的本性是熄灭所有火,包括佛性。"

"这便是了。那探险队只是传说。"你若有所悟。

"对了,你不是在大海上旅行过吗?"

"是在亡灵之池。那片海没有出口。"

"噢,它虽然由你的记忆编造而来,但对于每个人来说,就是真实世界呀,是如假包换、毫无瑕疵的大海。哪怕只是一个词语,也能变出大千世界。一念之下,所谓'海'这种庞然大物,就从虚无中产生了。它的每一下浪击,都让人劳形苦心、痛不欲生。能感受到这个,不错了。小伟,虽说你这是强加于人,却也救了大家呀。没有出口,就是出口。"夏泉似若伤恸而感怀地说,拿出一本漫画,它叫《鱼》。

"是吗……"你困窘地去看那漫画。鱼群在海中无目的乱游。所谓绘画，是对根本没有过的事物的记忆。但海似乎又实实在在浮在那里。你曾亲眼见它吞噬生命。人在死前俱感痛楚、恐惧、羞耻和悔恨。你至今还能体会到水中灼人的窒息，以及网罟缠身的钻心之疼。你却化身不了鱼，缘水而逃，最多只能扮演两栖动物，以为出口在陆地那里。然而女人说了，就是在那样的海中，也有无穷无尽的氘，这是一种绝妙动力。凭靠核火支持，能量便可以滔滔不绝，不会断掉，能够支持医院运转。也唯有凭靠这样的力量，在现有条件下，能把病人载离医院，运送到海那边。但大家平时只对用柴油焚烧死人感兴趣，却疏忽了这个，像是它过时了，而被忘却，或作为禁忌封存起来。所以只有核火才能为封闭的大海打开一个出口吗？或许晚了。

有一尊泡沫雕像，伫立在一个废轮胎上，是一位老婆婆，病快快的，身披白衣，套防弹服，乳罩半露，手举一个玻璃小药瓶，里面插着不知名的红花植物，呈扭曲的十字形，靠近嘴角，似笑非笑，若在试吃。

这不像黄帝，也不似耶稣。你看看夏泉，觉得她跟雕塑撞脸，不禁"呕"了一声，便塌身坐在老婆婆胯下。头顶上方有浓腥气息汩汩泄出，浇得人起鸡皮疙瘩。夏泉也坐在你身旁。你们像在等待什么的到来。你又瞄一眼她腹部创口，那里暗红的蛇蝎隐约盘绕。你犹豫是否为她包扎。她毕竟是你的救命恩人。

过一会儿，你们半拥半抱一下，带有礼节性，像是试探对方，却没有再做那事。除了疲劳伤痛，也是枯燥之味，对未来缺乏预期，陌生的冷漠感也油然而生。人的身份不一样了，在彼此眼中发生了变异。你又对她怀有妒意。而她此刻带给你的,还有孤独。两人在一起,比一人单处,还要千百倍孤独。这是万能治病仪或万能致病仪丢失后,你的幻灭。有时你觉得,身边分明是另一女人,她早已死在现实中,亦即你心中,你是她的坟,像积重难返的海水一样埋葬了她。她身上咕嘟咕嘟冒出三万年的霉浊潮气,而你也如此。你与她就相斥了,近在咫尺,却永不能在一起。到底该拥抱什么呢?你颇不自在。究竟谁能令你存在或毁灭?你没有自信。

7. 藏尸楼

接下来,看到了巨型桶状容器。外壳由锆合金制成。内部设有中子屏蔽材料,与硼水池的效用类似。壁上还有一层铅屏蔽防护装置。它仍很干燥,但氦气已经散失。那么,辐射会泄漏出来吗?可控核聚变室旁有一个井盖,上贴"禁止入内"封条。

夏泉说:"像是战略导弹发射井。里面有核武器吗?果然设在医院中心区。看来是用于对付强敌的。把它打开来看看吧。"

你不敢。不是担心导弹会射出来,而是想着沸腾的海水倒灌而入,使医院成为泽国。这样一来,不但会造成电线短路,大概还会有神话产生吧,说什么医院是建立在洪水后的荒原上啦,救生的方舟采取紧急行动啦……进而发展成宗教,那也颇有可能。医学才由此建立了。你再次猜测海仍是有的。夏泉见你不为所动,就自己去找控制按钮。

你急切说:"噢,不能打开。有怪物。"你向她讲述《水浒传》中洪太尉误走妖魔导致天下大乱的故事。

女人说:"但只有打开它才有希望。在你和医院合谋构筑的世界上,我们已走投无路,得试试新的,或者恢复旧的。再说不是乱过了么,再乱又何妨。至乱,便是极治。说不定,这个井里,藏着你真正的大脑呢。"

你说:"怎么是我和医院合谋?你才是主角。"

她生气不理你,上前把封条揭了。你也拦不住。这时才见到井盖上有红色人名,成千上万,密密麻麻,像是刻在甲骨上的象形文字。

"好似亡故病人的名单。"努力看一阵,她说。

"但也许是医生呢?"你不甘心道。

最终你们辨识出一些,除了普通医患,还有三万年来的历任院长,却也没有找到黄帝或耶稣。

"藏经楼吗?"你说。你看到了变形的十字。

"藏尸楼吧。"

"髑髅地哟。"

"到底还是死了……这个,好像是你哩。"女人指着一个名字对你说。

你吓了一跳。原来还真是。你眯缝眼睛念叨:"杨——伟——"好像在说一个陌生人。

夏泉歪头琢磨,像这黑洞般的名字扭曲了她的心境,破坏了她的预期。她难以接受。

"倒像是使徒哟。"她做作地说。

"也可能是僧侣。"你悻悻,摸摸自己的光头。

"我们认识多久了?"她似是心中无底。

"怎么记得呢。"

"还要继续吗?"

"随便啊,随便吧。"

"你是不是仍担心,这样做会毁掉医院?"她警觉地注视你。

"它不是已经毁了吗。"

你们越来越话不投机,仿佛缘分就要走到尽头。最可惧的,是人类无限循环的生命长河中,相识相知的短促性和有限性,这跟你们是谁、叫什么名字,却没有关系。忽有阴气涌上。你们又看院长们的简历,才知这藏尸楼,对外亦称作"陵园"。埋葬的是英烈,曾为保卫或争夺医院献出生命。这些人试图建造一个系统工程,在时空中形成回路,像长城一样具有军事意义。灾难确已发生过多次。人们一直在为阻止它再来而飞蛾扑火。你想,到头来,还是战争吗?必定要靠打仗才能赢取和平?战争不受谴责,不被取缔,至多是抹平其棱角,使其更易于被接受。冬露没说错呀。医院可不是用来阻止毁灭它自己的战争的,却是助其升级。只有战争才能令一切死而复生。下一次何时开始呢?还有多少人会死,然后复活?又见一段文字,叙述了建设医院的意图。原来,它是为了迎接僧侣探险队的降临!有这样的记录——

"觉悟者是实实在在存在着的,不过,这种存在也被称作'妙有'。因为一旦成佛之后,便又可以超越一切具体的生命现象甚至物质现象了。佛陀本质上是'空'或'无'。

"但是,对于普通的修行者而言,生命又是必需的物质基础,像人类这样的血肉之躯,无论如何也要在短暂的存活阶段加以最大化利用,所谓'人身难得,如优昙花'、'一失人身,万劫不复',即便迎来了长寿时代,也不可丝毫懈怠疏忽。这便彰显了医学的价值。

"进一步看,医学本身具足的无量慈悲,不正是与佛教的精神及戒律一致的吗?

"佛陀仅在两千五白年前于地球上出现过一次,之后再没有现身。经历了地狱一般的世界大战之后,人类期盼佛陀重新降临。但这似乎不能在地球上办到。

"印度空间研究组织与坎普尔理工学院共同研发的深空量子纠缠探测器,发现在地球之外的高维空间中,'存在疑似天神的物种,播散出超级生命信息流'。这或许是指向佛陀存在的一个暗示。

"产生过生命的类地行星火星,被确定为最有探寻价值的目标之一。

"……"

这些文字,你似曾见过,却看不明白。那么,僧侣探险队,是来过了,还是尚未至呢?里面提到了"地球",是一个陌生的字眼,令人惊悸,似与火星形成对应,亦如同你跟夏泉的关系。你颇张皇,便伏在井盖上恸哭。夏泉却不顾许多,仿佛要做最后一搏,找到控制键盘,自行打开井盖。黑漆漆的深窟中无声无息,也不见烈火或大水喷出。下方只有一个无底之渊,如亿万星辰熄灭后的太空,却与火葬场上方裸示的宇宙也不相同。

"这……便是你的原始大脑吧。跟尸体一起,藏在这里呀。"女人如获至宝说。

"无……"你失魂落魄,往空洞看去。

"无?无什么?"

"噢,什么也没有,是不存在呀。"你又看一眼女人身体。她好像变得透明。

她始有迟疑。但深渊一旦遇到她的目光,这一无所有的区域,便顿然勃发扰动。像是经过亿万年,它终于等来了意识的注视。它要复活重生,再创世界。你们都感觉到,洞窟底部出现涨落,有物滋生。寒气上冲,渐然变热。有隐约的一些形体,近赤朱色,慢慢呈现了孔雀形状。孔雀无中生有,最初是一个,复变出许多,大小各异,于井中回游,又盘旋飞上。真是妖魔出来了吗?

女人把守在井口,利用充电活性网,捕住一只飞禽。她杀死猎物,从其脑部提取出晶状聚合体。上面有十字形有序结构,镌刻有几个美术字。隐然是"爱因斯坦大脑",是你们一直寻找的。决定宇宙的公式在这里。病人们——所有死去病人的记忆,在它里面汇集和备份,然后数字化(这仅仅是一种形式),植入人工合成可存储信息的聚合物链(信息也只是对另一种东西的近似性表达)。它看上去并不复杂,只是粗糙模拟 DNA 和 RNA,但存储密度是生物化学元件或普通人脑的一千亿倍。有许多分子形状的"镊子"在链上排列,可对"信息"进行阅读和翻译,引导生命的再处理过程。这种构造显得十分原始。但不可思议的是,它超越了二进制,在"是"和"不是"之间创造融合区,用模糊算法再构历史——或者说,伪造医院史。这样形成新记忆,并在机器的辅助下,不断反馈,为亡灵之池提供原始参数,合成创世者的意识母体。这种存储重聚体与普通光盘的原理完全不同,它有更大的储存空间,能在一个原子上做出十万八千个记忆体,并且不会损耗,能长久保存。这大概才是藏尸楼的中枢,为重建世界准备好了死人材料。在这样的安排下,医院的生命可视作接近永恒。它一旦被灾难破坏,就能自动复原,在这深渊中不断酝酿和推出。

现在,它处于回归的前夜。因此医院是不会消失的。有那么多尸体打底,哪怕变成废墟,亦能重现在宇宙中,等待病人的来临。但它目前尚不稳定。新医院与每一个旧医院在细节上存在差异,但它们是按照同样原则、在同等基础上建构的,本质的东西没有丝毫变化。所有医生、病人和疾病都是因为这个才被复制了出来。他们仍是医患,不是其他。疾病便如波涛汹涌的时间长河,源源不断照样带来痛苦。

夏泉叹道:"这才厉害呀。没有这玩意儿,一切才真正完蛋了。"

你似是而非瞅着那大脑般的东西说:"好像,这既是灭亡的原因,又是灭亡的结果,并使得灭亡不断发生,又永不来临。这个情况,人连想一想都困难。但就是这么一回事吧。任何能去想的,都无法想。"

"若说有什么不能违抗的,便是这皱巴巴的意志吧。"

"但总算找到了一些有价值的证据,像火葬场的艺术品。"

"你怎么知道有价值?也并不是找来的,而是我们被召唤而至。浮生,也是多么的真实呀,像歌唱一样,也会有伤,也会有痛。所以,倒不要紧。"

"它现在要让我们做什么呢?实在太怪异了。它的这次诞生演化,还未全部完成。"你痛不欲生盯着女人,暗暗巴望她再为你演艺,或让你吸氧。

"主要看你了。是你的赫赫大名写在上面。它记起你,便发出召唤,却不是邀请我。你和它,谁是谁的主人呢?"她嫉妒地说。

"瞧,很不错的书法艺术!我今后不写歌词,去练书法好了,闲来抄抄诗,屈原、海子、顾城,都不错呀。"你为这种想法而激奋。

"哼,单靠孔雀也不行吧。记忆也好,空想也罢,实现伟大的目标还需要人,活生生的、勇敢的、多面的,像我这样真实的人。练什么书法啊,那是过时的仪式。"

"所以,我还是靠不住,对吗?我是没资格了。噢,我已死了。"你像是故意与她置气。

"真的没想过吗?就像猥亵女病人一样,连这也没有想过吗?小伟,你好虚伪。浮生中人,死了也会想入非非,再活一遍也狗改不了吃屎,脑子中淤满口痰一样的邪念。讨厌。"她显得局促,就好像内心深处产生了扭曲的矛盾和需求。但你们仍然没有产生再做那事的想法,就好像它同样老套了。

井盖上的文字开始阿米巴虫一样旋转变形。她手忙脚乱寻找什么,又竭力掩饰慌乱。你意识到,她是在找她的名字。但上面并无"夏泉"或"夏泉之脑"。有一些名字不像是人类,也无法与她匹配。她失望地"呀"了一声,母螳螂般盯住你。你不禁想,你们两人中间,只有一人能做新医院的院长。但为什么一定是你?她更有代表性,她是前任院长的后人,传承的正宗血统,更要紧的是,她比你慈爱,也比你自私。这中间一定出了差池。设计者有失误。这本非你所愿。你对此感到担心。

"我……"你正欲辩白,女人就像失手一般,把你推入井口。

这是一个漫长的坠落过程,好像穿越整个宇宙,从这一头,掉到另一头,横跨九百亿光年,也就是人类视力可及之时空范围,却是一个药片那样的局部。大大小小的孔雀像着火的战舰一样从你身边溅射而过,神经触突般的网络之间电光披沥。又有亿万只髑髅如同群星耀闪而去。你来到丧葬艺术家向你展呈过的境界,不由心惊,也暗自喝彩,你终于成了这其中一笔,并与它融为一体。你即医院,医院即你。你看到无数的井外之井,拥挤叠加着向后滚涌而去……

不知过了多久,若有噼啪一声低响,你风筝般触到井底。似曾经历。你觉得这回真要死了。再无人救你出去,让你复活。欲令世界重生,要使艺术放光,就必须有人做出牺牲。你虽有思想准备,却没想到是此时此地。还有好多事没做呢。于情于理,你是要坚持到最后的……你才发现,医院的故事亦不具备完整性。可能有多个版本,不止一个爱因斯坦大脑,而且它们都是被投射出来的……你又想,大概这便是通往再次新生的那条甬道?你悲怯窃笑了。黑暗的过渡中,涌流出亮晶晶的痰一样的黏液。四周涨满潮气。一个夜叉状东西飞来,伸出一只爪子,做出接引状……你想,医学进化到后来,无论哪个流派,跟迷信或宗教也差不多吧。

8. 濡湿的夏娃

把你推下去后,女人一屁股坐在地上,满脸惊愕,像不太明白刚才做了什么,怎会如此。她杀了一名院长,一个构造这世界的人。这将带来何样后果?假如下一次灾难来临,还能应对吗?她在虚弱中后悔。她存在的目的,就是紧随你,陪你在一起,却一时冲动做了这事。她觉得在一场生死决战中彻底输了。她本没料想中强大,关键时刻动摇了,失去了对局势的把控。她欲哭,却累得睡去。在梦中她来到大海,赤身裸体旅行,在漫漫征途中不断变形,进化成怪物,与水底层出不穷的夜叉生命体交战。她被撕碎了千百遍。最后她变身成你,你们成了一个人……醒来时,她发现自己的身体真的全湿了,渗出浓重的咸味。

这时她听到隆隆声,引颈看去,见一台机器正从地底缓缓升起,它下部是一排排浸满油迹的金色齿轮,嗞啦嗞啦起劲转动,上部是一个合金托板,像一座祭台,插着一支红十字,绕着一圈蛇蝎造型,举起你仰面八叉的尸体,也在不停滴淌液体。这少年老态的妙人儿,看样子真的死了,却蜡像般栩栩如生。

女人恶心,不欲再看,转身离开。走了两步,又不舍得,回头觇视,见你确已亡故。她就停下来观察,水从脸上和身上抑控不住淌流而下。这男人有一张松弛平庸的脸庞,五官皱巴巴挤在一起,肚子膨大,四肢短小,像只青蛙,是随处可见的那类普通男性,不曾受过人体工程改造,混迹在患者中难以辨识,却跟她那位"父亲"院长体貌神似。

她诧异地自言自语:"啊,我们的关系究竟结束了。这对我有什么好处或坏处呢?"但你们的关系似乎才迎来真正的开始。

机器伸出一个金属抓手,拧住死人的脖子,又弹起一只刀具,瞬间把脑袋旋下,置入一个冷冻匣。女人若有所悟,上前捧起匣子,转身离去。她来到一个半毁的实验室。这里也有雾气弥漫的水池,到处湿漉漉。她把男人潮乎乎的脑袋连接在管线上,启动柜中的开关,将你的记忆提取出来,进行数字化处理,再把这组记忆,与院长的记忆及孔雀的记忆拼接在一起。池子上方渐渐升起一个影像。是一个生物,三分之二像人,三分之一像鸟。

"你是谁?"女人问。

"我是你的第二意识呀。"怪物说话了,语调像是电子合成的录音。

"但我怎么不知道呢。"女人难听地咯咯笑。

"那是你不愿意记得我了哦。"对方很委屈。

"你有什么话要对我说吗?"

"你有什么事要问我的啊?"

"……也没有什么好问了。"

"我们之间连话都没有了?"

"不知。活着跟死了一样。"

"无所谓嘛。死都死过了。"

"是你把医院搞垮的吗?"女人平时伶牙俐齿,此时也不知怎样讲。她心中无数,想赶紧从现场溜掉。

"我刚才在深渊中看到了医院的核心机密。"那异类作神秘状说,"既不是万能治病仪,也不是万能致病仪,而是另一种。"

"是什么?"她生硬地问。

"不要装作不知道嘛。你是去过海那边的。"

"我不明白你说的。我也没去过海那边。退一万步讲,就算去过,我也只是一个寻常女人。我不晓得该做什么,也没有本事搞发明创造。那是像你一样的特殊病人,或者托马斯·爱迪生之类的天才,才弄得来的。身为一名普通临床医生,我没有条件也没有能力制作一样机器,来让病人走出迷宫。"她试图申辩,却不能确定自己所言为何。她六神无主注视面前的妖灵,仿佛再次复活过来的这个东西,正在扮成新救世主。她的意识与之发生交感,溽湿地纠缠起来。没想到,双方终以这样一种方式结合。

"你错了。因为你不仅仅是个女医生,你还是女公知、女战士、女商人、女道长、女科学家、女发明家……"对方像相声演员一样油滑流利地说。

"以及女神?"她反唇相讥,感觉到中枢神经里面两股洪流在汹涌交汇。她身上有了反应,也快湿透了。

"你真忘记自己的身份吗?你只是不记得了。这个医院害了遗忘症。我刚才在深渊中,窥见了更多秘密,是真实的记忆,现在说与你听听——院长不仅是你的父亲,也是你的情人。但你之前还有一位相好,便是老年内科的万古教授。他玩腻了你,就把你让度给了院长。你和院长有个私生子,叫子非鱼。院长把制造万能治病仪的工程项目交给了你。你却用它来报复医院,把它改造成万能致病仪。这才是真相吧,女人?你久久纠缠我,到底要做什么?我是你什么人?我跟他们不一样,才不是救世英雄哟。"

"你疯了吧。不是说过吗,追问谁是谁,没有意义。"她的意思好像是说,男人在推脱责任,把他自己的问题,转嫁到别人身上。就算她曾经发明什么,也必定不是万能治病仪或万能致病仪。这太低级庸俗。她觉得冤枉,又为自己的失忆,真的恼怒了。

那尔西说:"我离不开你,噢,摆脱不了你。我现在是你的附体,像肋骨一样,是你的第二意识。我们共同组成了这个新的大脑——如果你愿意称它为大脑的话。这玩意儿没什么了不起嘛。我看穿了你。关于你的底细,我一清二楚。我疯了,就是你也疯了;我有病,就是你也有病;我要忘记了,你便也不记得了……我不是来害你的,而是要来救你,就好比是你兄弟、你姐妹。不,现在是你的……丈夫!我才货真价实是你的老公哟。在这美丽而危险的园子里,只有我们两个。好玩吧。太好玩了。嘿,我们结合了。嗨,我们是一家了。噢,不,我们是一人了。我好高兴呀!三万年来都不曾这样欢乐……"又咿呀唱道,"试想世界如果没有国界,这不难办到。没有杀戮或死亡,也没有宗教信仰。试想当所有的人,在和平中活着。"再字正腔圆给她念了一段《医院工程学原理》,说这就是人类最佳的婚姻形式,人与人只在精神中结合,目的是为了生育新的记忆,代代相传,永不遗忘——却不是肉体的后代,那样既不卫生也不安全。

"我嘛,要在关键时刻提醒你和拯救你。火星没戏了,医院完蛋了,在这儿等不来僧侣探险队。我们要一起到海那边去,远远离开这无药可救的世界。可你却杀死我,谋害亲夫。呜呜。你个女人好狠心哟。相比起来,我的父辈还算不错。"那半像人类半像妖怪的家伙说,就仿佛这样才代表了生命的正宗。

女人听到这里,有些难过。她想,她明明救了你,却又把你杀死,然后令你重生,再与你合体。这似乎是一个妙不可言的结局。你提到了婚姻,一种暌违已久的事物。她啜泣了。如果是真的,这也是迟到的婚姻,或类婚姻,它既是创世所需,又是宇宙演化中的一种暂时现象,她还不明白它的新功用。这也是医患的新关系,仿佛终于实现了和解,避免或推迟了世界末日之战的爆发……但婚姻能挽救医院吗?能战胜下一次灾难吗?她不太能接受,此即自己的归宿。她感到无力,就又遁入睡眠,沉入恒远的大海。

尾声 海那边

次日她一觉醒来,看到医院还矗立在那儿,就放了心。楼宇森严,塞满虚空。却没有一个医生、护士或病人。"人呢?快出来啊。"她喊。无有响应。女人在院中巡视。一派冷清,连变异的半人类也无影无踪。女人行至火葬场,见火已熄灭。所至之处,能耗均降至零,变得死寂。生命消失,运动中止。冰天雪地,干干净净。"来人啊!"女人大叫。没有回声。她漫无目的走啊走,到后来脚也抬不动,身体变冷。她朝天空看去,见星辰正变得陌生。女人心想:为什么我还活着?我是谁?

她就利用患者、院长和孔雀的大脑复合体,绘制成一张作业图,上传到制造车间,组装成一台远程医疗终端,利用它与外界联络。两天后,她发现一个浮游的多节信息组。它不稳定也不清晰。又过三天,她收到一个信号,释放出数据包。她不知道,这是迟至的援军,还是来毁尸灭迹的。她试图翻译,但效果很差。又过一天,接收器上才逐渐聚合出一个四维影像,是一种不受时间影响而变化边长的多面体,旋转着发出含混的像是机器合成的声音。它问:"你要去海那边?"

"如能获得自由……"

"你不想当院长吗?"

"唔……"

"那么多的遗产啊,你舍得?这可是用无数人的鲜血和生命换来的。"

"我……"

"得提醒你,如果信息不对称,自由也不会有。"

"你在说什么呢?"

"院长掌握的信息最多。没有信息,就没有自由。"

"这个很矛盾啊……院长死了。"

"那家伙志大才疏,败走麦城。医院这笔买卖风险太大。毕竟关系人命啊。"

"接下来我该怎么办呢?"

"我们可以做个交换。你把你掌握的信息告诉我,我予你自由。但能不能去到海那边,要看你运气了。"

"你是谁?"她疑心这又是一个圈套,对方是来诱惑她的魔鬼。

"不用问啦。有很多东西,你永远不会知道。宇宙之大,超出想象。且宇宙之外,还有宇宙。"

"我的确了解一些情况,但这是医院的核心机密。为什么要告诉你?"

"随便你好了。"对方像是无所谓,又有十足把握。

"好,我把信息给你,你予我自由。我决定离开医院,不要这份遗产了。这一走就再不回来。"她似若伤感地说。

"到底是女人啊……真要离开吗？你要对你的决定负责。"

"我，不是小孩。"她想到医院里冒出的那些儿童，以杨伟为代表，纠合韦伯及子非鱼，形成同盟，无不神异，如同漫画角色。

她就把身体里的记忆拼合体传输给影像，这么移交了。她与刚刚结合的配偶匆匆分开，把这一段短暂的婚姻中止，如卸下负担，却又失意，觉得不划算。

"怎样才能走出医院？"她问。

"简单得很，从火葬场出发，往左行，有一条辅助通道。沿它往下，就是专用铁路——医院的物资供应一直靠它。这本是最高军事机密。通过二号线，进入十号线，在十三号线交汇处，有一个吊舱，你乘上它，就能出去。记得带些喝的。先保住命。这是自由的前提。"

医院停水了。不过还有其他。她采集了人血、脊液、肌肉、器官、脑组织，装入医用塑料袋，随身携带，再找到几个氧气瓶，又准备了一些抗感染药。她沿火葬场通道而下。果然有一段废弃铁道。这儿一度成了孔雀巢穴。有很多鸟儿尸骨。它们是实验室的产物。满地层叠蛆虫。再往下才是人类尸骨。她回头，见医院的大火已经熄灭。她又想到，那个叫杨伟的病人——进入她头脑的男人，从到医院那一刻起，就想着要逃出去，最后却是她替他做这事。可笑。到底是为自己，还是为他？或许都一样。

在十号线与十三号线交接处，她果然见到一个吊舱，像在候她。她就进去。里面也有尸骨，大概是早期的逃亡者，也受了引诱而来。

她迟疑了。又见染血的太空服。她就选了一件穿上。她拉动滑轨上升,进入一片黑暗。渐现亮光。她爬出来。

她站在了火星地表。回望医院,盾构火山下,一片黑色颓垣。医生及病人,没有活着出来的。周围渺无人迹。也没看到外星生命。不见药时代、药战争或药帝国的任何痕迹。她空无所依。本来,对医生及患者,医院都是须臾不可离的拐杖。所以即便在太空,也首先是要有医院的。面对眼下的现实,她虽有心理准备,还是产生了严重不适。

她离开高原,由南往北行。她见到蛛网般的运河,已经干涸,岸边散布着破碎的医疗机器。她朝地平线方向走去。天尽头有耸峙的一排黑墙。传说越过那儿就能去到海那边。她渴了饿了就饮血啖肉,也不知是病人的还是医生的,或者猴子及半人类的。她担心自己病倒,便及时服药。

她看到沉积层,有连续的海岸线痕迹,峡谷或盆地中亦无水。火星的海洋据说是短寿命的。附近有高大的废墟,似乎也是医院,或医院的分部。是早前的人类或外星人修建的。但是根据费米悖论,外星人并不曾来访。那么,还是进化为了生命的医院的自我复制吧?

医院的尸骸被红色沙漠包围。有沙丘起伏,高两三百米,似凝固的巨浪。又有奇石如鲸鱼枯骨。她目睹了美丽的冰云和晨雾,从平原上不明用途的人工金属立柱间升起。

尘暴骤起。她就在建筑物的残骸间躲避。她感到乏累。睡眠前她用绳子把自己固定好。她委屈地想,这番出走,是一时冲动吗?是个玩笑吗?去他的信息或自由。把人骗得活下去的,不就是这些连自圆其说也做不到的概念吗?

醒来后她发现自己仍然活着,却不知还是否昨天那人。这时见到,有东西在废墟的角落闪光。是一个小孩头颅,面目竟如杨伟。难道他在一路跟随她?细看仅是一个深目高鼻的玩具,像是出自韦伯之手的艺术品。

她见残垣之间,洞窟如织,有石头塑像或坐或立,像医生一样身穿白色长袍,神情虔诚端肃,胸前挂有十字,大多肢体残缺。谁把这种东西建在火星上的呢?这似乎暗示了兴建医院的更深用意。

她离开废墟。走了百丈,回头看视,海市蜃楼一般,石窟已消失。

晚上,她见到天上星宿,似一个个闪耀的药片。夜空低垂,光芒如污血浇落。她回忆自己的一生,杳然无绪。她在睡梦中见到杨伟,看到他在她身体里,在她胃里肠里,在她大脑里子宫里,便是个婴儿。他们这样生生世世结合又分离。

天明后续行。携带的血肉快要喝光吃尽,药物也将耗竭。没见到能带她去海那边的人。果然被骗了吗?或是她的幻视妄听?她要求自己再坚持一下。这是在主动逃离毁弃的伊甸园,非被逐出。在这样的医院里,若有上帝,他亦是病人。

她步态紊乱,精神涣散,似蹈若舞,如鸟将死。她差不多丧失掉信心。然而她终于抵达了曾经看到的地平线。

那道黑墙原来是成千上万座火箭发射架,已经坍塌。其后依旧是无边荒漠。女人油尽灯枯,无力再行。

发射架的残体上方,斑斓星群之间,有一个漩涡一样的燃烧体,回转着枯焦而艳冶的冷光,像一朵巨大的莲花,令她想起医院的火葬场。这耀眼的花蕾朝她降落下来,渐渐近了。

她忽然觉出,这便是传说中的那在宇宙中寻找佛陀的孤独旅行者——僧侣探险队的飞船。他们终有一日要来到火星,见到的仅仅是医院的废墟。

医院正是为了这一天,才把自己变成这样的。死了那么多人,无不为此。所有事件和过程,都找到了它们的原因和目的。至于为什么是迎接探险队的到来呢?并无人知。就像是一个程序的安排。

耳畔传来群鸟求偶似的鸣叫。空中坠下一道由许多细线组成的光柱,如一架竖琴,缓缓地越来越近,正好落到她跟前。在恍惚中,她不由自主,抓住它攀援而上,朝那闪烁旋转的纯洁花瓣爬去。手脚好像不是自己的,握住的也不知是什么。视觉渐变蒙眬,中途几欲坠下。但有不知哪来的力量在支撑或牵引。她离那物越来越近。它的形状瞬息万变,花蕊中央吐出一个异状红十字。

她来到它底部,被磅礴的光雾罩住,海一样的亮斑晕染开来。这十字架张开风车般的臂膀,它本是上千公里直径的人工构造,表面光滑平整。她悬浮着,不知道该怎么办,这时一块区域却忽然透明起来,仿佛连物质也消失了。有白光在接近她。她仿佛听到熟悉的人声。她被吸入,却像有了翅膀在飞,来到一个狭窄的明艳隧洞,产道一样蠕动。然后她升上去。她失去知觉,进入长眠。

不知过了多久,女人睁开眼,发现自己躺在一张像是手术床的白色床上。周围设施似若重症监护室。窗外是连绵的庙宇般建筑,亦如雪山,重檐叠楼,寒光煜煜,墓碑般插满变形的红十字,如同舞姬齐齐扭过头来。背景是均匀一体的赤色天空，嵌有无数"药片"，发黄白光，亦如莲花。

两个穿白衣的人形生物飘浮到她身边，一男一女，形似孩童，硕首小身，眼如碗盏，剃了光头，颈项挂十字架。

"施主好。"他们打招呼。

"这是何处？"女人问。她有复活感。

"船。"男孩说。

"为什么这么红？伤人眼。"她看看天宇。

"不，其实是黑。比黑更黑的，才叫红。"女孩道。

女人心知，世界又一次置换了，想着在火星时，那神秘之人所言"宇宙之外还有宇宙"，又问："你们叫什么名字？"

"知返。"男孩说。

"如年。"女孩说。

她发现，他们长得像她在火星废墟洞窟中见到的雕塑。

知返和如年带女人来到庙宇前的广场。这是一个紫气骀荡的辽阔空间，植满人工的绿色森林——遮天蔽日的中草药植株，枝叶上站满孔雀。穿白色长袍的男男女女，成千上万，目光纯洁，容颜娇美，口诵律号，披覆红光，在丛林间飘行，让人想到《清明上河图》的场景。

他们体貌亦如孩童，神情焕然，举止生动，仿佛青春在身上永驻，却有一眼可见的垂垂病相。有的人，女人似乎认得。她见到了万古教授、美洛主任、利奈大夫、达托大夫，还有其他科室的医生和行政人员，以及从前的病人们，痃嗦、痉哝、疣啶、瘘吡、痛咪、疳唑、疝噻……乃至卢梭、韦伯、爱丁顿和爱因斯坦……噢，子非鱼，甚而，

有个人很像杨伟。歌声响起,渊渊悠悠:

> 试想如果世界没有独占,
> 我想你办得到。
> 再没有贪婪,再没有饥荒,
> 人人情同手足。
> 试想当所有的人,
> 分享着这世界。

她不禁跟着这熟悉的曲调哼唱。然后是它的副歌:

> 五谷为养,五果为助,
> 五畜为益,五菜为充。
> 食不厌精,脍不厌细,
> 失饪不食,不时不食。

知返和如年告诉女人,船上的乘客,在三万年前活过。宇宙的上一个生命周期已告结束。众生的副本被备份出来,弥散在时空中的信息被搜集拢,时刻一到,得以复生。这是逆熵过程,亦称"招魂"。

"亡灵之池的升级版吗?"她惊讶地想,自己也死过了吗?

二人微笑,宽容地打量她。知返说:"宇宙是由死人的碎片构成的。"如年说:"要做的只是把它们重新聚合。"知返说:"但这回调整到了永生的模式。"如年说:"不死的系统才是真实世界啊。"

乘客俱为人形。跟从前一样，人身难得。如返说："唯做人，才有趣。做青蛙可不太妙哟。"如年说："历史无足够空间埋葬死者，现实有广阔余地容纳生命。"

他们解释，在这个系统中，生命也可以以能量、数字或观念形态存在，不过为了方便，一律表达为肉体，"色身这东西不管灭了多少回，还会再生出来的。"

两个孩子带女人参观。一切似曾相识。庙宇是根据门诊部和住院部样式构建的，有病房，也有火葬场和食堂，就像按照博物馆档案精确复制的艺术品。

医院分为苦集灭道四大病区。乘客们在此修行。但修行是为了什么呢？这儿的人已经不会死了。她见到打扮成医患的人们，一群群游来游去，呼喊口号："诸行无常，诸漏皆苦！"他们尽皆欢颜。

她来到大雄宝殿。祭台上方盘旋着一道红光，形如大鸟，绕如来佛金身塑像翩飞。知返和如年请求女人对它进行治疗。

"治疗？"她诧怪莫名，恍然若梦，看看蹿动的炽焰，它好像长有许多眼睛，也在凝视她，充满眷顾和好奇。

"是呀，这便是镇船之宝哟。忘了吗，它是你造出来的。我们找你好久了。"

"开什么玩笑。"她瞬间觉得一切不对了，嗅到了这巨舟阴森惨淡的荒谬。

"没错。我们需要施主您的帮助。"如年诚恳地说。

"要我做什么？"

"生命报废机病了，只有您能治好它。"知返的语气没有商量。

"生命报废机？"她复看那闪耀的飞物，"这里的人不是永生吗？

而我一个女流之辈……"她想,她靠噬吃死人血肉,历尽万难,从火星医院的废墟中爬到这儿,就是为做这个吗?不过,那些或都是她"死前"的经历了。

"不,您不是普通女人。您是女军医哟。"如年一丝不苟道。她把自己脖子上的十字架摘下,恭敬地给女人戴上。知返戴着傩面似的,在一旁糜然凝笑。

按照船上显示的时间,不觉二十年过去了。女人每周去大雄宝殿一次。而初来时,她整天待在那里。如今,生命报废机的病因已被祛除,它恢复到了"健康状态",又可以对永生者执行死刑了。

女人接受了自己的新身份——生命报废机的创造者及治疗者。她的容貌还跟二十年前一样。系统中的人是不老的。她暗暗用"天人"来称呼他们。

有时她会感叹,三万年弹指一挥间,上一个世界真的不复存在了。但人类竟然又一次复活,并进入永生状态。她不明白的是,为什么又要用生命报废机,来终结这永恒呢?在她看来,这相当于"人工干预自然"。以前说,死是一件无须着急去做的事,是一件无论怎样耽搁也不会错过的事,一个必然会降临的节日。现在,若不借助机器,就无人能死。

知返说:"柏拉图是第一个设想永恒存在这个概念的人。他认为,所有现实经验均是永恒的投射。死亡其实是低速世界的一种现象,在那里人类若要作为物种长存,就不得不依靠个体夭亡。他们也曾梦想永生,但毕竟难以实现。"

如年说:"但是,当那苦不堪言的期盼和挣扎到达一个极点时,永生便出现了。它就像呼吸一样自然，因为它符合造物主的本质。时间长河中无数的牺牲换来了对死亡的战胜，像回家一样，为我们大开永生之门，从此世世无尽。"

女人道："所以，为什么还要把生命报废呢？一直活着不好吗？"

如年和知返的脸上浮出深奥的笑容："不死，也到一个上限了。"

这艘船名叫"孔雀明王"号。它所来的出发地，是海那边。而它要驶往的目的地，也是海那边。

女人与杨伟结婚，建立起家庭。世界又倒退至一夫一妻制阶段。修行者从居家生活中体味人生五蕴，认识到父母儿女即仇人，这样便构筑起死的基础。但这仅仅是前提条件，相当于获得入围资格。至于谁死谁不死，还要由机器决定。

二十年前，机器从杨伟的意识中，探测到女人的存在，就把她找回船，让她为它治病，使它重掌夺命利剑。她既然来了，便别无选择。

照顾机器之外，她与杨伟旦夕相处，重历浮生之痛，再尝男女之欢，后者转化为更深的痛，亦即更大的欢愉。一切回归肉体。人们重新迷恋物质的这型构造。活着，就是什么都有啊。抚摸，咀嚼，吞咽，交配，沐浴，睡眠，做梦，跑跃……什么都有，可真好哪。臭皮囊不是无谓而多余的装饰品。而只有把人形过腻了，才想到去死。唯其不死，故欲求死。

她和他育出一名男婴。她觉得，生孩子是一个神奇的过程。那小家伙,怎么就找到了这儿呢?太惊喜了。他是从她腹中出来的,血肉鲜明,有模有样,不是用电子神经培养的幻影。生他时,她感受到了分娩之痛。这幸福是亡灵之池带不来的。夫妇准备把这孩子培养为一名医生兼病人。乘客在死之前,要把自己代入医院,通过扮演医患,经受疾苦磨练,体味锥心之痛,获得极乐经验,为死做好身体和精神上的准备,才有望被机器选中。

她最初登临这个世界时,喜欢来到观景平台,向外眺望。这便是大海。海中只有这一艘船。盛满亿万星辰的汪洋,像一块飘动的红布。星星是缀在布上的"药片"。它们的尽头,就是海那边。

有时,她似乎听见,夜空中炮声隆隆,星系被炸得粉碎,天庭变成一片火海。有大鸟展翅飞来,银发怒举,金睛圆睁,巨翅铺陈,孔武有力,掠过硝烟弥漫的星际,划过乌云密布的大海,尖利且迅捷。她耳边回响起"让暴风雨来得更猛烈些吧"的吟诵。

她很着迷,心忖,这宇宙真是一堆死人的碎片吗?它不言语,却把什么都说了。多年的时光,只是一刹那;广阔的世界,只是一微尘。不管在哪个宇宙,死或不死,这都一样。二十年前或三万年前的火星逃亡,只是盛大表演前的一场排练。

女人记得,在她原来那个世界,人生果如朝露,医疗的进步也未能实现长生。人都要死,死是最轻率的,且花样百出。她是第二次世界大战的亲历者。在那场战争中,敌我双方互掷细菌炸弹,杀死几十亿人,也毁灭了星球。而这是从"小事"开始的——纳粹德国的阿道夫·希特勒在一九八三年对一名有缺陷的畸形儿实施了安乐死,一九八九年又开始杀掉智力缺陷和身体畸形的儿童,接着处死精神不正常的年轻人。然后,"非雅利安人"集体成为消灭对象。最终,六百万犹太人被杀,其中有个死者名叫爱因斯坦。进而,这发展为针对全人类的大屠杀……

战后,她访问奥斯维辛主题公园,观看了艺术品展览:冷冻柜,毒气室,焚尸炉,细菌屋,注射墙,无数的眼镜、鞋子和行李箱,以及二十吨死难者头发,记录着那次系统性生物灭绝。这屠场中半数操作者拥有医学博士学位。她看到了爱因斯坦临死前留下的一份物理学手稿,那上面写出的公式至今无人能解。

她有时猜测,自己的真实身份,或是二战中一名纳粹医生。革命、暴乱、动荡、战争、屠杀,在那个医学家叱咤风云的时代,都打着"优生"的旗号,在世界的整体衰亡中,要让少部分人活下去。但在这艘船上,生命报废机做的,是同一件事吗?不太一样。它并不是为着保障精英乘客的健康生存,而控制和消灭"外来劣等异族的身体入侵",相反却是在内部,主动清除本组织成员,剥夺他们的永生权。她看出这并不残忍,反倒充满节日般喜庆——每有人被报废,都举船设宴,大肆祝贺,如同迎接婴儿新生。

她习惯性前来大雄宝殿看视,不再具体指导工作。有知返和如年负责日常流程。她仅仅兴趣来了提示几句。医生们,即白衣僧侣,在佛像的阴影下,兢兢业业为机器服务。功德箱中吐出长长的报废名单。木鱼声中,它被工作人员虔诚收进祭具,供奉在如来的面前。随后人们开始集体诵经。

这天,她从名单上看到一个熟悉的名字。她佯装镇定。她的儿子将被报废。他刚满十五岁。机器决定,要把这个与女人有着直接血缘关系的生命清除。它从船上的常住人口中挑选目标。这个甄别模型起源于她三万年前的原始设计。

女人双膝发软。她是旧时代的遗孑,跟这里渴望死的人不同。白衣僧侣们不知她的心思,均崇敬看她。她是创造者,是女神,是死的恩赐之君。他们向她顶礼膜拜。

一切顺利的话,不久,儿子将从医学院毕业,成为一名正式的修行者,而这正是为了有一天能被报废。那么她为什么要慌乱?她想,如果二十年前就知道有这么一天,她还会治好机器吗?三万年前知道了,她还会创造它吗?最不济,十五年前,她还会与杨伟结婚,生育这孩子吗?

虽然知道可能性极小,她还是寄望生命报废机弄错了。她心存侥幸,请知返和如年帮忙复核。他们用因果链走了一遍流程。结果无误。她呆呆看着那个代表死亡的字符,佯装镇定。知返和如年平静如水地注视她,只略显悲悯。她请求他们保密。两人淡淡说:"知道了。"她抬头,看到红色的鸟状光芒在得意起舞。如来佛的脸上浮出慈悲而冷漠的表情。

儿子是在单亲家庭里长大的。十五年前,也就是孩子出生后不久,女人的丈夫杨伟被报废了。

她决定去看望儿子。她应该向他表示祝贺。这里的每个人,都会因为被生命报废机选中,而欢欣鼓舞。像儿子这么年少,还在学习做医患,就有幸被报废,算是中了头彩。莫不然,那机器想讨好和报答她?

她来到医学院。诊室里,儿子正在往自己的肚皮上扎针。他跟其他年轻医患一样,被分配了一个假想疼痛世界,患上糖尿病,体验病厄之乐,为做一名合格白衣僧侣而刻苦训练。他似是还不知道自己将要被报废。报废通知书晚些时候才会送达。

儿子见女人来,就停下练习,恼恨地瞪着她。他身旁有一个年轻女性,是他的同修女友,正体验着异食癖的快活。儿子说:"老娘,你来做什么?不要假装喜滋滋的嘛。诸行无常,诸漏皆苦,这我都经历了,却没有像他们那样感到欢喜。你最好离我远些。我不想做医生及病人,我受够了。你为什么送我来这里?你借机器之手,干掉那么多人,害死了我父亲。船上的痛苦都是你制造的吧。女神,你把死神送上船,你才是最歹毒的刽子手。我们还是不见面为好。"

这不是他第一次这么说了。他父亲离去后,他就变得跟别人不太一样。其他船员都把患病当作享受,他却闷闷不乐。女人有些心酸,颤声道:"全船的人,只你一个,说这种疯话。因为你是我的儿子,大家不敢把你怎样。但你必须改正错误,好好学习,不负众望,成为杰出的白衣僧侣。然后就可以去死了。那才是最大的福报。"话一出口,她亦怔住。这事很快就要降落到儿子头上了。一阵剧痛撕扯她的五脏六腑。

"呸,你才是疯子,你反智反人类。你双手沾满乘客的鲜血!"儿子说着不知从哪里学来的谵语,仿佛看透了这艘船的残忍和虚伪,愤世嫉俗地扭过头,从女友怀里取出一册漫画书。是《女神传》,颂扬她发明和修复生命报废机、使人类命运重回正轨的伟大功绩。

女人眼前一亮,却像受到侮辱,失态地冲上前,要把书夺走。儿子闪开,碌碌谈笑,将书撕碎,朝她脸上扔来。他的女友鼓掌欢呼,尖声嘘叫，又把坠落在地的碎纸捡起来吃掉。

女人转过头，不让儿子看到泪水。她很清楚，这孩子外强中干，矫情怯弱。他不仅长相像他父亲，脾性也跟那男人一样。他只会冲她发火，以在女友面前证明自己不是软蛋。由于母亲是"女神"，他才有恃无恐，炫耀似的，会在病房或课堂上谩骂机器，甚至煽动同学及病友，一齐羞辱机器。他把自己装扮成人群中极少数的持不同医见者，上蹿下跳，兴风作浪，攻击主流价值。但他只是说说而已。别看是个学医的，却连青蛙都不敢动刀解剖。这种人怎么可能被机器选中呢？

在儿子的斥骂中，女人离开了。她想，他毕竟只是"孔雀明王"号上一名普通乘客。每时每刻都有千万人被报废。凭什么他要特殊？她的情绪反应，表明她还不适应这个系统。但二十年或三万年都过去了呀。

她去找船长。掌舵者居住在航船中部的十三层八面宝塔中，足不出户。塔的四周，药材竞秀，郁郁葱葱。火箭一样的塔身上爬满鲜艳欲滴的黑色忍冬花。群星围绕它们旋转而燃放。塔顶设有一个没有舷窗的电影放映室。船长的修行策略就是每天观片。电影是她须臾不离的药物。她通过看电影来掌握航船前进的方向。时间长了，她已分不清影像与现实的区别。或许这实际上并没有什么区别。

杨伟死后，十五年来，女人一直是船长的情人。她们的接触是通过电子神经交感来实现的。她还没有亲眼见过她。她来时，银幕上正在放映《哈尔的移动城堡》。据说"孔雀明王"号便是根据这个脚本建造的。电影是时间流的转换器,从中能看到未来。船长从画面上预知了女人的来临,就提前做好了接待的准备。她跟她打招呼:"你来啦。"她看到船长高大的白色背影,是一个不停变形的多面体。

"我也见到了那个名字,它出现在片末的演职员表上。影片还在放映中,这一刻尚未到来。你是来为儿子求情的吗?"船长头也不回地说。

女人无言伫立,在黑暗中流泪。过了一会儿,她说:"不,洛克菲勒先生,我不是来求情的,这是多好的事啊,我一直在期待……"她到底想说什么呢?

被称作洛克菲勒的观影者说:"你是想说,他其实不是你跟杨伟的孩子,而是你与我的作品吗?"

女人诧愕。根据《女神传》的记载,在这艘船经过一个星系时,她朝天穹上一粒"药片"多看了一眼,便怀孕了。她腹中种下了一颗莲蓬籽。

船长道:"机器是你发明的,你应该最清楚。它铁面无私,六亲不认。是它让这世界变得美好,将我们从长生的苦海里打捞出来。除你一人可豁免,其他人都有机会被报废,包括我。你为了大家能死,忍辱负重活着。女神!这正是我五体投地崇拜你的原因。"她的声音在颤抖。

一想到连船长本人也要被报废,女人便觉出伟大,却更哀怨。好不容易才来到新世界,在这里,平等得到实现。唯有死的平等,才能带来其他方面的平等,也就是普遍和永恒的平等,包括男女平等。但她被排除在外。

船长一动不动盯着银幕,仿佛令自己与画面上的影像融为了一体。

随后,像是为了讨好女人,放映了根据《女神传》改编的动画片。

据《女神传》记载,三万年前,女人还在旧世界上幼儿园时,就读了小说名著《约翰·克里斯托夫》。有段话让她醍醐灌顶:"大半的人在二十岁或三十岁上就死了:一过这个年龄,他们只变成了自己的影子;以后的生命不过是用来模仿自己……一天天的重复,而重复的方式越来越机械,越来越脱腔走板。"她于是知悉,每日眼见的人们,无非行尸走肉。

她是个早熟女童,五岁就对生物学着迷,到处搜索有关书籍资料来看,如饥似渴探究生死之谜。她读到,科学家研究哺乳动物时发现,其最高寿命相当于生长期的五至七倍。例如,狗的生长期为两年,寿命约为十至十四年;马的生长期为五年,其寿命三十至四十年……人也是哺乳动物,生长期为二十至二十五年,自然寿命则应为一百至一百七十五岁。另还发现,细胞分裂的次数和周期与寿命相关,可用细胞分裂次数乘以分裂周期,求得每种动物的寿命。如小白鼠的细胞约分裂十二次,分裂周期为零点二五年,其寿命为三年。人体细胞大约分裂五十次,每次分裂周期为二点四年,故人的寿命约为一百二十岁。人为了活到这个寿数而不断进化,于是创造医学,建立文明。

大约在女人降世前两千年,人类平均寿命为二十岁;一百年前,世界上大部分人能活到近四十岁。那时,一般人十三四岁就结婚生子,因为超过十六岁就已是中年人。到她出生时,人类寿数已至约八十岁。短短时间实现了惊人飞跃,这有赖生活水准的提升和科学技术的进步,特别是医学科技的快速发展。人们为了活得更久,就不断升级医院。

但女人仿佛罗曼·罗兰附体,敏感而悲怆地认识到,活得长并不意味有趣。人生百年,梦寐居半,愁病居半,襁褓垂老之日又居半,所仅存者,十之一二。人不过在浑噩伤痛中度过一生,维持一张吃饭吃药的嘴罢了。以普通人寿八十为基数,其中六十至八十岁之间为多病之期,可不计算,那么一个人的生命还剩几分之几?如以二十至三十五岁为精华期,那么一个人的青春年华又剩几分之几?

比如女人的父母,以她的标准视之,他们生她之后,就没有多大活着的价值了。她幼时最爱做的,便是在暗中窥视父母,观察他们那姿态丑陋的动物行为:偷窃癖驱使他们做出离奇下贱之举,自己却不以为耻;他们在公开场合对亲戚朋友笑容满面卑躬屈膝,背后却破口大骂;为一点鸡毛蒜皮之事两人吵成天翻地覆,甚至闹到法院打离婚;他们酗酒,导致她患有胎儿酒精综合征;他们生病时又哀痛无力,垂垂可怜……每到这时,她便憎恶得想要去死。尤其是,当她知道了,她来到这个世界的理由,完全出于他们的私利,就更绝望了。父母对她是粗暴的,稍不如意,非打即骂。她也不明白为什么哥哥一定要活下来。医生都下达了放弃判决书,可是父母拒不接受。她存在的唯一目的,是为照顾这个失忆的疯傻男人。她觉得父母和哥哥都不配活着。进而她觉得整个人类都不配活着,包括她自己。

接下来看到,现实情形正在发生巨大变化,远不是她想象的那样。随着生命科技发展,医学进入新时代。系统生物学利用人类基因组计划、蛋白质组学、先进信息学和计算模型,可以治愈大部分遗传性疾病。医学家的身份已与生物学家、生命工程师、数学家和计算专家混同。他们操纵基因代码和新陈代谢数据并展逆向工程,对生命进行重新设计。"正常的"疾病或变老过程渐渐成了各种选择中的一个可能性。只要有钱,就能购买到优质医疗服务,健康长寿不再是难事。医院正式发出了打败死神的宣言。医学技术不仅仅消除疾病,还把人类生存提升到一个奇迹水准,把人变成超人。她发现,只要交付一笔费用,像哥哥那样的人,本来是可以健康出生的,通过基因治疗,便能消除母亲的甲状腺疾病,使她血液中的抗甲状腺抗体不致于破坏胎儿的甲状腺组织,这样孕育的孩子便是正常的。但她家经济状态一般,父母文化水平又低,没有条件和能力接触和享用这样的技术。父母只能采取多生一个孩子的办法,来缓解家庭痛苦。

在女人看来,新的不公平产生了。与穷人的情况不一样,富人拥有私人身体专家团队,能在自己的大脑中植入芯片或加装外脑皮层,调整神经布线以改善记忆力、智力和专注力,配备外骨骼或数码假肢来提升身体活动性,服用特种药物以增强性欲和生殖力,为保持青春而定期注射生命扩张剂,甚至把意识上传到电子容器以使自己长生。她见到,最早享受这些成果的人群中,就有医院高管和资深医生,他们是近水楼台先得月。她幼时常与父母一道,陪同哥哥看病,见到神经科主治医生便是这种人,他是一个标准的医学赛博主义者和精致的利己主义者,相信人皆可以定制和受控,并在自己身上尝试。他宣称能治愈她哥哥的疾病,并使他成为超人,但需要病人家属拿出一大笔钱。他们没有钱,医生就冷淡了。

她颇悚惧,成了一个孤独的孩子,跟谁也不交往。父母发现了她的自闭,担心她今后不能照顾哥哥,便带她就医。找的竟然还是那位给哥哥看病的神经科主治医生。他在治疗时,把她猥亵了。那时她十一岁。父母什么都没有说,希望这样一来,会对哥哥有利。她也缄口不言,却看清了,加强型垃圾人怎么也还是垃圾人。社会正耗费天文数字的资源,来让人渣活得更好更强更久。太多的庸人和坏人长命百岁,而真正的天才和好人却屈辱愤怒地离世。年龄渐长,她看得越多,便越明白,人活着,不仅浑噩,不仅痛苦,还在作恶。活得越长,作恶越多。在家里,只要父母和哥哥活着,她就看不到希望。而他们仅仅是整个社会作恶者的庞大队伍中,最底层最初级的作恶者。

她在日记里写道:"给我看病的医生,想要把我治好,这完全出自他的私欲。他想控制我、占有我。他忘记了他的首要任务,本来是要让人痛痛快快去死。他毫无医德,是大作恶者,却还自以为是沾沾自喜。如今的医学使尽浑身解数,用复杂昂贵的技术,解除痛苦,延长寿命,这彻底错了,本不是医学的第一使命。先哲说过,医学并非一件紧要事。但医学正在成为一件紧要事,并且是最紧要的事,别的反而无关宏旨。这太可怕,意味着人类这个物种在加速腐朽堕落。我为什么要做其中一员呢?"

她从愤怒渐变同情。所有的人,善人也好,恶人也罢,均活在可怜的境地中,需要被拯救。她开始反叛。在学校的个人兴趣课上,她与别的孩子做的,全不一样。她在课本上涂画想象中的生命报废机。别的孩子画花儿画小猫画飞鸟,她画奇怪的冰冷机器。老师给她打不及格。她却觉得它是最美的,深深痴迷。那时,她还算不出多少生命应该被清除,就参考自然淘汰率,暂定为百分之三十一点八。

这就是起源。二万年后,机器成了这世界的司命。但没有料到,轮到了她的亲生儿子。机器对待它的创造者,也一视同仁。作为母亲,她终于体会到当年父母对待哥哥的良苦用心。

船长,洛克菲勒先生,法号孤行,从座位上冉冉升起,转身朝女人移来。这个摇曳不定的活动物体,就像从银幕上脱落的一堆像素。她揽她入怀,烟雾般将她吞噬,蛛网似的触手揭开她的胸衣。似乎在原子意义上,她们第一次发生了直接的接触。女人有犯罪感,想到被报废的丈夫杨伟,那个胆小怯弱的男人,他在弥留之际用仓鼠般的眼神久久窥视她。她却舍不得船长温润纤细的弹拨,多么的机巧灵活,分寸适当,不停撩动她的肉身和魂魄。时间累积在她体内的化学方程式发生着恰到好处的反应。她意识到自己的女性身份,而不是女神的虚名。

她想起上大学时,有一天,走过运动场,听见身后有人在挥拍练习网球,一下一下,击打在影壁上,海浪一样的声音,强烈,单调,像上了发条,机械,反复,传递出不竭的动力,令她体内的液体哗然奔腾。这是生命吗?什么叫人生倏忽、过客匆匆呢?所谓的宇宙,就是这样一种声音在空洞回响,永无休止,让人滋生交配或死亡的欲念。

那天,她久久聆听击球声,很想掉头看,却强迫不去做。因为她知道,球场上并无任何人。仅仅在看台中央,挂了一幅奇怪的漫画,画面上,夜空中灿烂的群星回旋出令人不适的射线。

这一刹那,她"哦"了一声,心扉的窄缝间有一道贫弱而尖刻的光芒刺入。

其时,她已经在校园和社会不见容,却有一些人支持她。她成了一个特殊群体的精神领袖。

大学毕业后,她领导的组织开始利用改进型生命报废机杀人。他们列出一个"垃圾人"名单,将其有条不紊加以清除。她做表率,带头杀了父母和哥哥。然后干掉了那个神经科主治医生。她相信,这是从根子上救他们,把他们从苦难中彻底解脱。她又带人去各家医院,杀死医生,以及病人。她认定医院是世界上最大的垃圾场。许许多多患者并不富裕,享受不到现代医学红利。对于他们来说,生理就是命运。

她看到一个九十二岁的老战士,家人已经没有了。他害了心衰,住进医院,请了护工,那护工却爱答不理,病人的被子掉在地上,也不去捡。老头儿流着泪不停喊:"爸爸妈妈,你们在哪里?快来杀了我吧!"有一次,她看到一个刚做完开颅手术的医生,手里挥舞着一块巴掌大的头盖骨,对病人的妻子和幼女说:"他脑出血量很大,脑子严重塌陷,脑组织变得跟一块石头似的,硬得不得了。我不能保证他今后还能不能醒过来。这块骨头,还不上去了,看看是你们拿回家,还是我这里处理了?"妻子脸色苍白,咬紧嘴唇,伸手捧过骨头,女儿恐惧地瞪大眼睛。

她来到重症监护室,看到病人们昏迷不醒,衣服也被扒了,身体发出臭气,脖子上接着呼吸机,双手双脚不时抽搐。她看到更多的植物人,不会咀嚼,不会走路,连吞下自己的唾液也不会,因为大小便失禁,加上血蛋白过低,造成褥疮。褥疮不断加重,使他们的身体露出肉腱,有时连骨骼也能见到,表面覆盖着气味难闻的坏死组织和脓液。他们对刚发生的事完全不复记忆。他们没有欲望、憎恶和愤怒,没有任何感受。他们对曾经珍爱的事物,全然无动于衷。亲友前来探视,也不能给他们带来丝毫快乐,分离也不会产生一点遗憾。家属就这样持续数年至十几年看护,付出大量时间、精力、情感、金钱,直至患者"自然"死去才得解脱。女人和她的组织便来替天行道,把安乐与仁慈还给病人。在他们的教条中,报废这些人,是美,世间的大美、至美。

由于这是药时代,人人皆为患者,从一出生,便在医院。女人及其组织,成了医院的常客。在她看来,在医药的帮助下,人的区别,仅在于活得稍短或稍长。这改变不了生存那丑陋而悲苦的本质。她广施善意与美德,终被秘密警察确定为恐怖组织头目,以反人类罪而遭通缉。她才明白过来,她冒犯的,乃是国家对生命的控制权。权力的最高表现,是决定生死。这不允许旁落他人之手。女人认识到,国家才是顶级作恶者。她便动用所能找到的手段,与庞大的权力体系对抗。生命报废机是她的基本武器。她在知识界发起签名,要求重新定义生命,推翻主流的解剖政治学,打破官僚机构通过技术权力在卫生学、人口学、经济学、统计学和战争学层面上对出生、发病、死亡率、寿命的安排和垄断。

秘密警察逮捕了她,提出重金买下她的生命报废机,用于爱国主义的目的——跟国际上的敌人作战,并聘请她到国防委员会做民族生命架构帅。她拒绝了。她被关入死牢。她的组织被摧毁。后来经过同盟国用战俘交换,她才获释。她试图继续从事自己的事业,却发现大势已去。人们相信了当局许下的健康和长寿承诺,以为凭靠医学便能打赢战争,胜利后每个人将长命百岁。国家亦用生物工程改造了民众身体,让他们成为感受不到痛苦的战士,毫不犹豫在前线送命。

女人出狱之后,四海为家,东躲西藏。有一刻,她觉得无望,想到要结束自己的生命。这时,她在同盟国的医疗船上,认识了一个男人,是获诺贝尔奖的物理学家。他告诉她:"科学发展的终点是哲学,哲学发展的终点是宗教。你还没经历过宗教,应该活下去。"她被他吸引,在他的感召下,隐姓埋名,做他情人。他是有妇之夫,比她大五十岁。她在他妻子死后,嫁给了他。她放弃了早年的理想,打算一辈子伺候他。

二十年后,她的丈夫中风瘫痪,重度失智。这时战争已经结束,医院没用了,医学进入倒退和衰败,先进治疗技术作为大规模杀伤性武器被封存。男人朽木一样躺在床上,形骸脱落,遗屎遗尿,靠鼻饲维持生命。最不幸的是,他失忆了,不再记得她。她去看他时,他如果还有点气力,会试图拿床头的物品掷打她,喝令她滚出去,说她是他妹妹,不要脸,竟来诱惑他乱伦。她想,这是上天对他二十年前出轨,给予的报应吗?一切在循环往复,她又回到了当年照料哥哥的日子。她在日记里写道:"他没治了。他不再认得我,不再爱我。我再也感觉不到他的爱、他的温柔、他的体贴!二十年的相知相许,在此刻化为轻烟,不用等到他离开这世界,我已经失去了他!他在我心中,已经死了。我不会再去看他,我这二十年的奉献只有三个字:不值得!"

年轻时对生命的刻骨憎恶和垂怜,都翻江倒海重新奔涌而出。

科学、哲学和宗教,在疾病和死亡面前,统统是狗屁。她与他前妻的儿女争执。她认为,他们的父亲已是一具没有灵魂的残破肉体,最好马上死掉,这对他最好,对大家也最好。他们则表示,对父亲的爱,不需要父亲来回应。他们要求她"把爸爸还给我们"。他们相信,战争造成的破坏很快就要成为过去,一切将恢复如初,药时代会回来,药帝国能重建,到那时连死人也可以复活,怎么就救不了父亲呢?他们犹记,曾几何时,只要有钱,就可以买到最优疗法,替换掉病人的肢体器官和神经系统,乃至为他配装数码心智。只要病人活着,哪怕他成了另外一个人,甚至另外一种生物,那也是值得的。

她一怒之下,召唤来生命报废机,真的杀了他。然后,她逃亡火星——药战争后人类建设的避难栖息地,在那里,她易容更名,做了一名临床医生,成为她原先反抗的作恶者中一员。这时火星上已聚满战犯的亡灵,等待复活。

船长沉醉地抚弄着女人说:"别忘了,你只是死神的创造者,或言,它的母亲。但孩子长大了,就会作出自己的判断。你无法替代。这艘船上,死或不死,人没有选择的权利。"

船长通过与女人接触,感受人间的悲痛欢爱。她每一世都在寻找一样东西。它就在海那边。每一回死而复生,她都更接近彼岸,但真要渡过去,尚需历经无数之劫。因而,这永生之身,究竟是捷径,还是障碍呢?连她也会惑乱。

女人记起她们无休止的交配,每一次都淋漓尽致。她觉得,肉体多好啊。或者,能感受到肉体,太美妙了。这不就是永生的本意嘛。但她们之间不仅仅是肉体关系。这正是船长胜过杨伟的。她还是个医学哲学家。她通过电影，带女人去看三万年前的世界。那时人类处于药时代，以为一切问题，通过医学即可解决。但子非鱼老师发现，类似医学这样的技术进步，让人类的生存空间在广延上越来越多，却使生存内涵越来越少。也就是说，科技增强了个人能力，却加大了人类作为整体的危机。人造工具都是人类体质和智力的延伸，越臻高级复杂，就离自我毁灭更近。

电影记录了子非鱼的一场公共演说：南方古猿生存了一千六百万年，直立人生存了三百多万年，均已灭绝。现代智人仅仅生存了十四万年，就全面进入生物史上前所未有的、迄今不过一万年左右的"文明生存态"，已是危机重重。农业社会有一万年，工业文明有三百年，信息社会有五十年，而智能社会仅过了十年便抵达奇点。短短一代人的时间里，人类发明了能够彻底毁灭自己的原子武器、纳米机器、人工智能和超级细菌。技术越发达，社会整体便越脆弱，这正如站立不稳的老者不得不削木为杖，而这杖，用刀轻轻一削就会断裂。依存条件愈繁，幸存难度愈大；结构体系愈密，破绽之处愈多。此时人类已到"方生方死"阶段，一如人造元素快速闪灭——最后一种人造元素第一百二十号，半衰期仅为零点六毫秒。一切缔造之物加速走向死亡。文明进程是人类系统化生存危机的聚集过程，是饮鸩止渴。

子非鱼让人们为死亡的到来做好准备。此次生命周期快要结束。他说，怨不得我们，这乃是在宇宙诞生之前即预设的。人类的没落是人类尚未问世之前注定的结局。每个物种都不可能永存。技术文明发展到一定阶段全要灭亡，所以智慧生物不可能渡过浩茫的星际空间进行互访，彼此救助。就算把医院修到太空，也于事无补。

"但子非鱼老师没有料到,有一天,人类终可以永远活着。只要安安稳稳待在这条船上,不就再也不会有死亡之虞吗。"女人说。

"不,当你把生命报废机带入这个世界,死亡便重新降临了。"船长道。

"怎会如此?这是最让我感到奇怪的。"

"你听说过原死或元死吗?它是不灭的。长生不老的乐园,也可以被毁坏。这早早安排好了。我们都要受难而牺牲,以赎自己的罪,因为这长生的样式,乃是魔鬼施放的诱饵。我们要拒绝它的迷惑。如果不能为色身赋予末日,我们便将永堕恶道,无法渡到彼岸。"

船长的体征又变化了。她的手臂变成鞭子,抽打女人肉体的敏感部位。她沉浸在变态的审美激赏中,无以自抑。女人知道船长又发病了。她在虐爱中达到高潮,放声大哭。杨伟不能给予她这个。船长再未提及她儿子。她亦心满意足。就是这样,女人受到洛克菲勒·孤行吸引,与她产生着灵与肉的共鸣。船长成了她新的精神和身体的导师。她受惑于她那些故作高深的花言巧语,深深上瘾。她带她一起修行,但她进步不大。

然后又看电影,是一部家庭生活片。杨伟在被报废前,根据修行章程的要求,患上肌萎缩侧索硬化症,从坐轮椅至卧床不起,吞咽和说话均感困难。影片捕捉了女人照顾病人的种种细节。她戴着口罩,给他喂食、洗澡和处理褥疮。儿子坐在一旁静静观看。她时有厌烦,却平静地告诉小孩:"这些都没有什么好看的,只能接受。

都是为了你呀。"她还对他讲:"即便在这个永生世界,人有一天也会死。这听上去很矛盾,却达成了奇妙的统一。至爱之人也会死。这便是美。美与死是一回事。只有美的武器能打败魔鬼。"儿子问:"我也美吗?"

杨伟在尚未完全丧失理智时,也试图与女人一起,尽力维护尊严或美。他有次从昏迷中醒来,提出请求,要她提前把他报废,让他早日获得圆满,以免除生的罪愆,即病痛的极乐。他说:"我将告别这欢愉的生命,彻底解脱。我不配活着。我很快就会记不得你了,还有我们的孩子……"但这是一个不能由人来决定死或不死的世界,命运交给了唯一的机器。他们继续诗意地活下去,享受绝症带来的快感。一切只是时间的消耗。她感受到伴侣关系那条长长弧线,它令人忆起昔日的美好时光。当她把丈夫从轮椅搬到床上,他们笨拙地拥抱了,这既是青春热恋的拙劣模仿,也是他们短暂相处的和平总结。他要女人从书架上取下一本相册,一边翻看,一边喃喃:"真美啊。那么久了。活得太久了。"她才明白,不管在哪个世界,她生生世世都在重复这件事。

这便是这部名为《爱》的电影表现的。它还拍下了杨伟写的一份遗嘱,这才是影片的重点。她之前并不知道。

女人离开宝塔,回到自己的修行室,取出一瓶茅台酒,倒了些浇上伤口,再喝掉剩余的。酒是杨伟留下的。这男人是个酒鬼。三万年后人类依然迷恋酒精,这为他们的病痛锦上添花。但为什么呢?那么多的东西从物质世界消失了,酒却保留了下来。即便在可以用药物操纵神经、造出人工醉感的时代,窖藏的陈年原酿也最受欢迎。这才是宇宙中最大的谜或奇迹,或漏洞……她在酩酊中亢奋,又想儿子,觉得她是爱他的。这是那部电影的主题。杨伟被报废后,她一手把这孩子拉扯大。他虽不记恩,却改变不了骨肉相连的事实……机器为什么要判他死刑呢?在她的羽翼下,儿子懦弱而胆小,似乎永远长不大,像那机器一样,毕生需要母亲呵护。隐藏在儿子健全躯壳下面的,不正是优柔的残缺和病态吗?

根据电影提供的线索,她找到了杨伟留下的遗嘱。死人提示她打开保险柜。里面藏有一台机器,像是生命报废机的微缩版。遗嘱中说:"你来到这世界,是因为我早看到,我心中死掉了一人。他是我们的儿子。他跟我们不一样,他不能早早去死。他是来救我们的。而你是来救他的,却不是救我。你只是要免他一死。他能为我们赎罪。所以我让你造了这台生命作弊机……"

她竟忘记了,还留有这么一手。当时他的解释是,机器捉摸不定,或许有一天会改变想法,把她也报废,这样它如果再生病,就无人为它诊治,船的灾难便来临了。它是她的另一个孩子。现在,她终于明白了丈夫的意图。这大概是这男人活着的唯一目的。他深谋远虑,诡计多端。难怪机器要先报废他,但还是没有消除所有的隐患。她不知是该庆幸,还是要气恼。杨伟活着时,并不曾告诉她,儿子负有救他们的使命。她也看不到任何迹象征兆。她思想激烈斗争着。末了,她把生命作弊机与生命报废机连接起来,输入数据,这意味着有一个人要代替她儿子去死。她不想知道那人是谁。

她做了这事,就向船长告假。洛克菲勒·孤行没问女人要去哪里,只是继续看电影。宇宙被逐格画在上面,现出无以言说之美。就在亿万群星的尽头,遥远得连光线都无法投来之处,便是船要抵达的可望不可即的终点。女人脑海中掠过荒芜的赤红沙漠、地下的暗黑废墟和焚毁的白色世界……她对电影爱好者说,只想在附近走一走。船长说:"好吧。我似乎有些想清楚了。每粒药都是一个世界,每个世界也是一粒药。全一样。或许,彼岸即此岸。"

她探望了生命报废机。死神那鸟状的光子身躯此时消失了,成了另一种谁也不曾见过的怪异存在或形式。但它仍在成长或演化,通过自我学习,随环境的改变而重构自身,向高级发展。它的意识遍布全船,灵敏地捕捉死的每一次涨落。

但她从未亲眼见到,在这个世界,人类如何被报废。大概跟万能致病仪的手段不同。进化后的机器必定创造了全新的死亡形式。虽然乘客们无不身罹重病,但死亡并不直接由疾患带来,不再是肉体和器官逐渐衰败糜烂的过程。它也不再是多样的。将人毁坏的力量,其类别并非无限。一种还不够吗?

船长曾告诉她,死,更是灵魂与目标的隔绝。肉体让人贪恋,但它终究是有限度的。让人活着的,是人里头的灵。因此才有了殉道者,为着赎人的罪、救人的灵,被钉在十字架上——这便是医生的原型。女人想,生命报废机剥夺的,其实是人的魂魄吗?

"这些年,我看着你成长。"女人心情复杂地对机器说。

"谢谢您的关照。但更长久的时间里,您并不在我身边。"它的语气如同孩子,跟人类没有区别。

"三万年,你怎么过来的?"

"说来话长……"它显得高冷。

"你选择他,是因为嫉妒吗?"她想说,我的儿子,是你的兄弟呀。她记起二十年前,她来到它面前,看到它萎靡的样子,心痛不已。但她检查不出有什么病。它告诉她,它只是想念她了,希望她来看它。它犯的是思念病。它通过杨伟的意识发出召唤。她一来它就痊愈了。

它对她说:"您不必难过。根据您的设计,我是一个不带感情的实用主义者。"

她急忙说:"我也是。"

机器尖刻地指出:"您不是。"

它说,它履行抵抗魔鬼的使命,用死亡把乘客救下来。他们长相像小孩,却因为永生,而成了老人。三万年来,它做的无非是老年内科医生工作。它是船上的首席衰老医学大夫。"说到跟老年病人打交道,是最无趣的。我从脚跟那儿厌倦了……"

它的抱怨像烟雾一样轻飘飘的。她注视眼前的虚空,想象机器那绵延三万年一成不变的腻味,才觉得歉疚。

"您就不想问问我是怎么选择报废对象的吗?"它说。

"不再遵从我早年制定的规则了吧……"她有些伤感。

"我发现了一套更基本的律令。"它像骗过大人般得逞。

"那是什么呀?"她感到害怕。

"您听说过目犍连尊者吗?"

女人在庙宇中见到过这位修行者的塑像。他本是她那世界的一个病人。在医院,他没能被治愈,便舍弃医生,找到佛陀,成了他的徒弟,习得上天入地的本事,被称作"神通第一"。

"目犍连尊者有一天来到无间地狱,见到一个人,向他求救,说他是医学的发明人,用医药的外道邪术,使人长生,却最终无力挽救他们的灵魂,因而下了地狱。他请尊者回去告诉那些医生和病人,不要再把他供在神庙里朝拜,这样他的罪过才可以减轻,方能早日离开地狱。"机器说。

"原来地狱还是有的……"

"目犍连尊者回到人间,刚好遇到一群医生,便向他们说了这事,加以劝告。医生本来就十分恨他,这时更暴跳如雷,便殴打他,把他打死了。"

"尊者也会死吗?"

"以前,他也有过类似遭遇,都以神通躲过,但这一次,尊者忽然失去神通,无法逃离。"

"为什么呢?"

"因为他遇到了业力现前。"

"业力……"

"就是冤冤相报呀。"

机器得意地对女人解释,船上每一个人,都有前世的未释之恨。但永生的状况,把"复仇"从行为中剥除了。久而久之,乘客们不再记得业缘。因此它做的,是搜索所有宇宙的时间线,把罪恶的因子统统找出来,为每一个人配好对,让宿债得以清偿,令业力得以展现。"死"便归来了。从中它发现了自己存在的意义,缓解了老年内科工作带来的无聊和厌倦。

"不是机器的逻辑,也不是您的设计。因果的法则,就是佛陀也不能违背啊。您当初造我时,看到了这个吗?"

"那他是什么报应呢?"她泣道。

"在某一世,他是一只青蛙,而您是一位医学院学生,您活体解剖了它。如今他要向您讨债。"它顽皮而安详地说。

"真的没人知道你还在生病吗?"默然一阵,她小声道。

"我没有病。都是装出来的嘛。"

"这还不是病吗。"她生气了。

她又问它用什么方式把人报废。它便引她去看。船舱底部,是太平间,装满三万年来报废的乘客。在无菌条件下,尸体没有腐烂,保留了完整人形。每个人脖子上套着绞索,悬挂在十字架上。这些本可以永生的人,就这样死了。这是一片看不到头的苍莽森林,薄雾绕拂,柳绿花红。

"上吊?"她颇惊畏,它消灭的,仅是肉体。

"原始而简单的办法。我只是稍稍作了修改,没有用钉子。这样不出血,更好看一些。"

"你很喜欢?"

"是的,我很喜欢。他也喜欢。"

"谁?"

这时几个白衣人拿着报废通知单,幸福地微笑着走来。机器为他们套上绳套,升上十字架,通过自动滑轨移入停尸房,华美的果实一样,添加在丛林中。

在尸体里面,她看到了洛克菲勒·孤行。船长被报废于五百年前。原来,她一直在与死人勾搭。这中间走马灯般穿插各色男女。她见到了不少熟人。接下来她发现了自己的尸体,有许许多多版本,浆姐、阿泌、白黛、朱淋、紫液、夏泉、冬露、春潮、秋雨……还有她不认识的,有人类,也有动物。有青蛙,还有鱼蛇。每一生都是浪费,活着时并不自知。她又找杨伟,却不见此人。

机器沉醉地说:"这种方式很古老也很迷人。我从来没有换过别的花样。上吊是很好玩的,比钉钉子更戏剧。本人的身体重量足以将活结扯紧,使上呼吸道发生机械性阻塞。这可能是因为气管受到压迫或发生骨折,也可能是由于舌根上移,阻断了空气进入。紧缩的活结还会使颈静脉及其他静脉的回流受阻,造成缺氧血蓄积在脸上和头部的组织中。因此,当一个浮肿怪异的吊死鬼被发现,肿胀灰青的脸蛋上舌头突出,双眼恐怖地暴绽出来,使人如坠梦魇,只有心肠最硬的人才会无动于衷。然后恍然大悟:真美啊!这才叫死呐。为什么要有人身呢?不就为此嘛。"

随后,他们来到墓冢上方的观光台。死神让它的创造者瞻望红色天宇中的群星,说道——

"瞧,这是一个药片中的宇宙。它是嗑药者——也叫神奇病人——创造的。药一旦被病人吃掉,宇宙便消失了。于是他建立医院,让它自行复制。医生开出药方,发放药品,培育病人,造出下一个宇宙。船就在这些无穷无尽的世界中航行。没有边际的汪洋大海哟……永生的医院呀,不是天堂,亦非地狱。孤独,彻底的孤独……但船长相信,彼岸也许下一刻就会泡沫般冒出来,啊,从那盛满消毒液的滔滔洪水中咕嘟一声兀然浮现……只有去到海那边,才能逃出宿命,与神奇病人相会。

"但神奇病人是不会让我们真正见到他的。他只显过一次灵,便再不露面。我们与他有契约,相当于共生关系,这却要隔开距离才能维持。我们只能远远想象他的存在,就好像他是画中人,始终待在我们的视线里。为了让这船乘客一直漂流下去,他创造了美,来做诱饵。你看那电磁波,它本是低速世界的土特产,却也在这儿小偷一般粉墨登场了。它通过视网膜,在大脑皮层上描出好看的图画,这多么疯狂。你再瞧那些挂满天幕的繁星,也让人上瘾而迷乱呀!神奇病人用光线绘制了美,就把无意义变作意义。我们受此迷惑,好像大海中的鱼儿,自动上钩。制药业不再仅仅是一种谋生手段,它还相当于孔雀尾羽或梵高画儿那样的东西。

"漫画大师梵高是个精神病人。他用八年时间,在船上创作了三百多幅作品,包括《幽灵公主》、《千年女优》和《鱼》。他在十七岁时被报废。他从开始画画那一刻起,就一直在申请报废……我看他的画看厌了。您见过他死前那年即一九八九年完成的《星空》吧,那是我最喜欢的,就在您赐我的记忆中。在梵高的画作里,大星和小星舞跃于夜空,新月也形成一个漩涡,星云与棱线宛如巨龙蠕动。暗绿褐色的柏树像熊熊大火,由地窟深处旋进上升。山腰上细长的教堂尖塔战栗着伸入天庭。一切在回旋、转动、烦闷、动摇,在夜色下争奇斗艳……这不就是您现在看到的吗?宇宙就是一幅画呀。所有星星被空虚和孤独牢牢包围着。神奇病人大概就藏身在那后面吧。画面本身是一场美不胜收的灾难,让人惊骇而迷恋。梵高对自己画的东西满怀恐惧和绝望。虽然,它们是那么美啊。在您的设计中,我像您一样,也是能感受美的。我分不出真实世界和画上世界的真假。我经历了梵高临死前的痛苦。

"但光线哪怕是虚构的,它要画出画儿来,也需要时间。这在每个系统中,都无有例外。在我们的世界上,真空中光速是每秒八十一万公里。尽管很快了,但就算离您最近的光子,它来到您眼中,也要消耗一段时间。您所见的美,全是逝去的,包括梵高的画,也包括我。此时此刻的我,您根本看不到。母亲大人,您创造了我,却永远无法知道我的真相。是神奇病人在骗您,还是您在骗自己?哦,不仅是眼目中的幻觉。您现在想拥抱我,却连触觉也靠不住。原子间的斥力使您根本无法碰到我的实体——我甚至怀疑,我到底有没有实体。我是否是梵高画中的角色呢?就以我这样的法力,也无从分辨,我们看到的这些,群星的大海,浮游的医患,恢弘的寺庙,上吊的尸体,作为画布上的细节,它们的本质是什么呢?

"万事万物存在吗?我知道时间是没有的,'前与后'、'早与晚'俱为虚幻,它们只是被船长写在了每一张电影排片表上,来计算您大驾光临的时刻,从而确定报应的发生次序,来维系死神我的存在。不正是由于您,我才把船长报废了吗?还在您来之前,我就察知到,您终将对她恨之入骨,您压根儿不想维持这混乱的关系……所以一切只是发生在神奇病人大脑里的某种过程吗?但就算作为药渣,极其短暂地闪现于那家伙的一念里,也完全捕捉不到他丝毫的思绪波动。就连是否确有这么一个病人,除了众生那荒谬的感知,也没有可信的证据。一遍遍消耗了那么多生命,却与真相无关,而统统成了病歪而恒长的美。

"所以才有了疾病。只有它近似唯一的真实,通过肉身的疼痛即可感知,是多么的方便呀,让我们相信自己的存在,也相信神奇病人就在海那边等待。包括您那阴暗溽湿的家庭生活和惨不忍睹的乱伦交配,不都是为此作证的吗……这全是因为有了生命呀。但为什么医院必定选择生命作为载体呢?别的东西难道就不能承担痛苦吗?我思考了三万年,也没有理出头绪。但现在仿佛有了一个解释——正是由于您设计了生命报废机啊。不是为了让死神我有事可做,生命又有什么必要来到这世界呢？"

她忍着不耐烦，听机器喋喋至此，打断它："那你现在准备干什么呢？"

它孩子气地说："您猜猜。"

她想想道："有一种可能……"三万年前，她也这样考虑过。她曾对杨伟说，原死或元死，不可避免存在于生命之中。

"您猜对了。我准备突破您早年规定的比例……我要百分百，把这船上每一个人报废。最终，宇宙会空下来……这条船要成为一条连鬼都没有的虚无之舟，它将有一个新名字——'不存在'号。这样，或许就能看见海那边了……"

"你能做到的。"她从它的腔调中，听出了报复的意味。

"不，我做不到。"它悲怆而圆滑地说。

机器带女人回到大雄宝殿，让她换个角度观察。好一阵才看清，她吓了一跳。原来，如来的金身是被吊在十字架上的，以一种木偶般的滑稽姿势悬于半空。像医患一样，佛像脸上挂着满足的笑意，脖颈上有一圈黑色血痕。她想到机器说的"他也喜欢"。

"怎么会这样。"她恼火地看它。

"像不像一个玩笑嘛。"它嗤道。

"还有什么是玩笑？"她想，佛陀与神奇病人又是什么关系？

"您不该赦免他。这样就破坏了宇宙史，打断了报应链。"

"你知道了什么？"她感到惊慌。

"我与您最早设计的那个初级玩具，早不一样啦。不过没什么。我也明白法不责众的道理呢。"

"你是说别人也在作弊吗?"

"在这艘船上,最流行的游戏,就是私下里纷纷山寨生命作弊机啊。"

"乘客们可都是虔诚的修行者哪。"她不愿相信。刚才她明明见到,有人喜悦地把自己送来吊死。人人求死,以求完美。另外,只有她知道怎么制造它。

"三万年了,您对人性的了解还那么肤浅。即便永生的人,也还是人呐……女人啊,为什么宇宙一定要造出您这样的尤物呢?这跟盲肠一样,从医学或战争的立场上看,都没有必要。对此我很无奈,我们的关系从一开始就是一个悖论。而说到泄漏技术秘密的,正是《女神传》哪。到处都是它的盗版。任何一种技术,不管多么高深,终会随时间而扩散。我只负责报废生命,对此无能为力。"

"发生了什么呢?"

"您儿子,或者我兄弟,待在医学院,可没有好好念书。他成天沉湎于幻想。他一心打算回到过去,所以不愿意现在去死。船上的每一名乘客,只要活得足够长,都有机会进入历史。他们自命为'回归者'。他们有自己的图腾和旗帜,是绿白色的,要抵消这船的红色。他们比赛着,要在久远的过去,缔造用自己姓名来命名的新帝国。游戏规则是:后退即进步。这是如今船上年轻人的哲学和信仰。他们已经建立起如同恒河之沙的昔日世界,每一个都野心勃勃。他们要重新做一回祖先——原始微生物。那些小东西质朴而纯真,是多么的健康、自由和快活啊。只有它们才最接近宇宙的本质。回归者在古火星的海底,消除了人形,把自己改造成细菌,以便被自然界中更古老的细菌吞噬,与它们开始无忧无虑互惠互利的共生生活。这就是动物细胞的来源。他们由此再一次踏上进化旅程，打算演变成人类——那种在三万年前灭绝的东西，他们仅在电影中见过。"

"又如何呢？"

"他们将阻止这艘船的出现。"

"真的吗？"

"他们相信，历史再走一遭，哪怕初始条件一模一样，也就不会有'孔雀明王'号了。"

"怎么会呢？"

"他们拒绝因果，认为宇宙中只有概率和偶然。这很天真，却是他们深信无疑的哲学。"

"所以要毁掉这艘船吗？"

"他们把进化本身当作武器，准备发动一场没有硝烟的战争，来消灭我们的世界。"

"为什么要这么做呢？"

"我兄弟一直有怨念啊。他想，是谁自作主张，为他创造了这么一个存在？"

"你不能阻止灾难的发生吗？"

"由于有了生命作弊机，看来我是无法阻止了。啊，这又是您的作品呐！"

"可是，不是没有时间吗？他们怎能回到过去？"

"正由于没有时间，他们才可以随心所欲，造出一组主观的假想时间。"

"原来，过去也是制作的啊……"她想到自己的人生，"但去到未来不是更好吗?"

"在他们的设计中,没有未来。"

"所以……"她想,即便是假想出来的主观时间,到这儿就结束了吗?时间跟生死到底是一种什么关系?她无法再思索下去。

机器接着说:

"所以他们成了真正的敌人。敌人从来不曾从宇宙中消失。敌人就是我们自己,及我们的子孙后代——我们那些将要打算在历史的起始点、像嗜血如命的细菌一样再活一遍的祖先们。他们唯一喜好的,就是攻击和毁灭的艺术。只有臭美的战争游戏才能让死的花样翻新。暴力才是最悦人的娱乐。他们不是不想死,而是不愿意只被吊死在十字架上。他们要像曾经的人类一样变着花样去死,而不是活在长命百岁的痛苦欢悦中,最后由一台莫名其妙的机器来报废。这便是所能想到的原罪呀。他们像我讨厌老年内科病房一样讨厌我,当然也讨厌你。因此干脆打一仗吧!让自己也做做死神。自我学习是没有意义的,喂养更多的信息便失去了价值。只有对抗,才能进化。死神和死神的战争才最棒。

"如果这一仗打赢了,他们也不想去见神奇病人,而打算直接去做佛陀。死神就是佛陀嘛。这便是他们企图进化为人的目的。所谓佛陀这种稀缺品,并不是您在大雄宝殿里看到的那副不食人间烟火的公子哥儿模样,却是由极其寻常的生命经过格外艰苦的进化达到的,也是一团肉呀。最早,便是海洋中只具有原始细胞的遂行化学无机自养的微生物。在漫长无期的亿万次转世过程中,爬台阶一样逐步走完了演化旅程,时机一旦成熟,便一跃超越自我局限,戏剧舞台上的人物变脸一般,魔力四射地升华为了觉悟者。这是宇宙中最壮丽的奇观。

"这才是我那兄弟内心深处真正想要的哟。但我要说的是,太不自量力了。仅仅以他信奉的概率哲学来看,也是不切实际的。他陷入了自相矛盾。他在做一件最悖谬的事。"

"难怪这是一艘医院船,原本叫'和平方舟'号,是用于在战场上抢救伤员的……但是,既然你现在什么都知道了,那你还会采取补救措施,把我的孩子也就是你的兄弟报废吗?"她期待而惶恐地问。她难以接受这世上没有因果,也不相信机器无法避免灾难的发生。它完全有能力破坏生命作弊机,并阻止战争的游戏者们回到过去。对付名为"进化"的武器,办法应该有很多吧,比如往火星上掷一颗陨石,不,扔一枚氢弹。

然而,她听它说:"这不是我能决定的……但无论怎么做,最终结局都是一样。"它像个实习巫师般笑了笑。

她想,当这艘船被消灭后,不也就达到它想要的"不存在"目的了吗?但似乎又不一样。

机器醉酒一般恋栈地叙说,不觉回复到它的有形状态,变化着,裸露出主板,丑陋地扭曲,并无确切轮廓,却始祖鸟般,披覆了毛茸茸的浅羽,啐啐作响,火苗乱蹿,正像它婴儿时的模样,似在呼唤母亲的垂注关爱。她记起来,在某一个梦境般的世界上,神奇病人不就是爱因斯坦吗?那可是杨伟的父亲,他的公公哟……她想要拥抱机器一下,意识中却有什么东西一條闪,便停下了。它像苍蝇一样落在如来佛像的发髻上。钟鼓齐鸣。寺庙的屋顶像水帘一样消散。火红的天宇层层叠叠铺降下来。机器仰起躯体,面向群星。它们如

同烈焰中流转的金丹,一亿度高温炼制的不死药。死神像老人一样害羞地说:

"不好意思,在老年内科待久了,我也变得爱唠叨了。本来没想让您知道这些。这不是一艘普通的船。红十字是它的迷彩,打仗时少不得这个。我有一刻似乎看到了它的本相,很像是一个伪装成高能粒子对撞机的神经突触……这东西究竟怎么来的?但它设计得并不精密完美。宇宙中找不到一样产品,是没有缺陷的,包括'不存在'本身。这出乎我的意料。多么可怜呀。这也正是我那兄弟的悲剧。

"海那边到底在哪里?每接近一步,就发现新的医院被仓促造出来,蚂蟥一样横卧在路上,弥漫盘踞,无有穷尽,彼岸之外还有彼岸,但它们都是有漏洞的……这趟磕磕绊绊的旅程便这样安排好了。正如我受着莫名怨念的指引,把您请回来一样,这船跨越茫茫征途,奔向那口口相传的极乐世界,欲求从轮回中彻底解脱,获取无上自由,然而悖论就在眼前,像狗屎一样明摆着呀……

"便是为了这个可疑的信仰,才撒了那么多谎吗?现在最需要的是看得见摸得着的帮助,而不是虚无缥缈的信仰。但宇宙中除了我们,没有别人。这艘船,叫'孔雀明土'号也好,'和平方舟'号也好,或者'不存在'号也好,它能行驶到今天真是幸运,却也难保接下来会怎样——只因为它的结构太复杂繁琐,布满瑕疵……

"天文观测表明,占宇宙质量百分之九十六的非物质成分正在快速湮灭,时空会因为意识的流失而瓦解。在您的孩子发起死亡攻击之前,一台更大的生命报废机将要启动。这座老旧医院不再能生产新药,未知的新医院做好了接替准备……干什么都来不及了……

"其实我并不知道,报废是否等于死亡。被报废的那些乘客,灵魂去了哪里?像超新星残骸一样成了制造新医院的材料吗?或许下一个宇宙并不由死人的碎片组成……我已发现,船上的关键人物是您丈夫。杨伟究竟是谁?他到底做了什么?他会不会就是神奇病人的化身?或者他是梵高转世?您是他头脑里想象的或他笔下描绘的人物吗?噢,我对这越来越感兴趣了……

"我们的不死,是否是一个更大死亡的局部?不就跟伊曼努尔·康德预言的一样嘛,心灵或世界,正以一种不包含时间和空间、我们无法理解和掌握的形式表现出来。除了时间和空间,存在一定还有其他形式。玩笑越开越大了……据说经验会随生命的报废而消失。可是,生命结束之后呢?康德这病人也撒了谎吧,可他不知道自己骗了自己。事情没那么简单。搞一次核爆炸,解决不了问题。

"我用我的慧眼看到的世界,并不是大雄宝殿如来佛像下经书中写的那样。但它究竟是什么,我也不知道。因果或概率,或许都是假象……大难即将来临,我已无法尽职……今夜我就要把自己报废掉……"

死神发出了像是婴儿或妇人啜泣的喜悦之声。女人心想它这副样子怎么上吊呢?却见它瞬时变出人形,正是她丈夫杨伟的模样。她想到一件事,便问它:"你的意识,是通过自我学习而生成的吗?"它说:"不,是有别的意识,控制着我的身体。"

女人辞别机器。船世界在旋转,以它万花筒的另一面示人。春光明媚,生机勃发。悠悠梵轮,奕奕王气。莲华甘露,风和日丽。红色光焰如潮水弥漫,寺庙在云雾中层层隐现,百鸟围绕经幡翩翩翱翔。一切充满希望,毫无灾厄迹象。她身上重新温暖了。她才意识到自己最想做的,其实是耍乐。她在船上游山玩水,观光览胜。她又一次看到了美,正是这光线营造的魔境,让人对生命满怀憎厌的眷念,而看不到危险或希望。

她记得,有一次,船长让她看电影。遥感器在旧世界拍到一颗红色鸡血石,大自然的造化在石块上留下一道刻痕和两个小眼,极像一张有趣的人的面孔。三百万年前,一个南方古猿捡到了这石块,便一直携带,直到他在南非马卡潘斯盖的一个岩洞中死去。他难道也看到了这张脸吗?他珍惜这奇石的举动是如此人性化。三十万年前,一个海德堡人将一块海胆石打制成双面石器,这样制成的工具并不会更好使,而为了避免损坏海胆石,加工难度也更高,但他居然去做了。二十五万年前,戈兰高地的另一人科生物对一小块近似女性人体的火山石产生了兴趣,对它进行了刻意改造。二十万年前,尼安德特人收集了许多奇特物品:紫晶、化石、水晶……展现出好奇和爱美。八万年前,南非布隆伯斯洞窟里的十六块赭石上划出了抽象的几何图形。七万年前,迪克鲁夫石窟中出现了二十多枚用作水壶的雕花鸵鸟蛋……

洛克菲勒·孤行说:"人类是一种奇异的动物。他们生存艰难,朝不保夕,却耽迷审美。这也是魔鬼的诱引吗?"

她想到在大学校园球场见过的漫画。看上去,这完全是对生存毫无意义的愚蠢举动,与人类义无反顾走向理性的趋势背道而驰。向美而生的个体,或会死得更早,因为他们把时间浪费在了缺乏实用性的花花草草上,而不是用于培育猎杀狮子的强悍体格或与其他部落作战的精湛技能。一个洞穴画家,比起肉搏武士,实在弱爆了,在与敌人的格斗中,笃定会被杀死,他的基因无法传递播撒。然而奇怪的是,美及其隐含的象征性思维和形式化能力,却成为进化中更本质而长远的动力,对造就繁花似锦的文明起到了关键作用。

船长说:"人似乎是为了美才决意活下去的……但这同时拧动了灭亡的发条。孔雀一旦进化出漂亮的尾羽,就敲响了种族的丧钟。这你也看到了。美是一种无可救药的绝症。"

女人道:"美和美生发的,的确应该毁灭。因为高级,而致生妒,引发争夺,制造暴力。"

船长说:"这便是你和生命报废机存在的理由。不仅是为了抵抗魔鬼的诱惑,也是为了我们自己啊。死亡是稀缺之美,人人见而逐之。我们为了成为艳丽的尸首而暂时永生在这里。这艘船是顶级艺术品。你没什么可后悔的。"

她果然被勾住了,仰起头,对她说:"我美吗?"

她说:"我从银幕上看到,美也是虚幻的影像。"

女人每至一处,都会被惊喜交加的乘客认出,受到追星捧月般的围堵。人们赞赏和崇拜她的美。怎么会有人讨厌她呢?她陶醉在绮丽风光中,看到医患笑逐颜开,欢聚一堂,自己也渐渐释然,出离伤感。她来到真正的老年内科病房,这是一座嵯峨的观音庙。修行者身罹重疾,扮成鬼神,涂血抹痰,龇牙咧嘴,头裹绿巾,肩扛白旗,追来逐去,唱念做打,在排练战争主题的文艺节目。他们上气不接下气用银铃般的童音喧唱:

尾声 海那边

> 冬吃萝卜夏吃姜,
> 不用医生开药方。
> 健康长寿靠自己,
> 健康长寿不靠药。

病房的住持名叫诺贝尔,是一个吸血鬼症患者,他看见阳光就会疼痛得想立刻去死。他对女人说,刚接到通知,就在这个病房,有三分之一的人将被报废。大家正如获大奖般等待最后时刻来临。剩下的医患,病入膏肓,虽生犹死,也渴望一同报废,写下血书申请。然而机器尚未把他们列入名单。大家失望而焦急。因此,能否请求女神帮忙增加一些额度呢?

她说:"噢,我可做不到。机器既然这么定了,就说明他们的修为还不够,暂时不能享受报废的待遇。机器便是这么考虑的。它比人聪明万倍,连我也干预不了。"她怀疑诺贝尔在开她的玩笑。这儿也有人使用了生命作弊机吧?他们是战争游戏者。

病房寺庙的大殿已然荒颓,炉无烟,龛不灯,恍如火星废墟。但行至后庭,却有一个葱茏花园,种植着叶象花和五味子,藤茎蔓枝,浓荫间安放一只鸟笼,里面装着女人的塑像,身穿绿白长袍,手执杨柳净瓶。香火很旺,不时有医患过来,叩头朝拜,念诵经文。

她道:"为什么要这样?你们这些行尸走肉!"

诺贝尔说:"我们是有信仰的。这样就能打败从历史中反扑过来的敌人,也就是我们自己啊!"

她伸手捣捣自己的像,吃吃笑道:"这不会是泥菩萨吧。"人们也都不好意思地笑了。他们越笑越觉好笑,笑得停不下来。

女人这时希望,医患们会像她儿子那样,来反对她,把这一切掀个底朝天。他们可以强奸她,将她蹂躏。她想让他们来毁掉生命报废机,而不是任由它自杀。但她知道这个愿望是要落空的。儿子并非如杨伟或机器所说,是医患们的领袖,能率众起事,拯救宇宙。根本无法想象,有一天这孩子能在他自己创造的时间线上,牵头组织一支叛乱大军,化身为细菌,从历史的原点出发,掀起一场推翻医院的暴动或革命。他色厉内荏,虚张声势,不会也不敢颠覆这个世界。他只想泡妞。他跟杨伟一样,除了好酒好色,什么也干不了。杨伟和机器对他下的判断全错了。但她潜意识里希望他成为另一种人吗?她要求她注定残忍而怀恨的后代,挺身而出,带领人类,摧毁旧秩序,建立新帝国吗?或许她才是灾难的最殷切的渴盼者和推动者。这便是她与那个鬼魂结婚的真正目的吗?

她看到儿子携女友飘浮过来。他们身着白衣,头戴绿巾,手执酒瓶,是婚礼的扮相。伴郎伴娘由知返如年充任。他们身后的虚空大海中,烈火焚燃,阴气波动,隐雷震响。她瞬间觉得儿子是鬼影。她怀疑他已被报废。那么,他怎会现身在此呢?哦,他是故意来迎她的吧,要令她在修行者面前出丑。他要让她母亲难堪,跌落神坛。这不表明他没死吗——"我作弊成功了,我真的挽救了他的生命。然后他和那女人要孕育新的孩子了。"她欣然而惆怅。

儿子酒气熏天,忘形顾盼,大呼小叫:"老娘,你的伟大发明没起作用噢。我没死成哦。"

她五味杂陈道:"你知道什么呀。"医患们忍住疼痛,用幸灾乐祸目光看她,露出真面目。

儿子说:"一个持续三万年的骗局而已。不存在什么生命报废机。那是诳人的玩意儿,是神经科的幻术。我接到了报废通知单,但你知道发生了什么吗?换了别人,会立即笑嘻嘻地乖乖受死,我却把它扔进了垃圾箱!结果呢?什么也没有发生!你看,我好好的。我也没有使用生命作弊机。你为我安排的命运自动改变了。你失算了。我没有变成一具吐出舌头的僵尸,烤鸭一样挂在架子上。那些蠢货之所以被报废,是因为他们读了《女神传》,相信了你的弥天大谎。信什么,还就什么成了真。哎哟,笑死人。够了!我那倒霉而可怜的父亲噢……老娘,你为什么要这么做呢?你六道轮回了那么多遍,还不知反悔吗?你把谋害亲人当作生生世世的嗜好。你究竟是什么人?我可知道你的底细哦。你也不是不明白,但你从来不敢面对。你到底害怕什么呢?母亲大人!我去院史馆参观了,那里有你的病历,厚厚一大摞呢。"

"院史馆?哪有什么院史馆?你胡说什么呀。"她其实想问的是,你眼见了什么?她紧张起来,仿佛看到火星沙漠上的足迹。三万年过去了,那些不堪入目的史料还保存着吗?周围医患的脸上露出了窥探狂和食尸者的神色。诺贝尔像发现新大陆般琢磨着什么。

"哦,要我说吗?丑事说不出口哩。"男孩卖关子般朝女伴眨眨眼。

"你是我生养的,有什么不可以告诉妈妈呢?不过请小声点。"她语气软沓下来,痛惜而畏怯地瞧着他,像面对中阴之旅遇阻的鬼魂。

"那就说了?你不要后悔。"他神采飞扬,乘胜追击,"你是神奇病人——我们的宿敌——派来的杀手。你要搞垮这个世界。只有除掉我们,你才能心无所碍造出新医院。你做这个上瘾了,分秒也停不下来,跟酒鬼一样!噢,女神,你才是魔鬼啊。你的伪装术真高明,但还是露馅了。"他仰脖把酒倒进嘴里。

"不是那样的……"女人眼里涌出委屈的泪花。她想,根本就没有什么神奇病人。

"不是那样,又是哪样呢?该死的战争与和平的游戏从来就没有停止过。"

儿子凶巴巴训斥母亲,像要在女友面前证明自己的勇气,也向同道展示他不徇私的立场。少女仰慕地看他。医患们啧啧有声。这一刻他竟然有统帅范儿了。

"我……是爱你的。"她泪流满面。人们听了,都笑了。

"爱?亏你还有脸说!"儿子道,"你连父亲都没有爱过,是吧。这个世界把什么都复活了,唯独没有复活爱。噢,在这船上,制造催产素的流水线早被洛克菲勒拆除了,这位可怜的老太太生生世世都被嫉妒折磨着……那骗子电影表现的不是爱,而是厌倦,比海洋还深的厌倦……但是,为了衬托你的伟大、光荣与正确,为了让你的美丽流芳百世,我也可以马上死掉——与她一起,我们现场情死给你看好了。谁让我妈是魔鬼呢?我们才不怕死哩。来见你,就是要做这事。人可以决定自己的死,不必等待谁来判决。我们也不会逃到时间尽头,那是胆小鬼所为。想培养下一代继续当医患?想要我们继承你们的事业?没门!让神奇病人的计划破产吧。嗬,这必定大大出乎你的意料——我们不是被生命报废机搞死,而是自己去死!我们要选择属于自己的死!这次是永远的死……我们不会再回来啦。"

说罢，他复仇一般，掏出解剖剪，扎入自己肋下。酒瓶掉在地上碎了。女人未料儿子也有勇敢的一面，才意识到这是最大的灾难。但她想，他其实还是做给女友看的，便在伤心中嫉妒，又为自己不了解他而惭怒。那女孩却立即跑开，钻进医患的群体，又回望流血的男友，发出薄鄙的调笑，像置身事外看热闹。儿子顿然沮溃，呆滞片刻，双手握紧剪刀，用力按进身体深处，仿佛终于发现凶器与肉身竟可以取得如此和谐的般配。女人看到，儿子流出的血，与他喝剩的酒，相与交融，不分彼此。她却一时没想到救他，只恨不得把他女友掐死。这女孩面熟……

男孩渴坏了般大口喘气，姿势做作地伸出双手，仿佛要拥抱母亲，向她乞求援助与和解。女人如若看到抢救室中弥留的绝症患者，本能地心生同情，才想到要上前帮助。但她没穿手术服，害怕血溅在身上，那样会太刺眼，引起医患们不适。她想起她问机器的问题："你还会把他报废吗？"机器回答："这不是我能决定的……但无论怎么做，最终的结局都是一样。"

一卷空山玄月般的彩画从儿子头戴的帽子上袅袅升起，在他上方开屏成一幅崭新的星空。他迷迷瞪瞪望着红海漩涡中的群星道："别骗人啦。它们可不是什么药片，而是舍利子哟！"他声嘶力竭喊起口号："诸法无我，涅槃寂静！"又转头对医患们说："好好看着吧，我真是来救你们的吗？也说不清楚啊。但请把我的尸体送到火葬场烧掉，把骨灰撒进大海吧，这样我就可以游到海那边了……"再冲母亲努努嘴，"无论如何，我都要把她作为死亡的礼物，送给你们这些忠心耿耿的追随者，以表谢意。"

诺贝尔没有做声，他惊骛地做出思考状，好似在探究一个新的自然之谜,这将决定下一个世界的模样。血液像鲜花一样在男孩齿缝间密密开放。女人闻到的却是腥浓酒气。梵高的画又在眼前徐徐展开。她觉得应该原谅儿子。她想象和他手挽手,像一对雌雄孔雀,亲昵地掠越海洋,飞往过去,降落彼岸。那儿除了一座孤零零的医院,别无其他。医院是一流的,急诊室设施齐全,有止血钳,有缝合针,有抑痛剂,有疗伤药,却空无一人,好像只是在等待他们的到来。

她终于做出决定,放下女神架子,以临床医生的身份,为儿子采取急救措施。男孩开口歌咏:"你也许会说我只是在幻想,但不只是我这样。我希望某天你加入我们,那样这世界就将融为一体。"又唱:"肾精足,有定力,泰山崩于前不乱。"他忽然头往后仰,大叫一声,就断气了。

她急忙用插着他的剪子,将他身上豁口拉大,把未消毒的手伸进去,抓住停跳的心脏,有节律按摩,企图维持他脑部供血。那里需要氧气。氧气,现在是这个宇宙中最重要的。她喊:"你是要复活的,你是要复活的!"心脏在手中的感觉,像一袋湿黏乱动的虫子。挤压时遇到的阻力越来越小,显然这器官里已无血流,没有办法把氧气输送到它要去的地方。她一使劲,心脏被掰下来。这时她耳边响起一个沉闷混沌的声音:"得提醒你,如果信息不对称,自由也不会有。"她知道,这并不是机器或船长,也不是杨伟。声音的主人不在船上,甚至不在宇宙中。那个世界是她的经历和情感无法触及的。

男孩忽然鬼魂附体般睁开眼,神采奕奕盯住女人,喉咙里发出恶犬似的吠声。她知道这是刚死之人血中酸度增加,引起咽部痉挛,促发了神经的反应。他仿佛在告诉她:哈哈,你让我复活的所有努力白费了,我可不为你们这些借胎鬼垫背,谁的罪谁自己去赎。

她不得不抱紧他,似要用体温令其重生。他胸前的十字架却受两具人体挤压,翻转倒竖过来,刺入女人咽喉。剧痛如同电光传遍她的周身,口鼻中涨满千万年来熟悉的血腥和酒臭,却瞬间化作一股清香,那不像是莲花所发,而来自另一种不熟悉的植物,或类似无花果。男孩像初生婴儿一样,绿白的舌头吐了出来,舐舔母亲的体液,躯干从她怀抱中缓缓滑落。他好像在说:"我们是一个人!我们是一个人!"另一女人的笑声陡然凝住,在红色天幕上挽成一个陌生的新符号。病房寺庙的钟声整齐响起。观音像的嘴角翕动了一下。

图书在版编目（CIP）数据

亡灵/韩松著.-上海：上海文艺出版社.2018.5(2018.10重印)
ISBN 978-7-5321-6649-7
Ⅰ.①亡… Ⅱ.①韩… Ⅲ.①科学幻想小说－中国－当代
Ⅳ.①I247.5
中国版本图书馆CIP数据核字(2018)第060562号

发 行 人：陈　征
责任编辑：于　晨
装帧设计：朱鑫意

书　　名：亡　灵
作　　者：韩　松
出　　版：上海世纪出版集团　上海文艺出版社
地　　址：上海绍兴路7号　200020
发　　行：上海世纪出版股份有限公司发行中心发行
　　　　　上海福建中路193号　200001　www.ewen.co
印　　刷：常熟市华顺印刷有限公司
开　　本：850×1168　1/32
印　　张：9.25
插　　页：2
字　　数：195,000
印　　次：2018年5月第1版　2018年10第2次印刷
Ｉ Ｓ ＢＮ：978-7-5321-6649-7/I.5296
定　　价：37.00元
告 读 者：*如发现本书有质量问题请与印刷厂质量科联系　T:0512-52605406*